insel taschenbuch 4788

Mary Trentham

Sommer auf den Inseln

Die Scilly Islands vor der Küste Cornwalls gehören mit ihren schneeweißen Stränden und der faszinierenden Pflanzenwelt zu den schönsten Flecken Englands.

Agneta Lindahl hat sich hier mit ihrem Lebensgefährten Mikael ein neues Zuhause aufgebaut. Sie leitet den Botanischen Garten und hat in ihrer Nachbarin Suzie und der örtlichen jungen Polizeichefin Lisa beste Freundinnen gefunden.

Eines Tages ist es jedoch vorbei mit der beschaulichen Ruhe: Nicht nur taucht Agnetas Exmann samt neuer Familie auf, auch der britische Premierminister und der englische Thronfolger haben sich angekündigt …

Mary Trentham wuchs als Nachfahrin einer Hugenottenfamilie an der Südküste Cornwalls auf. Sie studierte Meeresbiologie, schrieb mit 19 ihre ersten Kurzgeschichten und lebt heute mit einem Mitglied des britischen Oberhauses nahe den Klippen von Brighton. *Sommer auf den Inseln* ist ihr erster Roman.

Mary Trentham

SOMMER AUF DEN INSELN

Roman

Aus dem Englischen von Rudolf Katzer

Insel Verlag

Originaltitel: »Scilly Summer«

Erste Auflage 2020
insel taschenbuch 4788
Deutsche Erstausgabe

Vertrieb durch den Suhrkamp Taschenbuch Verlag
Umschlag: zero-media.net, München
Umschlagfotos: FinePic®, München
Satz: Satz-Offizin Hümmer GmbH, Waldbüttelbrunn
Druck: CPI – Ebner & Spiegel, Ulm
Printed in Germany
ISBN 978-3-458-36488-7

SOMMER AUF DEN INSELN

1 *Fisch im Wasser*

Es war so früh am Morgen, dass die Nacht noch in allen Winkeln saß. Agneta trank ihre erste Tasse Tee. Zu Hause hatte sie den Tag nie mit Tee begonnen, hier aber brachte das Nationalgetränk die Leute auf Trab. Tee vertrieb den Whisky, der gestern wieder reichlich geflossen war. Der Whisky löste keine Probleme, er löste nur Mikaels Zunge.

Barfuß strich Agneta durch das Haus aus dem 18. Jahrhundert, das sich an die Klippe klammerte, als ob es fürchtete, ins Meer gespült zu werden. Das Blau der Fensterläden war abgeblättert, unaufhörlich nagte der Seewind daran, kein Fenster im Haus, das dicht schloss. Draußen erwachte die Festungsruine graublau im ersten Licht. In alter Zeit, als die Insel noch ein Piratenschlupfwinkel gewesen war, hatte das Bauwerk als Wehr- und Leuchtturm gedient. Müde schlugen die Wellen gegen die Bucht, manchmal blieben sie förmlich stehen und boten dem alten Paul, der täglich hierherkam, um die See zu malen, ein träges Motiv.

Mikael hatte die Angewohnheit, sein Smartphone an den unmöglichsten Orten liegen zu lassen, versteckt hinter Tomatenstauden oder unter der Spüle, wo er etwas repariert hatte. Ein altes schwedisches Volkslied diente ihm als Klingelton. Agneta stellte die Tasse ab und machte sich auf die Suche, nicht weil sie die Hüterin von Mikaels Handy war, sondern weil es länger gedauert hätte, ihn zu wecken. Der Ton kam nicht aus dem ersten Stock, sie suchte also im Erdgeschoss weiter. Immer wieder erfreute sie sich an den Details dieses Ortes. Alles war von Hand gezimmert worden. Die Regale passten sich den Mauernischen an; man hatte die Türen schräg zugeschnitten, weil sich das Haus ein wenig nach rechts lehnen wollte. Als es gebaut wurde, kannte man noch keine Wasserwaage, und das Senkblei wurde selten angewandt, nur auf das Augenmaß des Zimmermanns war es angekommen. Auf diesen Stühlen hatte man vor dreihundert Jahren schon gesessen, der alte Tisch musste ebenso viele Kerben haben. Unermüdlich orgelte die Melodie, Mikaels Telefon war nirgends zu finden.

Agneta öffnete die Küchentür und lief barfuß zum Geräteschuppen. Dorthin hatte Mikael seine Lieblingsbücher geschafft, die gerahmte Fotografie von Agneta, einen Tisch und einen Stuhl. Täglich saß er dort im Schein seiner Lampe und versuchte, den Gedanken, die durch seinen Kopf spukten, eine Form zu geben. Und hier lag auch sein Handy.

»Hallo?« Agneta war außer Atem.

»Janice hier.«

»Hallo, Janice.« Agneta konnte sich nicht vorstellen, weshalb die Chefin der Ferienagentur um diese ungewöhnliche Zeit anrief. »Was kann ich für Sie tun?«

»Ist Michael da?«

Agneta und ihr Mann hatten sich daran gewöhnt, dass die schwedische Aussprache seines Namens für die Briten zu zungenbrecherisch war und daher akzeptiert, dass er mit der englischen Bezeichnung des Erzengels angeredet wurde.

»Ich müsste nachsehen«, antwortete sie ausweichend.

»Er schläft natürlich«, fuhr Janice überraschend aggressiv dazwischen. »Er hat vergessen, das Haus zu machen.«

»Welches Haus?«, erwiderte Agneta, obwohl sie es bereits ahnte.

»Trevalso. Die Villa ist in einem unglaublichen Zustand.«

»Das kann ich mir nicht vorstellen«, reagierte Agneta in der gewohnten Verteidigungshaltung, wenn Mikael etwas zur Last gelegt wurde.

»Überzeugen Sie sich selbst. Das pure Chaos. Zuletzt waren die Chinesen da. Chinesische Familien benehmen sich in fremden Häusern wie die Schweine. Holen Sie endlich Michael.«

Im Bruchteil einer Sekunde überschlug Agneta die Lage. Es würde zu lange dauern, Mikael zu wecken und auf die nötige Betriebstemperatur zu bringen. »Wann kommen die nächsten Gäste?«

»Mit der ersten Maschine.«

»Also um neun.«

»So ist es. In drei Stunden stehen die Leute hier auf der Matte und finden ein Chaos vor. Müll liegt in den Zimmern, die Bäder sind ein Schlachtfeld, vom Zustand der Küche will ich lieber schweigen.«

Agneta traf ihre Entscheidung. »Ich verspreche Ihnen, um Punkt neun wird Trevalso wie aus dem Ei gepellt sein. Die Gäste sollen den Komfort vorfinden, für den Ihre Agentur bekannt ist.«

»Wie soll das funktionieren? Wo wollen Sie in der kurzen Zeit eine Putzkolonne herkriegen? Ich kann Ihnen niemanden schicken. Meine Ladys sind in den anderen Cottages beschäftigt.«

»Sie haben mein Wort, Janice.«

»Und was passiert, wenn Sie es nicht schaffen?«

»Ich schaffe es.«

Darauf hörte Agneta einen tiefen Atemzug. Janice Delorian, die Besitzerin der *Scillonian Holiday Cottages,* zögerte einen Moment. »Also schön«, sagte sie schließlich. »Viertel vor neun komme ich rüber und kontrolliere, ob Sie Wort gehalten haben.«

»Machen Sie sich keine Sorgen.«

»Die Sorgen sollte sich lieber Ihr Mann machen. Das ist das zweite Mal, dass ich wegen ihm so einen Schlamassel erlebe. Ein drittes Mal wird es nicht geben.«

Das waren keine leeren Worte, Agneta wusste es. Mikael besaß einen Traumjob, an dem ihm aber nicht das Geringste lag. Agneta verstand seine Seelenqual, aber sein snobistisches Verhalten akzeptierte sie nicht. Sie beide, zwei Einwanderer aus Schweden, durften in diesem Paradies vor der Südküste Englands leben. Kein Fleck im Königreich konnte karibischer sein. Leer und schneeweiß waren die Strände, das türkisblaue Meer blieb zwar das ganze Jahr über kalt, doch im November blühten hier die Narzissen. Agneta konnte auf der Insel ihrer Traumbeschäftigung nachgehen, und nun war sie zu all dem Überfluss schwanger. Mit zweiundvierzig Jahren würde ihr Wunsch endlich in Erfüllung gehen. Agneta, die patriotische Schwedin, die man wie einen Fisch aus dem Wasser gezogen und vor der Südküste Englands wieder hineingeworfen hatte, würde ihr Kind in dem milden alten Haus großziehen, wo ringsum Palmen wuchsen und Lavendel blühte, auf der Insel, über deren Felsen Fasane flogen, in deren Buchten Wracks aus elisabethanischer Zeit schlummerten. Hier würde ein kleines Wesen umherspringen, blond und hellhäutig wie seine nordischen Eltern. Agneta hatte es Mikael noch nicht gesagt. Das war ihre einzige Sorge an diesem verheißungsvollen Morgen. Das und die Sache mit Trevalso Cottage.

Sie rannte ins Haus, die Treppe hoch und löste den Türriegel. Die schlanke Gestalt ihres Mannes lag im Bett, ein behaartes Bein ragte unter der Decke hervor. Mikael schnarchte nicht, er röchelte. Der Versuch, ihn aus seinem Whiskydusel zu holen, würde unnötig Zeit kosten. Agneta legte sein Handy neben ihn und zog sich an. Ihr eigenes Telefon am Ohr, lief sie die Treppe hinunter und packte Kekse und Joghurt als Proviant ein. Alles, was Mikael für den Einsatz in den Ferienhäusern brauchte, hatte er im Auto verstaut. Während sie startete, meldete sich jemand.

»Suzie?«, rief Agneta.

»Wie spät ist es?«, kam es krächzend zurück.

»Zu früh, viel zu früh für dich. Aber heute musst du mein Leben retten.«

Am anderen Ende raschelte es, das Klappern von Geschirr war zu hören. Agneta war sicher, dass Suzie auf den Schreck in der Morgenstunde etwas essen musste.

»Kannst du in fünf Minuten am Boot sein?«

»Wie stellst du dir das vor? Ich muss wenigstens eine Kleinigkeit ...«

»Frühstücken, ich weiß. Suzie, ich verspreche dir einen fürstlichen Brunch, wenn du mich begleitest.«

»Warum mit dem Boot?«

»Weil Trevalso nur eine Bucht von hier entfernt liegt. Mit dem Auto müsste ich einen Umweg fahren.«

»Was tun wir denn in Trevalso?«

»Erzähle ich dir unterwegs. Bitte, Suzie, kommst du?«

»Für Trevalso muss ich mich schicker anziehen.«

»Im Gegenteil. Schlüpf in deine ältesten Klamotten, es könnte dreckig werden.«

»Dann muss ich mich gar nicht umziehen«, lachte Suzie.

Agneta fuhr Mikaels Wagen die dreißig Meter zur Bucht hinunter, setzte ihn mit der Rückseite zum Landungssteg, holte die Putzausrüstung heraus und schleppte sie zu der blauen Jolle. Mit roter Farbe hatte Mikael vor drei Jahren *Agneta* ans Heck gepinselt. Sie hievte alles ins Boot und machte die Leinen fertig zum Ablegen. Als sie den Außenborder startete, sah sie eine entzückende Fruchtbarkeitsgöttin den Pfad herunterspringen. Niemand hätte Suzie als dick bezeichnet, sie war vollschlank, bei ihr saß alles am rechten Fleck. Agneta prüfte, wie viel Benzin im Kanister war; manchmal vergaß Mikael zu tanken. Für die kurze Überfahrt würde der Sprit noch reichen. Als Suzie beim Boot anlangte, ging über der Insel die Sonne auf.

Trevalso Cottage war eine Traumunterkunft für gut betuchte Urlauber aus aller Welt. Das Haus kostete in der Nebensaison lächerliche siebenhundert Pfund pro Woche, im Sommer und zu Weihnachten musste man fast das Zehnfache hinblättern. Neben den luxuriösen Annehmlichkeiten wie Jacuzzi, Sauna und Breitband-Internet besaß Trevalso den unverwechselbaren Charme eines alten Scillonian Cottage. Ein Kaufmann aus Manchester hatte sich dieses Heim auf der Insel vor Cornwalls Küste bauen lassen, um dem nordenglischen Wetter zu entfliehen. Später hatte das Anwesen mehrmals den Besitzer gewechselt, bis es vor Jahren ins Eigentum des englischen Thronfolgers übergegangen war. Seine Königliche Hoheit besaß mehrere Feriendomizile auf den Scilly Islands. Zu den zahlreichen Titeln des Prinzen gehörte auch jener des *Lord of the Isles,* was seine Verbindung zu den Scillys noch vertiefte. Wenn er persönlich anwesend war, hielt er sich meistens in der nördlichsten seiner Liegenschaften auf, Amaryllis House. Viele seiner Gäste wussten nicht einmal, dass ihre Miete auf dem Umweg über Janice' Ferienagentur in die Kasse des britischen Königshauses gespült wurde.

Die Chinesen, die zuletzt in Trevalso gehaust hatten, waren über den royalen Besitzer bestimmt nicht im Bilde gewesen, anders war der Grad an Vandalismus nicht zu erklären, den sie zurückgelassen hatten. Als Agneta das Haus betrat, befiel sie ein regelrechter Schock. Hatten diese Leute etwa auf dem Boden gegessen? Hatten sie ihre Abfälle einfach fallen lassen? Die undefinierbaren Flecken auf dem Teppich, die Schweinerei in der Küche, der Zustand der Toilette und die Schmierereien auf dem Spiegel – es schien den Chinesen egal gewesen zu sein, dass sie keinen Penny ihrer Kaution von Janice zurückbekommen würden.

»Wo fangen wir an?« Ratlos wandte sich Agneta an Suzie.

Suzie Pooth war ein Kind der Arbeit. In einer Labour-Familie aufgewachsen, hatte sie ihre Jugendjahre als Sekretärin eines Versicherungsvertreters in Gloucester verbracht und den um zwanzig Jahre älteren Mann aus Liebe geheiratet. Eine Lungenschwäche hatte Suzie gezwungen, in ein gesünderes Klima zu ziehen. Das Paar hatte ein Häuschen auf Tresco erworben, der zweitgrößten der Scilly-Inseln. Johnny, Suzies Mann, hatte beruflich in der neuen Umgebung nicht mehr Fuß fassen können und war gezwungen gewesen, vorzeitig in Ruhestand zu gehen. Tresco war ein teures Pflaster, die Pooths hätten ihr Haus wieder verkaufen müssen, aber Suzie gefiel es auf der Insel. Sie spuckte in die Hände und nahm eine Stelle im Old Inn an, wo sie am Tresen arbeitete und dem Wirt die Bücher führte. Im Gegensatz zum schicken New Inn auf der Westseite war das Old Inn eine Spelunke mit nikotingelben Tapeten und wackeligen Stühlen. Das Essen war nichts für schwache Mägen. Auf diese Weise abgehärtet, konnte Suzie ein verdrecktes Ferienhaus nicht abschrecken.

»Wo wir anfangen?« Gutgelaunt bündelte sie ihre Lockenpracht mit einem Haargummi. »Wir arbeiten uns von oben nach unten voran. Ich mache die Schlafzimmer, du bearbeitest die Flecken auf dem Teppich, ich nehme mir das Bad vor, du die Küche. Wäre doch gelacht, wenn wir das nicht schaffen.« Mit Staubsauger und Scheuerlappen bewaffnet, stieg Suzie in den ersten Stock.

Agneta kniete vor dem hässlichen Rotweinfleck nieder. So ein Fleck ging normalerweise nicht mehr heraus. Von Janice hatte Mikael gelernt, dass es chemische Mittel gab, die jedem Fleck beikamen, ohne Teppiche und Möbel in Mitleidenschaft zu ziehen. Agneta holte das Wundermittel aus Mikaels Box.

Zwei Stunden später waren beide Frauen erschöpft, verschwitzt, Suzie hatte die Packung Kekse fast aufgegessen, aber die Anstrengung hatte sich gelohnt. Kurz vor neun kam Janice' Wagen die Einfahrt herunter. Agneta schüttelte noch rasch den Fußabstreifer aus, arretierte die Ziervorhänge mit den Goldkordeln und legte das Kunstobst in die Schale. Als Janice eintrat, strahlte Trevalso jene Gediegenheit aus, die den astronomischen Preis einigermaßen rechtfertigte.

»Geschafft.« Agneta begrüßte Mikaels Arbeitgeberin.

»Man wird sehen. Guten Morgen, Suzie.«

»Morgen, Janice.« Suzie schob den letzten Keks in den Mund.

Agneta begleitete die Agenturchefin auf ihrem Kontrollgang durch das Haus. »Werden Sie die neuen Gäste abholen?«

»Nein, sie fahren selbst. Ich nehme an, sie sind schon unterwegs.« Janice betrat den sonnendurchfluteten Living Room.

Nur wenige Minuten später – Agneta freute sich noch über das Lob, das Janice ihr gespendet hatte – rollte ein Mittelklassewagen auf den gekiesten Parkplatz.

»Ich würde mir wünschen, Ihr Mann könnte genauso zupacken wie Sie.«

»Aber er bemüht sich doch«, antwortete Agneta.

»Mikael ist wohl in erster Linie Dichter«, schloss Janice die Inspektion versöhnlich, während die Feriengäste draußen aus dem Auto stiegen.

Ein letztes Mal ließ Agneta den Blick über die goldgelb bezogenen Möbel schweifen, über den Spiegel im Silberrahmen, die erlesenen Lampen und die reich gefüllte Bibliothek. Alles blitzte vor Sauberkeit, alles, bis auf Agneta selbst. Ihr T-Shirt war feucht und ausgebeult, die Latzhose voller Flecken, und von einer Frisur konnte man nicht mehr sprechen. Morgens hatte sie ihr blondes Haar nach hinten gesteckt, inzwischen stand es nach allen Seiten ab wie frische Kornähren. Agnetas leuchtend blaue Augen waren müde, die Lider schwer vom frühen Aufstehen und von der unerwarteten Arbeit. Sie brauchte dringend einen Kaffee. Gleich würde sie nach Hause fahren, duschen und sich hinlegen. Später wollte sie den Tag bei einem kräftigen Frühstück zum zweiten Mal beginnen und Mikael die große Neuigkeit überbringen.

Die Stimme des Mannes, den Janice draußen begrüßte, fuhr Agneta durch Mark und Bein. Nein, sie musste sich täuschen! Unmöglich, diese Stimme auf Tresco, dreißig Seemeilen vor dem englischen Mutterland, Tausende Kilometer entfernt von ihrer Heimat zu hören! Reflexhaft fuhr sich Agneta durch das Haar, strich das T-Shirt glatt und trat aus dem Haus.

Die vierköpfige Familie war damit beschäftigt, das Gepäck auszuladen. Wer auf den Inseln überhaupt Auto fuhr, vermied luxuriöse Fahrzeuge, denn die Straßen waren eng. Dieser Mann liebte normalerweise protzige Autos, das wusste Agneta. Gerade hob er drei Koffer aus dem Fond, während seine Frau den Blick über das Meer und die tropische Vegetation schweifen ließ. Die Frau hieß Darya, war Mitte dreißig und von auffälliger, ein wenig billiger Schönheit. Sie hatte ein perfekt geschminktes Gesicht. An ihren Bewegungen erkannte man ihr lebhaftes Temperament. Die beiden Kinder kamen nach der Mutter, ein Junge und ein Mädchen, sechs und vier Jahre alt.

Der Mann war in seinen Fünfzigern, ein attraktiver Mann mit stahlgrauem Haar, einem Wohlstandsbauch und den sinnlichen Zügen eines alternden Tigers. So wie Agneta dastand, in Latzhosen und T-Shirt, mit ihrem Kornfeld auf dem Kopf, entfuhr ihr ein kleiner Schrei, nicht etwa panisch oder aufgeregt, es klang eher belustigt.

»Was tust du denn hier?«, rief sie.

»Nej … det är en överraskning!«, sagte der Mann in klingendem Schwedisch, was so viel bedeutete wie: Na, das ist ja eine Überraschung.

2 *Magnus*

Die Stimme dieses Mannes war verbunden mit einer zwölfjährigen Ehe, mit Hingabe, Leidenschaft und Kinderlosigkeit, mit einem lange gehegten Misstrauen, mit Verdrängen und Sich-selbst-Verleugnen, mit der jahrelangen verzweifelten Hoffnung, dass sich für sie und ihren Mann noch etwas ändern könnte, und schließlich mit der Einsicht, dass ihre Beziehung das Opfer der traurigsten aller Klischees wurde – Magnus betrog Agneta mit einer Jüngeren. Es war nicht sein erster Seitensprung gewesen, aber sein fatalster, weil er den Fehler beging, Darya wirklich zu lieben. Als Agnetas Ehe nach einem weiteren Jahr voller Lügen und Demütigungen geschieden wurde, war Darya gerade einundzwanzig geworden, Magnus sah ungelogen wie ihr Vater aus. Sie schenkte ihm bald darauf zwei Kinder, was Agnetas Niederlage noch schmerzlicher machte. So wie sie lebten Magnus und seine neue Familie in Stockholm. Vielleicht war das der tiefere Grund gewesen, weshalb Agneta die Chance, ihren Beruf in einem anderen Land auszuüben, sofort ergriffen hatte.

Viele Zwischenschritte waren dazu nötig gewesen, einer davon hieß Mikael. Der ängstliche, zarte Mensch, der Mühe hatte, im realen Leben seinen Platz zu finden, war Agnetas neue Liebe. Sie hatte ihn drei Jahre nach der Scheidung kennengelernt, etwa zur selben Zeit, als sie vor der Wahl stand, ihren unbefristeten Job im botanischen Institut Stockholm zu behalten oder das Angebot auf den Britischen Inseln anzunehmen.

Magnus und Mikael – hätte man die beiden Männer dem Tierreich zugeordnet, müsste man Magnus als genussfreudigen Büffel darstellen, während Mikael eher einem verhungernden Wolf in verschneiter Landschaft gleichkam. Trotz der Verletzlichkeit seines Gemüts besaß Mikael etwas von einem Wolf, der nur von seinem Instinkt geleitet wurde.

Magnus stand als EU-Anwalt solide im Leben und war zugleich ein großes Kind geblieben, frevelhaft, unberechenbar, liebenswert. Mikaels Wesen war durchdrungen von einem Idealismus, der Agneta manchmal Angst machte. In früheren Jahrhunderten hätte er Missionar werden können, ein Mann, der Eingeborene mit Feuer und Schwert zum wahren Glauben bekehrte. In Stockholm hatte Mikael neben dem Friedhof gewohnt. Von seinem Arbeitszimmer aus hatte er Sicht auf schwedische Kreuze mit ihren typischen sechs Querbalken gehabt. Aug in Aug mit dem Tod oder dem ewigen Frieden, hatte er seine Gedichte verfasst und manchmal Stunden und Tage auf der Suche nach dem einen stimmigen Wort, der einzig möglichen Formulierung verbracht. Mikael liebte die Schärfe und Schönheit der Sprache, wie nur Lyrik sie besaß, er verdammte die Vergeudung von Worten in der heutigen Welt, dieses nicht enden wollende Geplapper auf unserem Planeten. Mikael war zwei Jahre jünger als Agneta und hatte bisher erst zwei Lyrikbände veröffentlicht. Davon konnte kein Mensch leben. Daher war er gezwungen gewesen, sich mit Gelegenheitsjobs durchzuschlagen. Bald nachdem sie ein Paar geworden waren, hatte Agneta ihm den Vorschlag gemacht, sie auf eine Insel im Atlantik zu begleiten.

»Agneta?« Magnus ließ die Koffer sinken.

Wenn die Engländer sie bei ihrem Vornamen nannten, klang das scharf und kantig. Als Magnus ihren Namen aussprach, bekamen die harten Konsonanten etwas Schwingendes, als ob Musik darüber läge, als ob Agneta eine Meerjungfrau wäre, die ihr Leben zwischen den Gezeiten führte. Aus seinem Mund wurde der Name zu einer reizenden Lautmalerei.

»Du?«, flüsterte sie. »Du hast Trevalso gemietet?« Agneta versuchte, ihre Fassung wiederzugewinnen.

»Ach, so heißt die Hütte, Trevalso?« Magnus lachte das Magnuslachen, ein charmantes Lippenballett, bei dem seine makellosen Zähne zur Geltung kamen.

Agneta betrachtete den Mann, mit dem sie so viele Jahre verheiratet gewesen war. Er war sichtlich älter geworden, sein dichtes Haar ergraut, er hielt sich gebückt. Es war wohl kein Zuckerschlecken, mit einer um so viel jüngeren Frau zusammen zu sein und von zwei Kindern umsprungen zu werden.

»Trevalso Cottage ist unser Schmuckstück auf Tresco«, mischte sich Janice ein, die der Begegnung bisher schweigend zugesehen hatte.

»Schau nur, *majmun*, Palmen!« Eine Frauenstimme fügte dem Reigen fremder Akzente einen weiteren hinzu. »Hast du gewusst, dass in England Palmen wachsen?«

Darya stammte aus Weißrussland, sie hatte pechschwarzes Haar und trug es als Ponyfrisur. Unterschiedlicher als die schlanke, sportliche Agneta und die aggressiv feminine Darya hätten zwei Frauentypen kaum sein können.

Der Zeitpunkt für die Aufklärung des überraschenden Aufeinanderprallens war gekommen.

»Du wirst es nicht glauben, *mačka*, aber vor dir steht meine Exfrau.« Mit ausladender Geste zeigte Magnus auf Agneta, als würde er ein Tier im Zoo präsentieren.

Die beiden Frauen waren einander noch nie begegnet. Zu Beginn war Agneta nicht daran interessiert gewesen, die Frau zu treffen, mit der Magnus seinen dritten Frühling erlebte, später hatte es sich nicht mehr zwanglos ergeben.

Darya kam um den Wagen gelaufen. »Das ist Agneta?«

Lächelnd beobachtete Magnus, wie die ehemalige und die aktuelle Frau Falkon einander die Hand schüttelten. Plötzlich runzelte er die Stirn. »Was machst du eigentlich hier, ich meine, hier in unserem Ferienhaus?«

Magnus hatte sich nie für die Umstände interessiert, die zu Agnetas großer Lebensveränderung geführt hatten. Er wusste nur, dass sie als Botanikerin in einem Landschaftspark eine Stelle gefunden hatte, auf einer Insel, irgendwo in der Nähe Englands.

»Ich habe hier im Haus … Ich habe …« Da ihr keine passende Antwort einfiel, geriet sie ins Stammeln.

»Agneta hat mir geholfen«, kam Janice ihr zu Hilfe. Die Agenturchefin mochte eine knallharte Geschäftsfrau sein, aber sie war auch eine feinfühlige Seele und hatte Augen im Kopf. Dort stand Agneta, zweiundvierzigjährig, verschwitzt, in Latzhose, mit einer unmöglichen Frisur. Ihr gegenüber lächelte die junge Darya, morgenschön, als ob sie gerade aus dem Kosmetiksalon käme. »Das war wirklich lieb von dir«, setzte Janice hinzu. »Danke.«

»Das ist *deine* Insel?«, hakte Magnus begriffsstutzig nach. »Hier lebst du also?«

»Schon seit ein paar Jahren, zusammen mit meinem Partner.«

»Da müssen wir uns unbedingt bald mal sehen.« Als Magnus Daryas protestierenden Blick bemerkte, korrigierte er sich. »Ich meine, man läuft sich bestimmt gelegentlich über den Weg.«

»Da mein Arbeitsplatz zu den touristischen Höhepunkten Trescos gehört, ist es durchaus wahrscheinlich, dass wir uns wieder begegnen«, lächelte Agneta.

Es war Darya anzumerken, dass ihr die Wendung, die der Urlaub zu nehmen drohte, missfiel. »Ein Arbeitsplatz?«

»Ich bin die leitende Botanikerin von Tresco Abbey Garden«, erklärte Agneta. »Unser Park ist weltberühmt. Wir beherbergen über zwanzigtausend Pflanzenarten aus achtzig Ländern.«

»So? Aha.« Darya suchte eine Möglichkeit, das Gespräch mit der Ex ihres Mannes zu beenden. »Liam, geh nicht zu nah an die Klippen«, rief sie, obwohl ihr Sohn bloß lustlos an der Böschung lümmelte. »Wer ist hungrig?« Mit diesem Ruf versammelte sie ihre Familie um sich.

Für einen Moment kam es Agneta in den Sinn, Magnus zu verraten, dass sie schwanger sei. Ein gemeinsames Kind hätte das Aus für ihre Ehe vielleicht verhindern können. Doch sie verwarf die Absicht sofort wieder. Es wäre der Gipfel der Indiskretion, wenn ihr Exmann die freudige Nachricht vor dem Vater des Kindes erfahren würde.

»Dann wünsche ich euch also wunderbare Ferien.« Sie deutete zu ihrem Boot. »Ich muss wieder. Wie lange bleibt ihr denn?«

»Drei Wochen«, antwortete Darya an der Stelle von Magnus.

»Drei volle Wochen?« Agnetas Reaktion fiel einigermaßen erschrocken aus. Es war Juni, die ideale Zeit auf Tresco. Die paradiesische Landschaft, die Ruhe abseits der Touristentreffpunkte – auf diesen Sommer mit Mikael hatte sie sich besonders gefreut. Und ausgerechnet in diesem Jahr musste Magnus seine Ferien hier verbringen.

»Ist das Ihr Boot?«, fragte der kleine Junge.

»Stimmt genau.«

»Kann ich mitfahren?« Liam trat zu Agneta und zupfte an ihrer Latzhose. Er hatte schwarzes Haar wie die Mutter, aber die hellen Augen seines Vaters.

»Ich glaube nicht, dass deine Eltern das erlauben.«

»Wir werden unser eigenes Boot mieten, Liam«, meinte Magnus. »Du willst doch Wasserskifahren lernen.« Der Vater legte den Arm um die Schultern des Kleinen. »Agnetas Boot ist nicht stark genug, um einen Wasserskifahrer zu ziehen.«

Janice öffnete die Eingangstür. »Ich zeige Ihnen jetzt das Haus. Ach herrje …«

Mit zwei Schritten stand auch Agneta in der Tür und

erkannte den Grund für Janice' Ausruf. Suzie Pooth lag hingestreckt auf dem Sofa im Living Room und schlief. Selbst das helle Lachen Daryas, die der Anblick amüsierte, konnte die kleine runde Frau nicht wecken.

3 *Der Mann auf dem Long Walk*

Tresco Abbey Garden war im neunzehnten Jahrhundert von Augustus Smith angelegt worden, einem philanthropischen Politiker, der die Scilly Islands vom Herzogtum Cornwall für 20 000 Pfund gepachtet und dort unter dem selbstgeschaffenen Titel *Lord Proprietor* regiert hatte. Obwohl Augustus nie verheiratet gewesen war, erfreute er sich einer Schar illegitimer Kinder, die er mit seinen Gärtnerinnen gezeugt hatte. Bis zum heutigen Tag hatten seine Nachkommen den Pachtvertrag für die Insel regelmäßig verlängert, weshalb der jüngste Spross der Dynastie immer noch hier lebte.

Als Augustus mit der Umwandlung in einen Park begonnen hatte, gab es auf Tresco keine Bäume, sie waren sämtlich für den Schiffsbau abgeholzt worden. Der Stechginster, der die Landschaft bedeckte, bot nicht genügend Schutz gegen den unausgesetzt wehenden Wind. Augustus hatte daher Windschutzwälle aus Eichen, Pappeln und Bergahorn errichten lassen, später kamen Zypressen und Kiefern dazu, die sich den Wetterbedingungen bestens anpassten. So gelang es ihm, das windige, den Boden ausdörrende Wetter in die Höhe zu lenken. Auf den oberen Terrassen pflanzte er australische und südafrikanische Gewächse an, die Trockenheit mochten. Die tiefer gelegenen Zonen boten die nötige Feuchtigkeit, um Pflanzen aus Südamerika und Neuseeland aufzunehmen. Der allmähliche Aufstieg in die Welt fremdländischer Blüten und Bäume begann mit Pinien, Palmen und baumhohen Farnen. Bambushaine fächerten das Sonnenlicht. Goldfasane spazierten durch Laubengänge, vorbei an Eukalyptus- und Pfefferbäumen, Agaven aus Mexiko, Natternköpfen von den Kanarischen Inseln und immergrünen Bromeliengewächsen aus Chile. Im geschützten mittleren Teil des Parks erhob sich die Ruine einer Benediktinerabtei aus dem zehnten Jahrhundert. Auf der obersten Terrasse wuchsen Zuckerbüsche mit grünen Spitzen, meterhohe Riesengänsedisteln und orangefarbene Strelitzien.

Agneta kannte jede Spezies bei ihrem lateinischen Namen; sie wusste, welchen Boden die Pflanzen brauchten und welchen Säuregehalt das Wasser haben musste, mit dem sie gegossen wurden. Tresco Abbey Garden stellte eine Wunderwelt für sich dar. Nirgendwo sonst in Cornwall oder auf den Inseln hätte diese Pflanzenvielfalt überleben können. Das Klima war durch den Golfstrom zwar gemäßigt, aber der Atlantik war immer noch ein strenger Zuchtmeister. Der Einfallsreichtum des Gründers hatte diesen Garten während der zweihundert Jahre immer reicher und vielfältiger werden lassen.

Agneta kam über die blaue Holzbrücke, die den Eingang des Parks darstellte, auf den Long Walk, die zentrale Hauptachse. Sie hatte die andere Brückenseite noch nicht erreicht, als sie Mikael sah. Es geschah nicht oft, dass er sich an ihren Arbeitsplatz verirrte, weil er sich von der überwältigenden Schönheit der Pflanzen bedrängt fühlte. Agneta verstand diese Haltung nicht – wo hätte man eine bessere dichterische Inspiration finden können als in der

Natur? Mikael hatte ihr das Phänomen am Beispiel des exzentrischen Dichters Lord Byron erklärt, der auf üppigen Festivitäten nur Kartoffeln mit Essig gegessen hatte. Er wollte die Reinheit seines Gemüts nicht durch luxuriösen Genuss verderben.

»Ich suche dich schon die ganze Zeit«, rief Mikael ihr entgegen.

Kein guten Morgen, kein Erstaunen, wo sie den Vormittag über gewesen sei, Mikael schien nicht die geringste Erinnerung daran zu haben, dass er seine beruflichen Pflichten verpennt hatte.

»Als ich heimkam, warst du nicht mehr im Bett.« Agneta hatte sich umgezogen, sie trug ein himmelblaues Sommerkleid und einen alten Strohhut, der an mehreren Stellen Löcher hatte.

»Ich hatte einen Traum«, antwortete er. »Wieder mal so ein Angsttraum. Um ihn abzuschütteln, habe ich versucht, Verse daraus zu machen.«

»Du hast geschrieben?«, entgegnete sie erstaunt. »Ich war in deinem Schuppen, dort bist du nicht gewesen.«

»Ich habe mich mit dem Notizblock auf die Felsen gesetzt.«

Sie standen einander gegenüber. Hier die hübsche Agneta in freundlichen schwedischen Farben, blau das Kleid, gelb der Hut, goldgelb ihr Haar, dort der düstere Dichter, sein Haar war strähnig, fiel ihm in die Stirn und verdeckte das rechte Auge. Er hatte sich rasiert. Das war ungewöhnlich, morgens rasierte sich Mikael nie, die Körperpflege kam bei ihm erst am Nachmittag, wenn die dichterische

Arbeit getan war und er das Königreich in seinem Kopf verließ. Er trug Cordhosen und ein weißes Hemd mit rotem Halstuch.

»Du hast im Freien gearbeitet?«

Mikael liebte die Dämmerung, das Zwielicht, jenen Zustand der Welt, der keinen klaren Blick auf die Dinge erlaubte. Er arbeitete bei abgedunkelten Fenstern im Schein der alten Lampe, die er aus Stockholm mitgenommen hatte.

»Der Tag war so schön«, antwortete er.

»Jeder Tag auf Tresco ist schön. Trotzdem benimmst du dich normalerweise wie ein Vampir, der die Sonne fürchtet, besonders wenn du …«

»Wenn ich ein Gläschen zu viel getrunken habe.«

»Oder zwei oder drei.«

Mikael schämte sich nicht für seine Neigung. Er behauptete, dass er niemals Alkoholiker werden könne, da er sein Gehirn, das er für seinen makellosesten Körperteil hielt, nicht durch Trunksucht beeinträchtigen wollte. »Wo warst du heute Morgen?«

»Ich habe deinen Job gemacht«, antwortete sie ohne Vorwurf.

Noch war seine Miene arglos. »Meinen Job?« Plötzlich fasste er sich an die Stirn. »Ach herrje! Ist heute Samstag?«

»Mehr Samstag als heute geht gar nicht.«

»Und ich habe mich noch gewundert, wieso unser Boot weg war.« Impulsiv nahm er Agnetas Hände. »Verdammt noch mal! O Gott, wie hast du das nur allein geschafft? Hat Janice dir geholfen?«

»Nein, Suzie war so nett.«

»Liebling, das tut mir so leid.«

»Du hast wirklich vergessen, dass Trevalso heute mit Putzen dran war?«

»Sonst hätte ich mich doch nicht ans Meer gesetzt und geschrieben.«

Agneta betrachtete ihren verschusselten Mann. Eigentlich hätte sie ihm von dem verrückten Zufall erzählen müssen, dass sie vorhin das Ferienhaus ihres Exmannes sauber gemacht hatte. Doch es gab wichtigere Dinge zu besprechen, viel wichtigere Dinge.

»War Janice sauer?«, fragte er kleinlaut. »Schmeißt sie mich jetzt raus?«

»Anfangs war sie wütend. Aber als alles gutgegangen war, hat sie sich rasch beruhigt.« Agneta holte tief Luft. »Mikael, wir werden ein Kind haben.«

»Ein Kind?« Überrascht trat er einen Schritt zurück. »Wie soll das denn gehen?«

Ein zartes Lachen. »Auf die einfachste und natürlichste Weise.«

Agneta hatte nie wahrhaben wollen, dass sie eine dieser kinderlosen alternden Frauen werden sollte, die behaupteten, dass sie lieber *ihre Freiheit genossen.* Sie wollte eine Frau sein, mit einem Mann und einem Kind, und wie es aussah, würde dieser Wunsch nun in Erfüllung gehen. Sie hatte keine Freudensprünge von Mikael erwartet, aber wenigstens eine Gratulation, eine Umarmung. Von allen möglichen Reaktionen war Agneta auf das, was nun kam, am wenigsten gefasst.

»Muss das ausgerechnet hier sein?«, sagte er.

»Was hast du denn am *Hier* auszusetzen?«

»Wir sind nicht zu Hause. Wir sind nicht in Schweden.«

Agneta zeigte auf die tropische Vegetation. »Das ist jetzt unser Zuhause.«

»Nicht für mich. Mein Kind soll in Schweden zur Welt kommen. Es soll in der Heimat aufwachsen.«

»Ich kann mir keinen schöneren Ort vorstellen, um ein Baby zu kriegen«, entgegnete sie verblüfft.

»Ich werde bestimmt nicht ewig hierbleiben.«

»Mein Vertrag läuft in drei Jahren aus, auch ich werde wohl nicht für immer auf den Scillys bleiben. Aber was danach kommt, kann keiner von uns wissen. Was hätte das Kind davon, in Schweden geboren zu werden? Sechs Monate im Jahr wird es nicht richtig hell, die restliche Zeit wird man halb verrückt, weil die Sonne nicht untergeht. Meistens ist es kalt, viel zu kalt, wenn man Pech hat, schneit es noch im Mai.«

»Man kann bei uns Ski fahren.«

Der Widersinn seiner Worte ließ Agneta ein ungläubiges Lachen ausstoßen. »Stimmt, Skifahren ist auf Tresco allerdings schwierig. Glaubst du, dass wir das einem Neugeborenen zumuten können?« Ihre Verblüffung war nicht mehr zu steigern. »Du willst, dass ich in Schweden gebären soll, nur damit du Ski fahren kannst? Freust du dich denn nicht, dass wir ein Baby haben werden? Ein kleines Wesen, das ein bisschen wie du aussieht und ein bisschen wie ich, eine Fortsetzung von uns beiden, ein Blick in die Zukunft. Unser ganzes Leben wird sich ändern. Ist es da nicht egal, ob wir hier leben oder in Stockholm?«

Manchmal, an Wintertagen, beobachtete Agneta Mikael, wenn er mit dem Feldstecher ans Meer lief, wo er den Vögeln nachschaute und sich vorstellte, wie es wäre, mit ihnen in die Heimat zu fliegen. Mikael genoss das Leben mit Agneta, doch auch wenn er sich an die Scillys gewöhnt hatte, war er doch ein eingefleischter Schwede geblieben. Die Zugvögel halfen ihm, sein Heimweh zu ertragen. Dass diese Vögel nicht nach Norden, sondern in den Süden aufbrachen, störte ihn bei seinen Fantasien nicht.

»Hast ja recht«, sagte er in plötzlich verändertem Ton. »Du hast absolut recht. Ich bin ein gestörter, gebeutelter Mensch und verdiene dich gar nicht.« Er wollte Agneta umarmen, aber sie sperrte sich.

»Dann freust du dich also auch ein bisschen darüber?«

»Natürlich freue ich mich.« Er zog sie an sich.

»Du bist mir schon ein komischer Heiliger«, murmelte sie an seine Brust gelehnt.

»Ich bin bloß ein erfolgloser Dichter, der gar nicht mehr gewöhnt ist, dass es noch Freude in seinem Leben gibt. Und du bist mein Mädchen, meine wunderbare Frau.« Er küsste sie.

»Ich bin ein ziemlich betagtes Mädchen, darum habe ich auch Bammel, ob mit der Schwangerschaft alles gutgehen wird.«

»Seit wann weißt du es? Ist es schon sicher? Bist du nach der zwölften Woche?«

Sie erzählte ihm, wie sie zum ersten Mal den Verdacht gehabt hatte, darauf nach St. Mary's übergesetzt und zu Dr. Garrison gegangen war, der ihr die freudige Neuigkeit bestätigt hatte. Sicherheitshalber war sie auch noch auf dem Festland im Krankenhaus von Penzance gewesen.

Während Agneta berichtete, während ihre freudige Erzählung sie in einen tänzelnden Zustand versetzte und sie Mikael umkreiste, ihren Strohhut abnahm und in die Luft warf, näherte sich über den Long Walk ein Mann. Es war kein Tourist, man erkannte es daran, dass er keine Kamera dabeihatte oder mit dem Handy Bilder schoss. Dieser Mann trug Anzug und Krawatte, ungewöhnlich auf Tresco, ungewöhnlich bei diesen Temperaturen. Vielleicht war er ein Bekannter von Mr Attenborough, dem Besitzer der Insel, der manchmal gut betuchte Gäste in seinem Haus empfing.

Der Mann, er mochte in seinen Vierzigern sein, erreichte die Brücke. Er hatte schwarzes Haar, einen korrekt gestutzten Bart und trug eine Hornbrille. Im Vorübergehen nickte er Agneta zu. Er überquerte die Brücke, verließ Abbey Garden und war binnen Sekunden verschwunden.

4 *Wilde Brombeeren*

Agneta rannte zum Haus von Suzie Pooth hinüber. Auf der Anhöhe hielt sie inne und stützte die Hände atemlos auf die Knie. Die Polizei war schon vor Ort. Normalerweise brauchten sich die freundlichen Officers nur um kleine Vorkommnisse auf den Inseln zu kümmern. Wenn ein umhertaumelndes Möwenjunges auf der Straße die Aufmerksamkeit besorgter Touristen weckte, wenn der Streit zweier betrunkener Köchinnen die Polizei zum Eingreifen zwang, erschien meistens Constable Larry Meat und waltete seines Amtes. Heute war er in Begleitung von Sergeant Lisa Woolley gekommen, der Leiterin der Polizeidienststelle.

Es gab auf Tresco nur wenige Klippen, die Insel verlief nach drei Himmelsrichtungen flach ins Meer. Die schroffen Abbrüche befanden sich im Norden, wo Schilder davor warnten, sich diesen Punkten zu nähern. Johnny Pooth war am Fuß einer langgestreckten Klippe auf dem Kiesstrand gefunden worden, mit dem Gesicht nach unten. Neben ihm ein Körbchen mit Brombeeren, die verstreut umherlagen. Es war allgemein bekannt, dass die ergiebigsten Brombeersträucher entlang der Felsenküste wuchsen.

In früheren Jahren war Suzies Ehemann ein Jäger gewesen, er hatte potenzielle Käufer von Versicherungspolicen gejagt und war erfolgreich darin gewesen. Als man dann Suzies angegriffene Lunge diagnostiziert hatte, war das Ehepaar in das gesunde Golfstrom-Klima gezogen. Seitdem hatte Johnny nicht so recht gewusst, wohin mit sich. Mit der Versicherungsarbeit weiterzumachen, war aussichtslos, auf den Inseln lebten nur zweitausend Seelen, und die Touristen schlossen ihre Versicherungen vor der Reise ab. Suzie hatte begonnen, im Old Inn zu arbeiten, Johnny war daher oft allein gewesen. Freunde von ihm sagten, er sei in letzter Zeit wunderlich geworden, andere nannten seinen Zustand Depression. Und heute Morgen war Johnny Pooth von einer Klippe zu Tode gestürzt.

Suzie empfing Agneta an der Haustür. »Es war ein Unfall.« Ihr hübsches Gesicht sah grau und eingefallen aus. »Es muss ein Unfall gewesen sein.« Sie stülpte die Unterlippe vor und kämpfte gegen das Weinen an. »Aber die Polizei behauptet, es wäre möglicherweise …«

Agneta nahm Suzie in den Arm. »Wer behauptet das, Constable Meat?«

»Ach, der kriegt ja den Mund nicht auf.« Suzie senkte die Stimme. »Nein, Lisa, die Klapperschlange, hat so etwas gesagt.«

»So darfst du Sergeant Woolley nicht nennen.«

»Aber es stimmt. Lisa hat ihren Mann betrogen. Als es rauskam und sie sich auf den Inseln unmöglich gemacht hatte, ist sie reumütig zu ihm zurückgekrochen.«

»Lass gut sein, Suzie. Du solltest dich ein bisschen hinlegen.«

»Warum soll ich mich hinlegen?«

»Weil du unter Schock stehst. War Doktor Garrison schon hier?«

»Machst du Witze?« Suzie ließ sich nicht zum Sofa dirigieren, sondern lief in die Küche und nahm am Esstisch Platz. »Bis unser Inseldoktor hier eintreffen würde, hätte ich Johnny wahrscheinlich schon unter die Erde gebracht.«

»Du brauchst einen Arzt, Suzie, sonst klappst du zusammen.« Agneta setzte Teewasser auf.

Johnny Pooth war auf Tresco als *der alte Johnny* bekannt gewesen. Seine Frau nannte man *die süße Suzie.* Sie war als Kellnerin beliebt und hielt sich eindeutige männliche Angebote mit Charme und Witz vom Hals. Johnny war Ende sechzig gewesen, Suzie mochte in ihren Vierzigern sein. Was würde sie als Witwe auf einem Eiland im Atlantik anfangen?

Während das Wasser zu brodeln begann, kam eine Frau in Uniform in die Küche. Funkgerät, Taschenlampe, schwarze Weste, keine Pistole. Auf den Inseln kamen die Polizisten ohne Waffe aus.

»Sie auch Tee, Sergeant?« Normalerweise hätte Agneta die Uniformierte mit *Lisa* angeredet, aber deren Haltung machte klar, dass sie im Dienst war.

»Später vielleicht.« Sergeant Woolley stützte sich auf die Tischplatte. »Sind Sie so weit, Mrs Pooth? Können wir reden?«

»Ich war schon die ganze Zeit so weit«, antwortete Suzie stachelig.

»Was hat Ihr Mann heute Morgen gemacht?«

»Er ist aufgestanden, hat gefrühstückt und die Zeitung gelesen. Das nehme ich zumindest an.«

»Sie nehmen es an?«

»Ich weiß, was Sie andeuten wollen.«

»Ich versuche nur, den Tagesablauf Ihres Mannes zu rekonstruieren.«

»Ich war heute Morgen nicht zu Hause.«

»Weshalb nicht?«

Suzie warf einen Blick zu ihrer Freundin. »Ich habe Agneta geholfen.«

»Wobei?«, fragte die Polizistin. In diesem Augenblick trat Constable Meat in die Küche. Larry Meat war ein kräftiger Kerl mit vorspringendem Kinn und markanten Brauen, unter denen sich ernste graue Augen verbargen.

»In Trevalso Cottage«, antwortete Suzie.

»Sie arbeiten aber doch im Old Inn«, hakte Sergeant Woolley nach.

»Agneta hat mich beim Putzen um Hilfe gebeten.«

Überrascht wandte sich der Sergeant zu Agneta. »Kümmern Sie sich neuerdings auch um Ferienhäuser?«

Agneta erklärte, wieso sie frühmorgens für ihren Mann eingesprungen war. »Mikael hatte verschlafen.«

»Warum haben Sie ihn nicht geweckt?«

»Es ging ihm nicht gut.«

»Ist er krank?«

»Er war übernächtigt.«

»Wieso?«

»Wir sind gestern im Old Inn gewesen.«

»Haben Sie dort auch Johnny Pooth gesehen?«

Es war üblich, dass Johnny abends im Pub vorbeischaute, ein Gläschen trank, mit den Leuten plauderte und Suzie beim Geschirr half.

»Johnny ist gestern zu Hause geblieben«, antwortete

Suzie an Agnetas Stelle. »Was hat denn das damit zu tun, dass er heute von den Klippen gestürzt ist?«

Sergeant Woolley stand breitbeinig auf beiden Füßen. Sie war jung, und die meisten fanden, sie sei viel zu hübsch für eine Inselpolizistin. Nach der endgültigen Trennung von ihrem Mann war sie seit längerem Single, ein Thema, das auf den Scillys gern diskutiert wurde. »Ich versuche nur festzustellen, in welchem Gemütszustand Ihr Mann war.«

»Gemütszustand? Wollen Sie andeuten …«

Bevor Suzie sich ereifern konnte, fragte Lisa: »Wann haben Sie heute früh Ihr Haus verlassen?«

»Kurz nach sechs.«

»Hat Ihr Mann das mitgekriegt?«

»Er hat sich im Bett herumgewälzt. Ich sagte, schlaf weiter, dann bin ich zur Bucht gelaufen. Danach … habe ich ihn nicht mehr gesehen.« Suzie ließ den Kopf sinken und beschirmte die Augen. Eine traurige kleine Stille entstand.

»Sie waren gestern ja auch im Old Inn, Lisa«, durchbrach Agneta das Schweigen. »Da müssen Sie doch mitbekommen haben, dass Johnny nicht dort war.«

»Es war noch ziemlich früh«, gab die Polizistin nach einem Moment der Verblüffung zu. »Johnny könnte später gekommen sein.«

»Sie hatten Tee und eine Pastete mit Stachelbeersauce«, bestätigte Suzie.

»Die Sauce hatten Sie vergessen. Die Pastete war leider ziemlich trocken.«

Agneta stellte die Teekanne auf den Tisch. »Soweit ich mich erinnere, waren Sie nicht allein.«

»Richtig.«

»Der Mann, mit dem Sie im Old Inn saßen, kam nicht von den Inseln. Ich habe ihn hier noch nie gesehen.« Doch, das hatte sie. Agneta fiel es wieder ein. Anzug, Krawatte, Bart und Hornbrille – derselbe Mann, dem sie heute in Abbey Garden begegnet war.

Weshalb stellte Lisa all diese Fragen? Um herauszufinden, ob Johnnys Tod ein Unfall gewesen war? Oder ob er einen verzweifelten Schritt getan hatte? Wenn Agneta ehrlich war, konnte sie die Selbstmordtheorie nicht ausschließen. Johnny Pooth war in letzter Zeit sonderbar gewesen.

Praktisch jeder, der auf der Ostseite der Insel wohnte, traf sich abends im Old Inn, auch Agneta und Mikael waren häufig dort. Sie saßen am Tresen und schwatzten mit Suzie, die Biere zapfte. Meistens war Johnny nach zwei oder drei Ales redselig geworden und schwadronierte darüber, dass es ihm nur ein einziges Mal gelingen müsste, an die Celebrities heranzukommen, die hier Ferien machten. Als Versicherungsvertreter würde er ihnen die Augen öffnen, welche Gefahren auf den Inseln lauerten, und könnte dabei eine Menge Geld verdienen.

»Du willst ja bloß Angelina Jolie im Bikini sehen«, hatte Suzie gekontert, als Johnny eines Abends wieder davon träumte, den Schönen und Reichen Versicherungen anzudrehen.

»Genau das meine ich«, griff er das Stichwort auf. »Brad und Angelina waren schon mal hier, auch die Beckhams und Jude Law. Die Inseln sind ein Geheimtipp, deshalb sind sie bei den Promis so beliebt.« Johnny trank einen kräftigen Schluck. »Sogar der Premierminister hat hier schon Urlaub gemacht.«

»Welcher Premierminister?«, wollte Mikael wissen.

»Harold Wilson ist mal hier gewesen«, erklärte Suzie. »Aber das war in den siebziger Jahren.«

»Wisst ihr, was dem PM damals passiert ist?«, fragte Johnny in die Runde.

»Ich fürchte, du wirst es uns gleich erzählen«, konterte Suzie. »Zum hundertsten Mal.«

Johnnys Wangen glänzten. »Wilson machte Urlaub auf St. Mary's. Er wollte zum Fischen und fuhr in einem Schlauchboot aufs Meer hinaus, um dort in einen größeren Kahn umzusteigen. Dabei ist er offenbar aus Ungeschick aus dem Boot gefallen, das dann ohne ihn auf die offene See hinaustuckerte. Wilson hat es nicht geschafft, sich aus eigener Kraft in das andere Boot zu ziehen. Eine Stunde lang musste er sich daran festklammern, und ihr wisst, wie kalt unser Wasser ist. Er hatte mehr Glück als Verstand, dass eine Familie vorbeikam, die ihn gerettet hat. Sonst wäre unser Premierminister wahrscheinlich ersoffen.« Als ob das ein schlagender Beweis wäre, hob Johnny sein Glas. »Ihr seht, auf den Scillys ist man gut beraten, wenn man versichert ist.«

»Was hätte ihm deine Versicherung denn genützt, wenn er ertrunken wäre?«, lachte Suzie.

»Seine Erben hätten davon profitiert.«

»Du solltest noch erzählen, dass Wilson die Sache ziemlich peinlich war, darum ließ er in der Presse verlauten, dass er von seinem Hund ins Wasser gestoßen worden sei«, lachte Suzie. »Sein Labrador! Später kam heraus, dass der Hund die ganze Zeit am Ufer gesessen hat.«

So lustig die Abende auch waren, an denen Johnny ins Schwärmen kam, so trübsinnig endeten sie. Wenn er zu viel getrunken hatte, bekam er das heulende Elend und stellte seine Lebenssituation in düsteren Farben dar.

»Wem mache ich schon was vor? Ich bin bald siebzig und werde nie wieder in meinem Job arbeiten. Wer braucht mich denn? Niemand. Was habe ich vor mir? Nichts.«

Die Versuche, ihn davon zu überzeugen, dass er seine Rente an einem der schönsten Flecken Englands genießen durfte und dazu noch eine entzückende junge Frau hatte, die ihn liebte, fruchteten wenig. Johnny fand, dass sein Leben, seit sie auf der Insel waren, ohne Sinn sei. So war das mit dem Paradies, hatte Agneta damals gedacht, es gab keinen Garten Eden, in dem nicht auch der Teufel lauert. In Johnnys Fall war der Teufel das Fehlen einer Perspektive.

Agneta betrachtete ihre Freundin. Hatte Suzie wirklich keinen Zweifel daran, dass Johnny verunglückt war? Kerngesund und sportlich, wie er war, konnte man schwer glauben, dass er von der harmlosen Klippe gestürzt war und sich das Genick gebrochen hatte. Dazu kam, dass die Brombeerzeit eigentlich noch nicht begonnen hatte.

»Wo genau ist es passiert?«, fragte sie die Polizistin.

»Im Norden. Nicht weit entfernt von Amaryllis House.«

»Bei der Villa des Prinzen?«, erwiderte Agneta. »Das ist

der entlegenste Punkt auf Tresco, den Johnny zum Brombeerpflücken wählen konnte.«

»Er hat gern lange Spaziergänge gemacht«, warf Suzie ein.

»Moment mal.« Agneta überlegte. »Die Brombeeren, die bei Amaryllis House wachsen, werden erst später im Jahr reif.«

»Woher wissen Sie das?«

»Es gibt zwei Sorten Brombeeren auf Tresco. Die bei uns in Abbey Garden kann man schon im Juni essen, aber die Beeren im Norden sind erst Anfang August reif. Das hat mit der Strömung zu tun und mit dem Sonneneinfall.«

»In Johnnys Körbchen wurden aber nun mal Brombeeren gefunden«, hielt Woolley dagegen.

»Dann sollten Sie feststellen, ob das Beeren von den dortigen Sträuchern waren.«

Was machst du denn gerade?, dachte Agneta. Willst du die Arbeit der Polizei übernehmen? Willst du andeuten, dass Johnny nicht zum Brombeersuchen unterwegs war? Weshalb sollte er sonst bis Amaryllis House laufen? Was wollte Johnny beim Haus des Prinzen?

5 *Lisa*

Lisa Woolley war keine Klapperschlange. Sie kroch nicht, züngelte nicht und biss nur in seltenen Fällen zu. Lisa hatte ganz andere Probleme. Eines davon war ihr unüberwindlicher Gerechtigkeitssinn. Der Glaube an Gerechtigkeit war zweckdienlich für eine Polizistin, aber schwierig für eine alleinstehende Frau auf einer Insel. Lisa konnte nicht akzeptieren, dass sich das Leben und die Gerechtigkeit nur selten vereinbaren ließen. Die Menschen schufen Regeln, an die sie sich zu halten versprachen, sie scheiterten jedoch meistens an der Tatsache, dass sich das Leben ständig änderte. Das galt besonders für die Männer, auf die Lisa sich eingelassen hatte. Ihr Leben war somit eher dem Meer vergleichbar, manchmal sanft und romantisch, dann wieder wild, unberechenbar und tödlich.

Lisa Woolley, seit zwei Jahren geschieden, war ein konservativer Mensch. Das erfüllte sie mit Stolz, sie sah eine Qualität darin. Die Werte, die ihr Land, das großartige Großbritannien, groß gemacht hatten, waren Leuchtfeuer in Lisas Leben. Sie wählte die konservative Partei aus Überzeugung, sie hatte auch Peter Grenville gewählt, den neuen Premierminister.

Zwei Jahre lebte Lisa nun schon allein. Die meiste Zeit fand sie Befriedigung in ihrer Arbeit, obwohl ihr bewusst war, dass sie auf den Inseln eine Micky-Maus-Funktion ausübte. Sie rettete Kätzchen, die sich vor der Flut nicht rechtzeitig in Sicherheit gebracht hatten; sie untersuchte den Fall eines gestohlenen Buches aus einem Hotel, wobei sich herausstellte, dass das Buch in Wirklichkeit unter einen wackeligen Tisch geschoben worden war. Ihre wichtigste Funktion lag darin, mit den Menschen auf den Scillys klarzukommen, selbst mit denen, die sie nicht mochte. Auf einer Insel konnte man einander nicht aus dem Weg gehen, nie war man anonym. Was immer Lisa machte, wohin sie auch ging, es wurde registriert.

Es ärgerte sie, dass ihr gestriger Besuch im Old Inn plötzlich in Zusammenhang mit dem Tod eines Inselbewohners stand. Johnnys Leiche war am Fuße von Amaryllis House gefunden worden, ein weiterer ungünstiger Zufall. In den kommenden Wochen sollte das Haus des Prinzen so wenig Aufmerksamkeit erregen wie möglich. Dass Johnny Pooth' Tod ein Unfall gewesen war, schien wahrscheinlich, doch auch wenn Selbstmord dahintersteckte, war es von Bedeutung, dass die Villa nicht in die Schlagzeilen geriet. Die kleinen Zeitungen an der Küste Cornwalls lechzten nach Vorfällen wie diesen, statt ständig über Schiffsmeldungen berichten zu müssen oder über den Geburtstag hundertjähriger Jubilare.

Lisa schaltete ihr Handy aus. Vorhin hatte sie mit Mahmud Henderson telefoniert, dem Secret-Service-Mann, der sie gestern ins Old Inn begleitet hatte. Mr Henderson gehörte zu dem Security Team, das den Besuch des PM vorbereitete. Möglicherweise war Lisa der einzige Mensch auf den Inseln, der wusste, dass der Premierminister hierherkommen würde. Peter Grenville auf Lisas Insel! Was für eine wunderbare Vorstellung.

Sie war die Polizeichefin, deshalb hatte man sie einweihen müssen. In Wirklichkeit würde sie mit Grenvilles Besuch nur wenig zu tun haben. Der PM wurde bei solchen Anlässen durch den Sicherheitsdienst von Downing Street geschützt, außerdem würde der Secret Service alle nötigen Vorkehrungen treffen. Die Anwesenheit Grenvilles musste geheim bleiben, denn er reiste zu einer Begegnung an, von der die Öffentlichkeit nichts erfahren durfte. Aus diesem Grund hatte Seine Königliche Hoheit, der Prinz, dem Regierungschef seine Villa zur Verfügung gestellt. Es war nicht das erste Mal, dass Amaryllis House Schauplatz von wichtigen politischen Begegnungen werden sollte.

Missmutig legte Lisa das Smartphone beiseite. Mr Henderson hatte angedeutet, dass man den Besuch des PM nach dem Todesfall anderswohin verlegen müsse. Das täte ihr leid, hatte sie gesagt. Sie war begeistert von der Idee, dass der erste Premierminister nach dem Brexit eine Mission auf den Inseln erfüllen wollte.

Das Vereinigte Königreich hatte sich von Europa abgespalten. Großbritannien war wieder eine Insel von eigenen Gnaden und, so klein es auch sein mochte, ein Reich von Weltbedeutung. Der Brexit hatte der letzten Premierministerin den Kopf gekostet, Peter Grenville war ihr strahlender Nachfolger geworden. Jeder mochte Grenville. Mit ihm war endlich wieder ein Tory an die Macht gekommen, der den Briten die Zuversicht gab, ihr Haupt stolzer zu tragen. Peter war erst Mitte vierzig, er sah großartig aus, war sportlich, offen und pur, ein Mann für jede Jahreszeit. Wie gern hätte Lisa ihn kennengelernt.

Wegen des Todesfalles hatte sie heute ihre Mittagspause ausfallen lassen. Inzwischen war es Nachmittag, und sie hatte immer noch nichts gegessen. Lisa hatte sich vorgenommen, gesünder zu leben, sie nahm ihren Lunch daher nicht in der Wachstube ein und mied auch die Fish-'n-Chips-Bude um die Ecke. Stattdessen lief sie nach Hause, machte sich einen Salat oder wärmte eine Suppe auf. Wenn man niemanden hatte, der einem Liebe schenkte, musste man das eben selbst besorgen, war ihr Motto, so lange, bis sich die Liebe eines Tages wieder einstellen würde. Lisa übernahm sozusagen die Rolle einer liebevollen Mutter, die für ihre Tochter Essen kochte.

Sie setzte sich an den Tisch, schaute aufs Meer und löffelte die Süßkartoffelsuppe. Dabei stellte sie sich das Bild vor, das sie gerade abgab, eine neunundzwanzigjährige Frau in Polizeiuniform, die auf einer Insel im Atlantik allein eine Suppe aß. Mancher würde dies für ein idyllisches Bild halten, für Lisa war es eher ein Bild der Resignation.

Es war kurz nach halb vier. Sie packte das Funkgerät in die Halterung, steckte das Handy ein, schnallte den Gurt um und verließ ihr Apartment, ohne das Geschirr in die Spüle zu stellen. Die Wohnung befand sich im ersten Stock einer kürzlich ausgebauten Scheune. Die Wohneinheit im Erdgeschoss wurde an Feriengäste vermietet. Irgendwie fühlte es sich nicht richtig an, als Polizeichefin über einer Ferienwohnung zu leben, aber als Single hatte man in Hugh Town wenig Auswahl. In der größten Stadt auf St. Mary's wurde praktisch alles vermietet. Winzige Ställe, selbst Geräteschuppen wurden renoviert und als *Captain's Cottage* oder *The Light Tower* den Touristen angeboten. Die Scillys waren ein Urlaubstreff der Reichen, daher begnügten sich die nicht ganz so Reichen damit, ihre Ferien in einem ehemaligen Eselsstall zu verbringen.

Per Funk gab Lisa dem diensttuenden Constable in der Wachstube durch, wohin sie unterwegs war. Sie lief zum Schiffsstrand und bestieg das Polizeiboot. Man sprach in Hugh Town von *Schiffsstrand* und *Sandstrand*, die Stadt lag gewissermaßen auf der verbindenden Düne zwischen zwei Meeresbuchten. Nach Süden erstreckte sich der elegante Sandstrand, an dem Kinder spielten und Urlauber flanierten. Ins Wasser wagten sich allerdings nur die Abgehärteten. Bei einer durchschnittlichen Wassertemperatur von 15 Grad waren das vorwiegend Taucher und Wellenreiter. Im Norden befand sich der Hafen von Hugh Town. Säuberlich aufgereiht lagen Boote und kleine Jachten im tieferen Wasser vor Anker.

Normalerweise hätte das Polizeiboot mit zwei Mann besetzt sein müssen, aber Lisas Department verfügte nur über vier Officers. Hank war krank, Charly saß im Büro, und Constable Meat war zur Begehung der Klippen bei Amaryllis House aufgebrochen. Lisa hielt das Gesicht in den Fahrtwind und steuerte mit Vollgas auf Tresco zu.

Heute Morgen war eine schwedische Familie angekommen und hatte sich in Trevalso eingemietet. Lisa war in diesem Zusammenhang eine Namensgleichheit aufgefallen, der sie auf den Grund gehen wollte. Sie hatte Mr Henderson versprochen, ihm über sämtliche Ereignisse zu berichten, die auf den Inseln von der Norm abwichen. Die Sache mit den Schweden könnte solch eine Abweichung sein.

Sie manövrierte das Boot an den Landungssteg, vertäute es und legte die Fender aus. Das Auto der Feriengäste stand vor der Tür. Zur Begrüßung setzte Lisa ihren Uniformhut auf. Sie mochte das Ding nicht, hatte es nie gemocht. Die Kopfbedeckung eines Polizisten sollte Respekt einflößen, doch mit seinen neckisch aufgebogenen Krempen und dem Schachbrettmuster als Hutband signalisierte das Hütchen etwas *Madamiges*. Lisa hatte ihr kastanienbraunes Haar zum Pferdeschwanz gebündelt, der Hut drückte auf den Haargummi.

»Guten Tag, ich bin Sergeant Woolley und heiße Sie auf Tresco willkommen«, sagte sie zu der Frau, die ihr die Tür öffnete.

»Majmun! Polizei!«, rief die Frau so laut ins Innere des Hauses, dass Lisa zusammenfuhr.

»Bitte verstehen Sie meinen Besuch nicht falsch«, beeilte sie sich zu sagen.

»Entschuldigen Sie, aber ich spreche nicht so gut Englisch«, erwiderte die Frau mit einem süßen Lächeln. »Majmun!«

Lisa nahm den Hut ab und musterte ihr Gegenüber. Gab es solche Frauen in Wirklichkeit? Nicht nur, dass dieser schwedische Feriengast nichts Schwedisches hatte, auch dass sie in ihrem Feriendomizil, wo man es sich eigentlich gemütlich machte, perfekt geschminkt war, fiel Lisa auf. Die Frau trug ein hauteng sitzendes Stretchkleid mit Panthermuster, dazu Strümpfe und High Heels. Ihre Frisur saß, der Pony gab ihr etwas Verspieltes.

»Sie sind erst heute Morgen angekommen?«, fragte Lisa langsam und artikuliert.

»Heute, ja. – Ach, da ist majmun schon«, rief die Frau erleichtert.

Der Mann sah aus, wie man sich einen reichen Urlauber vorstellte. Badeshorts, ein Marken-T-Shirt, das über dem Bauch beulte, er hatte seine Lesebrille hochgeschoben. Lässig hielt er ein Tablet in der Hand, auf dem Lisa eine Online-Seite der *London Times* erkannte.

»Was ist los, mačka?«

»Die Polizei ist da.« Die Frau trat einen Schritt zurück.

»Guten Tag, ich bin Sergeant Woolley.«

»Was kann ich für Sie tun, Sergeant?«, sagte der Mann mit einem Blick, der Lisa vermuten ließ, dass er ein *Flirter* war. Als Polizistin, die zugleich eine attraktive junge Frau war, teilte sie die Männer in *Harmlose* und *Flirter* ein. Es musste mit ihrer Uniform zu tun haben, dass männliche Touristen manchmal einen gurrenden Tonfall bekamen, wenn sie mit ihr zusammentrafen.

»Habe ich etwa falsch geparkt?«, setzte der Mann lächelnd hinzu.

»Nein, Sir.« Lisa zog das Anmeldeformular hervor, das Janice bei der Ankunft neuer Gäste auf der Wachstube abgeben musste. »Sie sind Mister …«

»Ich bin Magnus Falkon, und das ist meine Frau Darya. Unsere beiden Kinder spielen auf der anderen Seite des Hauses. Und um das festzustellen, haben Sie den ganzen

Weg nach Tresco gemacht?« Der Gesichtsausdruck des Mannes bekam etwas Füchsisches.

Lisa sah ihn an. »Falkon? Ich kenne diesen Namen, Sir.«

»Falkon ist ein recht häufiger schwedischer Name. Wollen Sie unsere Ausweise sehen?«

»Nicht nötig. Es ist nur so, wir haben auf der Insel noch jemanden, der Falkon heißt – oder so geheißen hat.«

»Meine Frau«, antwortete er so arglos, als ob es das Logischste von der Welt wäre.

»Seine Exfrau«, stellte Darya richtig.

»Sie waren mit Agneta verheiratet?« Lisas Überraschung war nicht gespielt.

»Die Welt ist klein, nicht wahr? Agneta hat nach der Scheidung allerdings wieder ihren Mädchennamen *Lindahl* angenommen. Woher wussten Sie also, dass ihr Name einmal Falkon war?«

»Der Name stand in Agnetas Arbeitspapieren, die sie brauchte, um in Abbey Garden anzufangen.«

»Ein lustiger Zufall«, nickte der Schwede mit Seitenblick zu seiner Frau. »Als wir heute Morgen angekommen sind, hatte Agneta gerade unser Haus geputzt. Ist das nicht komisch?«

Lisa setzte im Geist die Puzzleteile zusammen. Michael hatte verschlafen, Agneta war in Trevalso für ihn eingesprungen und hatte Suzie Pooth gebeten, ihr zu helfen. Zur selben Zeit war Suzies Mann in der Nähe von Amaryllis House auf die Klippen gestiegen, abgestürzt und zu Tode gekommen. Die Familie Falkon hatte von dem Todesfall offenbar noch nichts gehört.

»Sie bleiben drei Wochen auf Tresco?«

»Ja, ist das nicht herrlich? Drei Wochen lang werden wir unser Inseldasein genießen.« Lachend legte er den Arm um Daryas Schulter. »Ich bin Robinson Crusoe, und du bist Freitag.«

»Wer ist denn dieser Freitag, majmun?«

»Na, sagen wir, ich bin Tarzan und du bist Jane. Können wir noch etwas für Sie tun, Sergeant?«

»Vielen Dank. Ich habe meine Pflicht als Begrüßungskomittee erledigt.« Sie salutierte scherzhaft und hielt noch einmal inne. »*Majmun* und *mačka,* das sind ungewöhnliche Kosenamen. Darf ich fragen …«

»Es ist russich«, lächelte Magnus.

»Weißrussisch«, korrigierte seine Frau. »Ich stamme aus Minsk. *Mačka* heißt Katze.« Darya glitt mit den Händen über ihre Taille. »Weil ich mich gern anziehe wie eine Katze.«

»Und was bedeutet *majmun*?«

»Aaaaffeee!«, lachte Darya. »Der große Magnus ist mein kleines Äffchen!« Mit diesen Worten fiel sie ihm um den Hals und küsste ihren Mann auf den Mund.

»Ich wünsche Ihnen einen schönen Aufenthalt«, sagte Lisa zum Abschied und machte sich auf den Weg zum Boot.

»Ach, Sergeant!«, rief Magnus ihr nach. »Wir haben gelesen, dass einige Ferienhäuser auf Tresco im Besitz der Royal Family sind.«

Sie wandte sich um. »Wieso interessiert Sie das?«

»Meine Frau ist verrückt nach denen.«

»Nach wem?«

»Den Royals. Sie liebt es, alles über diese Leute zu erfahren.«

»Prinz William und Prinz Harry sind so süß«, mischte sich Darya ein. »Ihre neuen Frauen und die Babys, all die kleinen Prinzen und Prinzessinnen! Als ich gelesen habe, dass es auf den Inseln Prinzenhäuser gibt, habe ich zu majmun gesagt, wir müssen unseren Urlaub unbedingt hier verbringen.«

»Wollen Sie uns nicht verraten, welche Häuser auf Tresco den Royals gehören?«, lächelte der Schwede.

»Die jungen Prinzen sind nicht die Besitzer«, stellte Lisa klar. »Ich habe Harry und William noch nie auf den Inseln gesehen.«

»Welche Prinzen gibt es denn sonst noch?«

»Manchmal ist Seine Königliche Hoheit Prinz Charles hier.«

»Das ist der Vater«, erklärte Darya ihrem Mann. »Der Langweilige, der wahrscheinlich nicht König wird.«

»Gehört ihm möglicherweise auch unser Haus?«

Lisa wandte sich endgültig zum Gehen. »Ich bin sicher, Sie werden auf den Inseln noch andere Attraktionen finden als die Spuren der Königsfamilie.« Als ob ihr Abgang einen offiziellen Anstrich benötigte, setzte sie den Hut auf, salutierte knapp und erreichte mit wenigen Schritten das Polizeiboot. Während sie ablegte, bemerkte sie, wie Magnus einen Wortwechsel mit seiner Frau hatte, worauf diese mit energischen Schritten ins Haus stöckelte. Als er sah, dass Lisa ihn beobachtete, hob er die Hand mit dem Tablet und winkte ihr nach.

6 *Zartblaue Lilien*

Dem Funkspruch des Constable zufolge ging in der Nähe von Amaryllis House etwas Ungewöhnliches vor sich.

»Unternimm nichts, bevor ich da bin«, rief Lisa ins Funkgerät. »Warte ab und beobachte.« Sie schlug das Ruder hart nach Backbord ein. »Ich bin in zehn Minuten bei dir.«

Lisa war überzeugt, dass Constable Meat auf die Scilly-Inseln strafversetzt worden war, und das machte ihr Sorge. Wer an diesem abgelegenen Ort als Polizist Dienst tat, brauchte Teamgeist, Ruhe und Gelassenheit. Hier mussten die Beamten Aufgaben erfüllen wie nirgendwo sonst im Vereinigten Königreich. Sie waren Tierfreunde, Psychiater, Wassersportler, Kummerkästen und Umweltschützer. Sie waren die Schulter, an der eine Witwe sich ausweinte, deren Hund gestorben war; sie waren die harte Faust für manchen betrunkenen Seemann.

Lisa wusste über Constable Meat bis jetzt, dass er einen wachen Geist hatte, einen sportlich trainierten Körper und über ein hohes Maß an Motivation verfügte. Trotzdem stufte sie ihn als instabil ein, als Menschen, der seinen Launen hilflos ausgesetzt war. Die meiste Zeit wirkte Larry wie eine Steineiche, die seit Ewigkeiten nicht mehr gegrünt hatte, er war stoisch und sprach kaum ein Wort. Dann wieder überzeugte er Lisa mit einem einzigen Satz, dass er eine Situation in ihrem Kern beschreiben konnte. Leider neigte Larry zu Temperamentsausbrüchen, was mitunter üble Folgen hatte. So hatte er einem amerikanischen Millionär, der nicht einsehen wollte, dass man im Vogelschutzgebiet nicht ankern durfte, Handschellen angelegt und dessen Jacht kurzerhand abgeschleppt. Einmal hatte Larry sich sogar zu Handgreiflichkeiten hinreißen lassen, als der Besitzer der Fish-'n-Chips-Bude sein Frittierfett nicht ordnungsgemäß entsorgen wollte. Der Fischverkäufer musste nach dem Zwischenfall an der Augenbraue genäht werden, und es war nur Lisas Geschick zu verdanken, dass der Constable nicht angezeigt wurde. Sie sah in Larry einen Mann, den man vor sich selbst beschützen musste, und diese Aufgabe schien ihr zugefallen zu sein.

Lisa nahm die Route entlang der Ostküste, steuerte am Old Blockhouse und am Gimble Porth vorbei, bis sie sich Amaryllis House von Norden her näherte. Dort kamen schon die Klippen in Sicht, wo Johnny Pooth in den Tod gestürzt war. An deren höchstem Punkt stand Constable Meat, das Fernglas vor den Augen. Unten am Kiesstrand erkannte Lisa noch einen Mann. Als er das Polizeiboot heranbrausen hörte, hob er den Kopf. Er trug Cordhosen und ein rotes Tuch um den Hals. Lisa drosselte das Tempo. Was in aller Welt wollte Michael an der Stelle, wo Johnnys Leiche gefunden worden war?

Vor drei Jahren, als Agneta zur neuen Botanikerin von Abbey Garden bestellt wurde, hatte sich auch ihr Lebensgefährte bei der Behörde registrieren lassen. »Ich heiße Mikael Laurius«, hatte er sich Lisa vorgestellt.

»Laurius ist ein wunderschöner Name.«

»Er ist baltisch. Meine Familie konnte während der Sowjetzeit von Lettland nach Schweden auswandern.«

Lisa hatte Michael von Anfang an gemocht. Er war ein stiller, dabei aufmerksamer Mensch. Da er sich selten die Haare schneiden ließ, sah er ein wenig düster aus, so wie man sich einen geschlagenen Wikinger-Helden vorstellte. Andererseits war er ein Poet. Das hatte er nicht selbst von sich behauptet, Agneta hatte Lisa erzählt, dass Michael ausschließlich für seine Poesie lebte. Er schrieb rätselhafte Gedichte, die er niemandem außer Agneta zeigte. Manchmal, erzählte sie, wenn er eine Ermunterung zu seiner Arbeit brauchte, veranstaltete er im Haus eine Dichterlesung. Dann zündete Agneta Kerzen an und nahm mit einem Brandy auf dem Sofa Platz. Michael trat hinter ein improvisiertes Stehpult und trug seine neueste Ode vor. Das muss eine wundersame Beziehung sein, hatte Lisa gedacht, ein bisschen crazy vielleicht, aber durchdrungen von Hingabe und Anteilnahme. Optisch war Michael nicht Lisas Typ, er war zu zart, zu durchsichtig und im Ganzen zu wenig männlich. Während sie den Anker warf, hob sie den Blick. Ganz anders als der Kerl dort auf der Klippe, der könnte ihr schon eher gefallen. Groß und breitschultrig, ernst und schweigsam, zugleich glühte in Larry ein vulkanisches Feuer. *Fang nie etwas mit einem Untergebenen an*, hatte Lisas alter Chief-Lieutenant gesagt, bei dem sie in Ausbildung gewesen war.

Ohne Rücksicht auf Hosen und Schuhe sprang Lisa ins flache Wasser und lief über den Strand, bis sie Laurius erreichte. »Hallo, Michael. Was machen Sie hier?«

Statt einer Antwort zeigte der Dichter zu Boden. Dort hatte er eine Kuhle gegraben und einen Strauß Blumen hineingelegt, blau schimmernde Lilien. »Ich habe erst vorhin von Johnnys Tod erfahren.«

»Sie haben Blumen mitgebracht?«, fragte Lisa ehrlich bewegt.

»Das ist das Mindeste, was man tun kann, wenn ein lieber Freund stirbt.«

Sie bemerkte, dass er in seiner linken Hand etwas versteckt hielt. »Was haben Sie denn da?«

Michael öffnete seine Finger, drei rötlich schwarze Beeren kamen zum Vorschein. »Die habe ich gefunden.«

»Brombeeren?«

»Sie lagen am Strand.«

»Mein Team hat die Umgebung um Johnnys Leiche abgesucht. Wir haben keine weiteren Brombeeren gefunden.«

»Dann haben Ihre Leute nicht richtig gesucht.« Er sah ihr vertrauensvoll in die Augen.

Lisa kannte niemanden sonst mit solch blauen Augen. »Seit dem Unfall hat die Flut den Strand mehrmals überspült. Sie müsste die Beeren weggeschwemmt haben.«

»So weit an Land kommt die Flut nicht.«

»Woher wissen Sie das?«

»Ich gehe häufig hier spazieren.«

»Bei der Villa des Prinzen?«

»Die meiste Zeit steht das Haus ja leer«, erwiderte er arglos. »Ich störe niemanden.«

»Waren Sie auch heute Vormittag hier?«

»Weshalb fragen Sie?«

»Weil wir auf der Suche nach jemandem sind, der das Unglück beobachtet haben könnte.«

»Wenn ich gesehen hätte, wie Johnny gestorben ist, hätte ich es doch sofort gemeldet«, antwortete er mit ungläubigem Lächeln.

Lisa suchte den Kiesstrand mit den Augen ab. »Wo haben Sie die Brombeeren gefunden?«

»Ich bin darauf gestoßen, als ich die Kuhle gemacht habe.«

Lisa hob den Blick zu Larry und gab ihm zu verstehen, dass er herunterkommen solle. Er winkte zurück, dass sie sich zu ihm heraufbemühen müsse.

»Kann ich die Brombeeren haben?«, sagte sie zu Michael.

»Ich wollte sie zu den Lilien streuen.«

»Ich muss untersuchen lassen, ob sie von den Sträuchern auf der Klippe stammen.«

»Woher denn sonst?« Michael ließ die Beeren in Lisas Hand kullern. Während er sich zu den Lilien bückte, sagte er: »Constable Meat steht schon eine ganze Weile dort oben. Was macht er denn auf den Klippen?«

Lisa packte die Brombeeren in eine Plastiktüte. »Das möchte ich auch gern wissen.« Sie ließ Michael zurück und begann den Aufstieg. Das letzte Stück war so steil, dass der Constable ihr die Hand reichen musste.

»Vorsicht.«

»Geht schon, danke.«

»Nein, ich meine Vorsicht, damit Sie nichts zertreten.«

Obwohl man meinen sollte, dass das Leben auf den Inseln eine Polizistin trainiert hielt, atmete Lisa hastig. »Was haben Sie gefunden, Larry?«

»Hier hat ein Kampf stattgefunden.« Er zeigte auf die abgebrochenen Zweige an einem Brombeergestrüpp.

»Johnny könnte auch versucht haben, sich festzuhalten, bevor er abgestürzt ist.«

»Das war ein Kampf«, widersprach Larry. »Wir sollten die Spurensicherung kommen lassen.«

Ich bestimme, wann die Spurensicherung gerufen wird, dachte Lisa. »Aber Charly ist heute Morgen schon hier gewesen.«

»Ach, Charly mit seiner Pfadfinderausrüstung nützt uns gar nichts«, gab Larry zurück. »Wir brauchen die Jungs vom Festland.«

Normalerweise war das Haus des Prinzen ein einsamer Ort, an dem nur die Möwen Lärm machten. Nun war hier ein Mann gestorben, ein Dichter legte Blumen nieder, das Polizeiboot brauste heran, und Beamte in Uniform trampelten überall herum. Wieso rückte das verflixte Amaryllis House ausgerechnet jetzt in den Fokus des Interesses, dachte Lisa. Erst Johnny, dann Michael, auch die schwedischen Urlauber hatten sich vorhin nach den Prinzenhäusern erkundigt. Entweder war das Ganze ein unseliges Zusammentreffen von Zufällen, oder das Interesse an Amaryllis House hatte etwas mit dem Kommen eines Mannes zu tun, dessen Besuch unbedingt geheim bleiben sollte.

Sie bückte sich zu den Sträuchern. »Vielleicht hast du recht, Larry.«

Constable Meat griff zum Funkgerät und ließ sich mit dem Dezernat auf dem Festland verbinden, um die Spurensicherung anzufordern.

Lisa pflückte eine Brombeere. Auf einer Seite war sie schwarz, an der Unterseite rot. Agneta hatte recht gehabt, die Beeren an der Nordküste waren noch nicht reif. Lisa betrachtete die Beeren in der Plastiktüte. Sie waren tiefschwarz, eine war aufgeplatzt, ihr Saft färbte die Tüte violett.

7 *Der Riesenhai*

Wer immer der Neunmalkluge gewesen war, der den Begriff *Trauerarbeit* erfunden hatte, lag falsch damit. Wahre Trauer bedeutete das Wegfallen einer Lebensrichtung, das Existieren im luftleeren Raum. In den Zellen eines Menschen waren neben seinen eigenen Eigenschaften auf magische Weise auch die Energien seiner Lebensmenschen gespeichert. Verschwand einer von ihnen ohne Wiederkehr, starb damit auch ein Teil des Trauernden selbst. Agneta kannte das Beispiel des chilenischen Feuerdorns, der in männlichen und weiblichen Ausformungen vorkam. Einen weiblichen Feuerdorn musste man in die Nähe eines männlichen pflanzen, sonst fand keine Befruchtung statt. Ging einer der beiden ein, verwelkte der andere ebenfalls binnen kürzester Zeit, ohne dass es eine botanische Erklärung dafür gab.

Suzie Pooth konnte die totale Lebensveränderung noch nicht begreifen, in die sie gestoßen worden war. Sie leugnete jedoch ihre Orientierungslosigkeit und stürzte sich in Betriebsamkeit. Sie hatte Agnetas Angebot, ihr bei der Vorbereitung des Begräbnisses zu helfen, dankbar angenommen.

Der einzige Friedhof auf den Inseln lag neben der Old Town Church und unterstand der Church of England. Die Freundinnen hatten zusammen nach St. Mary's übergesetzt und waren auf dem Weg zum Council, wo ein einzelner Mann namens Tommy unter dem Titel *Infrastruc-*

ture Team für Bestattungen zuständig war. Bei ihm wollte Suzie die nötigen Arrangements für eine Einäscherung treffen.

»Findest du eine Feuerbestattung richtig?«, gab Agneta zu bedenken. »Offiziell hat Johnny seine sterblichen Überreste der Universität Bristol vermacht.«

»Ach, Johnny und seine Spinnereien in den letzten Jahren. Zuerst wollte er unbedingt einen Organspendeausweis, buchstäblich jeden seiner Teile hat er zur Transplantation freigegeben. Als ob es so etwas Besonderes wäre, die Nieren meines alten Johnny zu kriegen.«

»Für eine Organentnahme wäre es jetzt auch zu spät. Aber weshalb willst du dich über seine Körperspende hinwegsetzen?«

Suzie piekte mit dem Zeigefinger in Agnetas Richtung. »Ich werde Johnny verbrennen, so wie er es ursprünglich wollte. Wie oft hat er zu mir gesagt, dass er kein Futter für die Würmer werden möchte.«

Der Tag war heiß, träge lagerten die Menschen am Strand. Halb verdeckt hinter einem Sonnenschirm hatte Monsieur Paul seinen improvisierten Stand aufgebaut. Seine Bilder verkauften sich während der Hauptsaison gut. Der Maler aus der Normandie hatte eine verblüffende Technik, die Magie der Meereswogen mit dem Pinsel einzufangen. Die Touristen nahmen Monsieur Pauls Wellen gern mit nach Hause, um sich an die schöne Zeit auf den Scillys zu erinnern.

Agneta hatte eine Weile geschwiegen. »Hat die Polizei die Leiche schon freigegeben?«

»Freigegeben?« Suzie blieb stehen. »Das soll Sergeant Klapperschlange bloß probieren, mir meinen Johnny vorzuenthalten.«

»Solange die Todesursache nicht eindeutig geklärt ist, wäre eine Autopsie immerhin möglich.«

»Auf welcher Seite stehst du eigentlich?«, giftete Suzie. »Erst willst du Johnny an irgendwelche Medizinstudenten verschenken, und jetzt soll er möglicherweise unter das Messer von Doktor Garrison? Nein, mein Mann wird kremiert und Schluss. Das ist sauber und würdevoll; nichts anderes kommt für John in Frage.«

Sie betraten das Büro des *Infrastructure Team.* Tommy blickte von seiner Zeitung auf. Auf der Titelseite prangte ein Bild des Premierministers. *Nichts ist in Stein gemeißelt!*, wurde Mr Grenville in dicken Lettern zitiert. Gemeint war sein verzweifelter Zickzackkurs, mit dem er versuchte, die ruinösen Folgen des Brexit abzumildern oder sie dem politischen Gegner in die Schuhe zu schieben.

Großbritannien war geschwächt. Das Inselreich, vor Jahrhunderten das größte Empire aller Zeiten, taumelte einer ungewissen Zukunft entgegen. Agneta verfolgte weniger die britischen Medien, die sich zu einer Jetzt-erst-recht-Haltung aufgerafft hatten, sondern lieber die internationale Berichterstattung. Wirtschaftlich war ein Desaster kaum noch aufzuhalten. Die Industrie kränkelte, ökonomisch war Großbritannien in der Weltrangliste hinter Brasilien zurückgefallen. Peter Grenville verkündete bei jeder Gelegenheit, dass er das reparieren wolle, doch auf der Basis des Vertrages, den er selbst mit der EU ausgehandelt hatte, schien das unmöglich. Immer wieder verwendete er in seinen Reden den Begriff des *gordischen Knotens*, was man schwerlich anders deuten konnte als mit einem Bruch des Vertrages. Als Folge dieses Abkommens war Britannien dabei, zu einer unbedeutenden Insel am Rand des Kontinents zu verkommen. Unter der jungen Generation gab es Tendenzen zur Massenauswanderung nach Europa, in die USA und sogar nach China. Der Premierminister schien auf verlorenem Posten zu stehen. Trotzdem bestand die Überzeugung, dass Grenville etwas vorhatte, etwas Außergewöhnliches, vielleicht Abenteuerliches. Er trug den Nimbus eines Mannes, der Wunder möglich machen konnte.

»Hallo, Mrs Pooth«, sagte Tommy, der Leichenbestatter, der nicht so genannt werden wollte. »Guten Tag, Agneta.«

»Guten Tag, Tommy. Wie geht es denn so?«

»Ach, der Rücken, ich werde dieses Leiden nicht los«, jammerte Tommy, bevor er den Katalog mit Urnen in unterschiedlichen Materialien und Designs hervorholte. »Diese fünf hätte ich lagernd. Wenn Sie etwas anderes wollen, müsste ich die Urne in Falmouth bestellen.«

»Ich finde die blaue hier schön«, erwiderte Suzie. »Was meinst du?«

Agneta ahnte, dass ihre Freundin deshalb so übereilt handelte, weil sie verhindern wollte, dass Medizinstudenten die Leiche ihres Mannes sezierten. Agneta hatte gelesen, dass für die Köpfe solcher Körperspenden keine Verwendung bestand, weshalb sie vor der Entsorgung in irgendeinem Raum gelagert wurden. Ein schauerliches Bild, dass Johnnys Kopf neben dutzenden anderen liegen könnte.

»Da fällt mir ein …« Tommy hielt im Umblättern inne. »Ich habe noch keine Meldung von Lisa, dass wir Johnnys sterbliche Überreste schon haben können.«

»Die kommt bestimmt bald.« Optimistisch tippte Suzie auf das Foto mit der blauen Urne. »Die hätte John gefallen. Die nehme ich.« Sie strahlte Agneta so fröhlich an, als ob sie gerade ein neues Kleid ausgesucht hätte.

Zurückgekehrt auf ihre Insel, wollte Agneta von der Bucht zum Haus hochlaufen. Der Tag war anstrengend gewesen, sie überlegte, wie sie ihre versäumten Pflichten in Abbey Garden nachholen sollte. Die tiefstehende Sonne umrahmte Mikaels Gestalt wie eine Corona. Er hielt eine Schaufel in der Hand, der Feldstecher hing um seinen Hals.

»Hallo, Mikael.«

Er fuhr so heftig zusammen, als hätte ihn ein Gespenst gestreift. »Hast du mich aber erschreckt!« Mikael sank auf den kleinen Hügel aus frisch aufgeworfener Erde.

»Tut mir leid. Hast du das Boot nicht kommen hören?«

»Nein. Wo ist Suzie?«

»Sie ist nach Hause gegangen. Was machst du denn hier unten?«

»Agneta, ich habe einen gesehen.« Er hob das Fernglas. »Einen Riesenburschen.«

»Hast du einen Kormoran entdeckt?«

Die Scillys waren für ihren Vogelreichtum berühmt.

Man zählte über vierhundert Arten, sechzig davon brüteten auf den unbewohnten Inseln, die während der Brutzeit für Touristen geschlossen blieben. Manche Vögel besuchten die Inseln nur im Sommer, die meisten aber überwinterten. So genau Agneta über die ihr anvertraute Pflanzenwelt Bescheid wusste, so mangelhaft waren ihre Kenntnisse in der Ornithologie. Sie kannte Kormorane, die lustigen Papageientaucher, den Austernfischer und den bunt schillernden Eisvogel. Was sonst noch über ihr flog, titulierte sie schlicht als *Möwe.* Der mächtigste Vogel auf den Inseln war tatsächlich die große Seemöwe, die es bis zu einer Flügelspannweite von anderthalb Metern brachte.

»Hast du dich wieder zu den Vögeln aufgeschwungen?«, lächelte Agneta.

»Nein, ich habe einen Riesenhai gesichtet.« Mikael kam hoch. »Der Kerl war mindestens zehn Meter lang.«

»Du übertreibst.«

»Ich wusste, dass du das sagen wirst. Ich hätte ein Foto machen sollen.«

»Gott sei Dank ist er für Menschen ungefährlich.« Agneta berührte Mikaels Oberarm.

»Wer, der Hai?«

»Natürlich der Hai.« Sie betrachtete das unerklärlich tiefe Blau seiner Augen, die dunklen Wimpern. »Bist du auch ungefährlich?«

»Für manche Menschen kann ich gefährlich werden.«

So war es immer zwischen ihnen, die Liebe kam unvermutet. Andere Paare verabredeten, wann sie Sex haben wollten, legten die Uhrzeit und die Weinsorte fest. Bei Mikael und Agneta passierte es aus heiterem Himmel. Er war der Wolf. Wenn der Wolf Agnetas Lust witterte, gab er sich ihr hin. Wenn der Trieb ihn überkam, befriedigte er ihn. Manchmal vergingen Wochen, in denen das Blau in Mikaels Augen nicht zu glimmen begann, manchmal wollte Agneta auch in Ruhe gelassen werden. Aber nicht heute.

»Lass uns hinaufgehen.«

Er zog sein T-Shirt aus. »Wozu?«

»Hier können uns alle sehen.«

»Wer soll uns sehen, der Riesenhai?« Der Wolf blinzelte.

»Suzie könnte zurückkommen.«

»Suzie ist noch nie zurückgekommen.« Er beschäftigte sich mit den Knöpfen ihres Kleides. Agneta lehnte sich an den Felsen. Sie küssten sich, er raffte ihren Rock. Seine Cordhose war weit geschnitten, er brauchte nur den Reißverschluss zu öffnen.

»Du hast wieder keine Unterhose an«, flüsterte sie.

»Du leider schon.«

Mikael wirkte schmächtig, doch man sollte seine Kräfte nicht unterschätzen. Bei der Liebe verschwand das Zarte und Poetische an ihm, der Wikinger kam zum Vorschein. Er versetzte Agneta in einen Zustand, den sie mit *violett* beschrieben hätte. Rund um sie wurde alles violett, abgrundtief, heiß wie die Hölle, dunkel wie der Tod. Agneta gab sich Mikael hin und steigerte dabei seine Kräfte in einem Maß, dass ihre Liebe oft lange andauerte. Hier draußen, umschwirrt von Mücken, an den harten Felsen gelehnt, ging es schneller. Ineinander verschlungen sanken sie zur Erde. Die langen Halme, Kräuter und Disteln kitzelten und piksten zwar, konnten ihre Lust aber nicht schmälern. Agneta näherte sich langsam, genüsslich der Erfüllung. Als es so weit war, stieß sie einen Schrei aus, der weit übers Meer zu hören war. Mikael kam kurz darauf. Keuchend lagen sie da, bis er plötzlich heftig atmend sagte: »Ich habe nicht daran gedacht … Entschuldige.«

»Woran gedacht?« Sie strich über seinen Hinterkopf.

»Dass du schwanger bist.«

»Du bist lieb«, lachte sie. »Noch müssen wir nicht aufpassen.« Sie schaute in sein schweißnasses Gesicht. »Außer dass es für mich ab jetzt keinen Alkohol mehr gibt und ich nicht lange in der Sonne bleiben sollte.«

Sie schwiegen eine Weile, noch war der Zauber nicht verflogen.

»Aua, ich liege da auf etwas. Lass mich mal …« Agneta zog ihr Bein hervor.

Er rutschte zur Seite.

»Was hast du dort eingegraben?« Sie zeigte auf den Erdhügel.

»Ich hatte gehofft, dass du nicht fragst.«

»Was ist es?«

»Ein Seehundbaby.«

»Ach Gott.«

»Es wurde angeschwemmt. Es war schon tot«, setzte Mikael hinzu, als er ihren traurigen Blick sah. »Es hatte eine Wunde am Hals.«

»War das der Hai?«

»Der Riesenhai frisst nur Plankton und Garnelen.«

»Was könnte es sonst gewesen sein?«

»Ein Hund vielleicht.«

»Hier gibt es keinen Hund, der groß genug wäre, um einen Seehund anzugreifen.« Agneta setzte sich auf. »Weißt du, was mir auffällt? Es passieren plötzlich sonderbare Dinge.«

»Wie meinst du das?«

»In unserem Leben. Bemerkst du das nicht auch? Unser Freund Johnny fällt von den Klippen, ein Seehundbaby wird getötet, mein Exmann taucht auf Tresco auf ...«

Mikaels Augen, gerade noch müde vom Genuss, bekamen einen stählernen Ausdruck. »Dein Ex ist auf der Insel?«

»Ich weiß, ich hätte es dir früher sagen sollen. Bist du jetzt sauer?«

»Weshalb soll ich sauer sein? Ich kenne Magnus ja gar nicht. Wie hast du es erfahren?«

»Auf die aberwitzigste Weise.« Sie erzählte, wie sie Trevalso vom Dach bis zum Keller geputzt hatte, ohne eine Ahnung zu haben, dass sie sich für ihren Exmann so anstrengte.

»Da bin ich froh«, sagte Mikael nach einer Pause. »Das wäre eine blöde Situation für mich gewesen, deinen früheren Mann auf diese Weise kennenzulernen.«

»Richtig.« Sie streichelte seinen Hals. »Wenn du nicht verschlafen hättest, wärst du als *Putzfrau* auf Trevalso angetreten. Wollen wir was trinken?«

»Du meinst, im Haus?«

»Nein, ich würde lieber ausgehen.« Mit seiner Hilfe kam Agneta auf die Beine.

»Du wolltest keinen Alkohol mehr trinken.«

»Ein alkoholfreies Bier wird mir nicht schaden. Allerdings kann ich heute unmöglich ins Old Inn gehen. Die Sache mit Johnny ist zu traurig.«

»Wird Suzie dort sein?«

»Der Wirt hat ihr frei gegeben, aber ob sie den ganzen Abend zu Hause sitzen möchte …« Agneta hatte plötzlich keine Lust, heute noch irgendetwas zu entscheiden. Sie wollte nicht an den Toten denken, nicht an das Seehundbaby, sie wollte Suzie nicht beim Trauern helfen. »Entscheide du, wo wir hingehen.«

»Wir könnten ins New Inn fahren.« Mikael betrachtete die Spitze des Spatens, an dem noch frische Erde hing.

»Das wäre nett. Allerdings …« Agneta ging ein paar Schritte zum Haus voraus. »Ich nehme an, dass Magnus mit seiner Familie dort sein wird. Mein Ex ist ein Snob, das schäbige Old Inn ist nichts für ihn und für seine aufgetakelte Frau. Ich bin sicher, dass wir ihnen im New Inn begegnen würden.«

»Dann dürfte uns auf dieser pulsierenden Insel nichts anderes übrigbleiben, als doch ins Old Inn zu fahren.« Mikael hakte sie unter.

»Mit dem Boot?«

»Lass uns lieber die Räder nehmen.«

»Wenn du radelst, darfst du heute aber nicht zu viel trinken. Sonst verfahren wir uns auf dem Heimweg noch.«

»Das wäre was«, lachte er, »wenn wir uns auf Tresco Island verfahren würden.«

8 *Old Inn*

Vorsichtig betraten Mikael und Agneta das Old Inn und vergewisserten sich, dass die Falkons nicht da waren. Mikaels Aufmachung sah lustig aus, er trug noch die Fahrradleuchte an einem Stirnband auf dem Kopf. Sie guckten sich im Schankraum um, fanden die Luft rein und hängten ihre Jacken an den Haken.

Aus der hinteren Nische war plötzlich aufdringliches Lachen zu hören. Agneta packte Mikaels Hand und wollte ihn zum Ausgang manövrieren. Doch es war zu spät. Darya kam aus der Nische und steuerte auf die Waschräume zu. Versteckt hinter dunklen Balken und einem Samtvorhang, der seit Jahrzehnten keine Waschmaschine gesehen hatte, saß die Familie Falkon. Wieder trug Darya ein Kleid, das aus dem Reich der Raubkatzen stammte, ihr Haar fiel offen über die Schultern, sie war makellos geschminkt.

»Majmun! Schau mal, wer da ist!« Die Weißrussin stemmte die Hände in die Hüften.

Magnus hatte die Ankömmlinge schon entdeckt. »Hej, Agneta.« Lachend kam er auf die beiden zu. »So zauberhaft eure Insel auch sein mag, was die Abendunterhaltung betrifft, ist hier tote Hose.« Er gab Agneta einen Kuss auf die Wange und streckte Mikael die Hand entgegen. »Guten Abend. Ich bin Magnus Falkon.«

»Laurius.« Mikael schüttelte die dargebotene Hand.

»Nimm die Fahrradleuchte vom Kopf«, raunte Agneta.

»Meine Frau Darya. Und das sind Liam und Ella.«

Die Kinder streckten neugierig die Köpfe aus der Nische.

Mikael entledigte sich des Stirnbandes und ergriff Daryas Hand.

»Sie leben richtig hier?« Sie musterte den schlanken Schweden von Kopf bis Fuß. »Wie hält man das nur aus?«

»Mir fehlt Stockholm«, sagte er mit Seitenblick zu Agneta.

»Was machen Sie hier nur den ganzen Tag?«

»Ich bin sozusagen angestellt.«

»Mikael ist Schriftsteller«, unterbrach ihn Agneta.

»Das ist natürlich etwas anderes«, warf Magnus ein. »Für einen Autor muss das hier das Paradies sein.«

Agneta deutete an, dass sie am Tresen sitzen wollten, aber die Falkons ließen das nicht gelten. Liam und Ella wurden in die Kinderecke geschickt, wo ein Spiel mit Holzbausteinen sie gefangen nahm. Der Wirt zapfte Mikaels Bier, Agneta bekam ihr alkoholfreies in der Flasche. Die Paare setzten sich, doch statt wie in solchen Fällen üblich das Gespräch mit biografischen Geschichten zu beginnen, brannten die Falkons darauf, eine Tagesaktualität zu besprechen.

»Kein Mitglied der Königsfamilie kann irgendwo plötzlich auftauchen, ohne dass es bekannt wird«, sagte Agneta auf Magnus' Eröffnung.

»Genau so war es aber«, widersprach er. »Ich habe es selbst gesehen.«

»Wann?« Agneta trank aus der Flasche.

»Heute Mittag.«

»Erzähl von Anfang an, majmun«, ermunterte ihn Darya.

»Ich war zum Joggen unterwegs. Euer Inselchen lässt sich ja mühelos in ein bis zwei Stunden umrunden. Ich renne also die Ostküste hoch und als ich die Spitze fast erreicht habe, taucht ein Helikopter auf. Ich hatte ihn nicht gehört, weil die Brandung so laut war.«

»Wie sah er aus?«

»Ganz neutral, ohne Flagge oder sowas.«

»Er kam von Norden?«

»Ist das wichtig?«

»Wenn ein Hubschrauber Tresco aus nördlicher Richtung anfliegt, kann man ihn weder von St. Martin's noch von Bryher Island aus beobachten. Wo ist er gelandet?«

»Auf freiem Feld, nicht weit von einem Haus entfernt, das dort an den Klippen steht. Ein großes Haus. Es hat so eine sonderbare Farbe, nicht lila, nicht violett …«

Amaryllis House, dachte Agneta. Ein Hubschrauber am Haus des Prinzen. Die Royals landeten natürlich nicht auf dem *Helipad*, zu dem die Touristen gebracht wurden. »Und dann?«

»Ich war noch unten am Strand, als der Hubschrauber hinter der Hügelkuppe verschwunden ist. Ich rannte, was ich konnte, aber als ich oben ankam, startete das Ding bereits wieder.«

»Hast du jemanden aussteigen sehen?«

»Leider nein. Direkt über mir ist er hinweggebraust.«

»Wahrscheinlich ist er zum Auftanken nach St. Mary's geflogen.«

»Ich habe gegoogelt, dass dem Prinzen in der Gegend dort ein Haus gehört«, sagte Darya. »Er muss es gewesen sein.«

»Wieso glauben Sie das?«

»Weil die Polizei dort war.«

»Die Polizei?«, ging Mikael dazwischen.

»Erzähl doch, majmun.«

Magnus hatte ein Glas Apfelsaft vor sich stehen und trank. »Stimmt, die Polizei. Ich habe diesen Sergeant sofort wiedererkannt.«

»Wiedererkannt?«, fragte Agneta. »Bist du etwa auf der Wachstube gewesen?«

»Nein, es war umgekehrt. Diese hübsche Polizistin ist uns …« Er erntete einen strengen Blick von Darya. »Dieser weibliche Sergeant hat uns in Trevalso besucht.«

»Sergeant Woolley?«

»Woolley, so hieß sie, stimmt. Sie sagte, sie sei so eine Art Begrüßungskomitee, aber in Wirklichkeit wollte sie wissen, wieso unsere Nachnamen identisch sind. Die Polizei weiß, dass du früher mal Falkon geheißen hast«, schloss Magnus.

Weshalb sollte Lisa Feriengäste belästigen, nur um solch eine Bagatelle zu überprüfen?, überlegte Agneta. Welches Interesse könnte sie daran haben, dass ich früher die Frau von Magnus war?

Mikael machte dem Wirt ein Zeichen, dass er auf dem Trockenen sitze. »Was ist dann am Strand passiert?«

»Die Polizistin schien auf jemanden zu warten, und kurz darauf kam wirklich ein Mann aus der Villa.«

»Leider nicht der Prinz«, sagte Darya mit enttäuschtem Augenaufschlag.

»Es war ein jüngerer Mann mit Bart und Brille.«

Der Spaziergänger aus Abbey Garden, schoss es Agneta durch den Kopf. Der Mann, mit dem Sergeant Woolley am Abend vor Johnnys Tod im Old Inn gewesen war. Dort drüben hatten die beiden gesessen. Wer war der Bärtige, wieso hatte er Zugang zu Amaryllis House? »Hast du sonst noch jemanden gesehen?«

»Nein.« Magnus trank. »Das heißt – doch! Ich wollte gerade weiterlaufen und dem Sergeant sozusagen *zufällig* begegnen, hatte das Haus aber noch nicht erreicht, als diese Lady rauskam. Du weißt schon, mit der du am ersten Morgen in unserem Haus warst.«

»Janice?«, fragte Agneta ungläubig.

»Ja, Janice von der Agentur«, bestätigte Magnus.

»Sie verwaltet auch Amaryllis House«, nickte Mikael.

Magnus bekam wieder diesen schlauen Ausdruck. »Ach, sieh mal an, ihr wisst also, wie die Villa heißt? Bestimmt wisst ihr auch, wem sie gehört.«

»Also gut«, seufzte Agneta. Es gab eigentlich keinen Grund, ein Geheimnis daraus zu machen. »Amaryllis House gehört einer Königlichen Hoheit, und Janice Delorian kümmert sich in dessen Abwesenheit um die Villa.«

»Der Prinz ist wirklich hier angekommen?«, trällerte Darya.

»Das könnte durchaus sein.«

»Macht er Urlaub hier?« Darya wirkte ganz aufgeregt.

»Das glaube ich nicht.« Obwohl Agneta es erstaunlich

fand, dass die Falkons noch nichts von dem Todesfall an den Klippen gehört hatten, hielt sie den Zeitpunkt für gekommen, zu erzählen, was sich auf Tresco an dem Morgen zugetragen hatte, als die Familie angereist war.

Darya führte die Hand vor den Mund. »Abgestürzt? Das ist ja schrecklich. Und diese dicke Frau … Ich meine, die kleine fleißige Frau, die unser Haus geputzt hat, war die Ehefrau des Toten?«

»Das ist Suzie. Sie arbeitet normalerweise hier im Pub, aber heute …«

»Natürlich«, nickte Darya. »Was für eine Tragödie.«

»Aber das bedeutet ja …«, Magnus mischte sich ein, »wenn Suzie dir heute nicht beim Putzen geholfen hätte, wäre sie wahrscheinlich bei ihrem Mann geblieben. Und dann könnte er noch am Leben sein.«

Agneta folgte dem Gedankengang. Hätte Mikael nicht verschlafen, wären Agneta und Suzie nicht für ihn eingesprungen. Wäre Johnny dann überhaupt auf die Klippen gestiegen? Agneta sah ihren Mann an. Mikaels Gesicht war weiß, seine Backenmuskeln traten hervor.

»Was ist los mit dir?«

»Nichts.« Er setzte sein Bier ab.

»Was hast du eigentlich zum Zeitpunkt von Johnnys Tod gemacht?«

»Das habe ich dir schon gesagt.«

»Wieso hast du nicht in deinem Studio gearbeitet?«

»Weil ich rausgegangen bin.«

»Bist du zufällig in Richtung Amaryllis House aufgebrochen?«

»Wie kommst du denn auf die Idee?«

Agneta bemerkte, dass die Falkons dem Wortwechsel aufmerksam zuhörten. Darya zog die Brauen hoch, was ihrem geschminkten Gesicht etwas Maskenhaftes gab.

Agneta wandte sich zu Magnus. »Hast du danach mit Janice gesprochen oder mit der Polizistin?«

»Die beiden hatten es plötzlich eilig. Der Bärtige hat mich kommen sehen. Er und der Sergeant sind zu Janice ins Auto gestiegen und losgefahren. Da stand ich also verschwitzt vor dem Prinzenhaus und habe über den Zaun gespäht, aber nichts ist passiert. Schließlich habe ich meine Runde fortgesetzt.«

Das Letzte bekamen auch die Kinder mit. Liam und Ella hatten genug vom Spielen und wollten zu ihren Eltern. Magnus schlug vor, dass man zusammenrücken könne, damit alle Platz hätten, aber Agneta nahm das zum Anlass, aufzustehen. »Wir wollen euch nicht den ganzen Abend stehlen.«

»Durch euch ist er erst spannend geworden«, lachte Darya.

Mikael wäre wohl sitzen geblieben, folgte Agneta aber an den Tresen. »Wieso hast du gefragt, ob ich zum Schreiben nach Amaryllis House gegangen bin?«

Sie legte ihre Hand auf seinen Arm. »Entschuldige, das war blöd. Es hat vielleicht damit zu tun, dass zurzeit ständig etwas bei der Villa passiert.«

»Mhm.« Er starrte in sein Bier. »So war das also gemeint.«

»Was hast du?«

»Ich bin nämlich wirklich dort gewesen«, antwortete er, ohne sie anzusehen.

»Du warst beim Haus des Prinzen? Du warst auf den Klippen, als Johnny …?«

»Unsinn, nein, wo denkst du hin? Ich bin erst gestern dort gewesen. Da bin ich Sergeant Woolley begegnet. Sie hat sich mit Constable Meat bei Amaryllis House getroffen.«

»Was hast du dort gewollt?« Agneta senkte die Stimme, weil der Wirt zu ihnen trat.

»Noch was zu essen? Ich mache die Küche sonst zu.«

»Danke, nein.« Sie schüttelte den Kopf.

»Hast du noch vom Lamm?«, fragte Mikael.

»Ja, ist noch was da.«

»Okay, das nehme ich.«

Agneta wartete, bis der Wirt sich in die Küche verzogen hatte. »Also, was wolltest du dort?«

»Ich habe Blumen an den Strand gelegt.«

Für einen Moment war sie sprachlos. »Was für Blumen?«

»Lilien.«

»Auf Tresco wachsen keine Lilien, außer …«

»Außer bei dir.« Ein kurzes Lächeln.

»Du hast Lilien aus Abbey Garden gestohlen?«

»Dort wachsen doch so viele. Da habe ich mich eben bedient.«

»Aber …« Die Gedanken sprangen kreuz und quer in Agnetas Kopf. »Du legst Blumen an die Unglücksstelle? Du hast Johnny gar nicht so nahegestanden.«

»Ist das wichtig?« Plötzlich hatte Mikael diesen Blick,

der von einem tieferen Wissen zeugte. »Johnny war ein Mensch, den wir jahrelang in unserer Nähe hatten. Er war *da*, eine lebendige Energie. Und jetzt ist er auf einen Schlag nicht mehr da. Das hat mich traurig gemacht. Ich wollte seiner gedenken.«

Auf sonderbare Weise war sie berührt. »Gedenken?«

»Wir vergessen viel zu schnell«, antwortete Mikael. »Alles vollzieht sich immer hastiger und überstürzter. Nach nur einem Tag scheint Johnnys Tod gar nicht mehr so wichtig zu sein. Unsere Welt wird immer greller, zugleich verblasst alles schon nach kürzester Zeit.«

»Da hast du recht.« Sie legte den Kopf auf seine Schulter. Manchmal vergaß Agneta, dass Mikael ein tief empfindender Mensch war. Nur weil er selten darüber sprach, bedeutete das nicht, dass nicht sehr viel in ihm vorging. »Was hat die Polizei gestern am Strand gemacht?«

»Sie haben die Unglückstelle abgesucht, nehme ich an. Sie waren auch oben bei den Brombeersträuchern.«

Mit beiden Händen umfasste Agneta ihre Bierflasche. »Gestern geschah das Unglück mit Johnny, heute trifft der Prinz ein. Dass der Helikopter wieder abgeflogen ist, bedeutet wohl, dass er hier übernachtet.«

Mikael lächelte. »Wer weiß, vielleicht stattet er Suzie einen Besuch ab und spricht ihr sein Beileid aus.«

»Ja, wer weiß«, nickte Agneta. »Sonderbare Dinge gehen zurzeit vor.«

Die Tür flog auf, als ob der Wind sie aufgestoßen hätte. Draußen war es dunkel geworden. Dort stand Suzie Pooth mit zerzaustem Haar.

»Suzie? Du kommst doch?«, rief Agneta.

»Zu Hause fällt mir die Decke auf den Kopf.« Anders als am Nachmittag war Suzie mittlerweile ganz in Schwarz, schwarze Jacke, schwarze Hose.

Agneta nahm ihre Freundin in den Arm. »Gut, dass du da bist.«

In der Nische hoben die Falkons die Köpfe und beobachteten die beiden Frauen, die sich in den Armen lagen.

9 *Der verlorene Stern*

Die Europäische Union hatte zwölf kreisförmig angeordnete Sterne in ihrer Fahne als Zeichen der Einheit und Identität. Unabhängig von der Sternenzahl hatte der Zusammenschluss europäischer Staaten zur EWG zunächst nur sechs Mitgliedsländer umfasst. Großbritannien hatte zu Beginn nicht dazugehört, weil der französische Präsident de Gaulle dagegen gestimmt hatte, um die Vormachtstellung Frankreichs nicht zu gefährden. Nach seinem Tod traten Irland, Dänemark und das Vereinigte Königreich der EWG bei. Grönland, das als autonomer Teil Dänemarks ebenfalls dazugehört hatte, trat 1985 wegen der Überfischung seiner Gewässer durch europäische Fangflotten wieder aus. Später kamen die Staaten der Iberischen Halbinsel dazu.

Nach Auflösung des Ostblocks und dem Zerfall der Sowjetunion ergab sich eine unerwartete Machtverschiebung zugunsten Mitteleuropas. Österreich, Schweden und Finnland traten der Gemeinschaft bei, die Schweiz und Norwegen blieben draußen. Die Zahl beitrittswilliger Länder aus den früheren sowjetischen Satellitenstaaten stellte die Union auf eine harte Probe. Aus den sechs Gründungsstaaten wurden schließlich achtundzwanzig, alphabetisch gereiht von Belgien bis Zypern. Die Zahl der Sterne auf der Flagge war gleich geblieben, und doch war vor kurzem ein wichtiger Stern verlorengegangen: der britische.

Lisa Woolley hielt sich für keinen politischen Menschen,

sie wusste nur, wofür sie war und wogegen. Sie fand den Weg richtig, den ihr Land eingeschlagen hatte, und begrüßte, dass Großbritannien nach Jahrzehnten in einer Patchwork-Familie nun wieder Single war. Als Single war man Herr bzw. Frau seiner Handlungen. Als Single konnte das Land mit der ganzen Welt Handel treiben, ohne sich erst die Erlaubnis aus Brüssel zu holen. Lisa wusste, was es bedeutete, auf einer Insel zu leben. Die Engländer, die Waliser, die Schotten und Kornen waren seit Jahrtausenden Inselmenschen gewesen. Ein Inselmensch musste für sich selbst sorgen und durfte sein Schicksal nicht in fremde Hände legen. Lisa machte sich keine Sorgen über Britanniens Isolation in einer globalisierten Welt, sie hielt sich lieber an Margaret Thatcher, die der Europäischen Gemeinschaft oft entgegengeschleudert hatte: »I want my money back.«

Nun würde der Premierminister also doch zu ihnen kommen. Die gesamte Organisation innerhalb des knappen Zeitfensters umzukrempeln, wäre zu aufwändig gewesen, hatte Mahmud Henderson erklärt. Auch Peter Grenville schien die Scilly Islands als Besprechungsort zu bevorzugen, das empfand Lisa als persönliches Kompliment.

Es war ein drückend heißer Tag, an dem man sich eine frische Brise wünschte, ein Tag, an dem man gern Weihnachtskarten mit verschneiten Landschaften betrachtete. Keine Wolke zog übers Meer, eine grauweiße Decke hing über allem, ein Himmel, der einem den Atem nahm. Am Strand von Hugh Town lagen die Touristen aufgereiht, nicht weil es ihnen Spaß machte, sondern weil sie mit ihrer kostbaren Urlaubszeit nichts anderes anzufangen wussten. Monsieur Paul hatte seine Bilder schon weggepackt und den Verkaufsstand dichtgemacht.

Die verdächtigen Brombeeren waren ins Labor geschafft, aber noch nicht ausgewertet worden. Die Spurensicherung war vom Festland angereist und wieder dorthin zurückgekehrt, ein paar abgebrochene Zweige und einen Fußabdruck im Gepäck, den sie auf den Klippen gefunden hatten. Der Commissioner war zurückhaltend gewesen, als es darum ging, Johnnys Todesursache als *unnatürlich* einzustufen. Lisa nahm an, er wollte sich die Umstände sparen, seine Ermittler dreißig Seemeilen in den Atlantik hinauszuschicken. Denn unterm Strich, was war denn schon geschehen? Ein Rentner war von den Klippen gefallen. Solche Unfälle passierten, wenn man alt war und nicht genügend aufpasste. Johnnys Leiche würde weiterhin im Kühlraum des Council bleiben, wo Menschen, die auf den Inseln den Tod gefunden hatten, auf ihre Bestattung warteten.

Johnny wartet auf gar nichts mehr, dachte Lisa, Suzie dagegen wurde langsam ungeduldig. Sie wollte ihren Mann zurück, um ihn einäschern zu lassen und seine Urne mit Blumen zu schmücken.

Es war Lisas Stärke, vielleicht auch ihre größte Schwäche, dass sie nicht loslassen konnte. Solange sie nicht verstand, was Johnny in der Nähe von Amaryllis House gewollt und weshalb er sich zum Brombeerpflücken die gefährlichste Stelle ausgesucht hatte, würden ihre Gedanken, ihre Intuition und ihre Spürnase nicht aufhören, um den Fall zu kreisen.

Allerdings nicht im Augenblick. Lisa sah sich in diesem Moment in ihrer Rolle als Chief Officer und Muttertier gefordert. Der Grund war wieder einmal Constable Meat. Larry hatte wie jeden Tag am Strand patrouilliert, eine Polizeiroutine, damit die Urlauber die Gewissheit bekamen, dass auf den Scillys die gleiche Sicherheit herrschte wie im übrigen Königreich. Lisa war unterwegs ins Büro und hatte Larry bereits zugewinkt, als sie plötzlich aufgeregte Stimmen hörte. Inmitten eines Knäuels aus Menschen ragte der große Constable empor.

Larry hielt einen rechteckigen Gegenstand über seinem Kopf, den die wütenden Badegäste zu erreichen versuchten. Während Lisa hinrannte, hörte sie Musik. Nicht die übliche Berieselung, die in den Hotels gespielt wurde, was dort am Wasser erklang, war härter, böser, mutwilliger, Lisa stufte es als Heavy Metal ein. Ihr wurde klar, was vorgefallen war. Eine Gruppe junger Leute hatte sich am Pensionistenstrand gelangweilt und Musik gemacht. Die Frequenz war ätzend, der Lautsprecher leistungsstark. Kein Wunder, dass sich die Senioren beim Constable beschwert hatten. Larry hatte die Kids aufgefordert, den Krach abzustellen. Die *Kids* waren aber schon groß genug, um Bier am Strand zu trinken, das machte sie renitent. Larrys Ermunterung verklang ungehört. Jeder andere hätte ein bisschen Humor und Verständnis gezeigt, aber Larry war nicht *jeder andere.* Er hatte sich die Krawallkiste geschnappt und versucht, sie auszuschalten. Das ließen die Jugendlichen nicht zu, und so wurde aus einer Lappalie ein tätlicher Angriff. Lisa kam gerade noch rechtzeitig, um Larry von einem der Jungs wegzureißen. Die anderen umsprangen und beschimpften den Constable, dessen Gesicht gerötet war.

»Larry! Ruhig, alles gut.« Lisa baute sich vor ihm auf. »Larry, lass los. Alles okay.«

Lisas Stimme brachte den Wütenden in die Wirklichkeit zurück. Sein Arm mit dem Krachmacher sank herab. Lisa stellte die Musik ab. Ein Junge blutete aus der Nase. Wenn sie nicht gleich etwas unternahm, war es um Larrys Karriere geschehen. Ein Disziplinarverfahren war ihm in diesem Fall sicher. Zunächst vertrieb sie die Neugierigen, die sich um die Szene scharten. »Alles in Ordnung«, rief sie mit erhobenen Armen.

»Wenn Sie einen Zeugen brauchen, ich habe gesehen, wie es passiert ist«, sagte ein Greis in leuchtend grüner Badehose.

»Danke, Sir, wir sind Herr der Lage.« Lisa ermunterte ihn, zurückzutreten. Als Nächstes gab sie dem Jungen mit dem Nasenbluten ein Taschentuch. »Hier.«

»Der Officer hat mich gerade …«

»Sekunde mal.« Lisa wandte sich an die Runde. »Wie wollt ihr die hundert Pfund bezahlen, bar oder mit Karte?« Sie zückte ihren Block. Das war unsinnig, denn auf den Inseln gab es weder Parksünder noch Autoraser, aber der Block in der Hand der Staatsgewalt verfehlte seine Wirkung nicht. »Wie ist dein Name?«, fragte sie den blutenden Jungen.

»Mein Name, wieso?« Er schniefte ins Taschentuch. »Was meinen Sie mit hundert Pfund?«

»Die Strafe wegen öffentlicher Ruhestörung und Widerstand gegen einen Officer im Dienst.« Lisa setzte ihr *Brillenträgergesicht* auf, zusammengekniffene Augen und heruntergezogene Mundwinkel. Bevor sie ihre Kontaktlinsen bekommen hatte, war dies ihr typischer Gesichtsausdruck gewesen.

»Der Officer hat schließlich mich angegriffen«, wollte der Junge widersprechen.

Lisa stellte sich breitbeinig in die Mitte der Halbstarken. »Wir wollen eines klarstellen, Jungs, das kann euch teuer zu stehen kommen. Ich mache euch einen Vorschlag: Ich verzichte darauf, das Gerät zu beschlagnahmen und euch alle aufs Revier mitzunehmen, wenn ich euer Wort habe, dass es von nun an ruhig zugeht am Strand.« Sie schickte einen Blick in die Runde. »Wofür entscheidet ihr euch?«

»Ronnies Nase …«, wollte einer aufbegehren.

»Ronnies Nase geht es blendend.« Sie nahm dem Patienten das Taschentuch weg und machte Larry ein Zeichen, sich in Gang zu setzen. »Okay, dann will ich mal ein Auge zudrücken.« Obwohl sie ihren Hut nicht aufhatte, salutierte sie andeutungsweise und stapfte mit dem Constable den Strand hoch.

»Du gottverdammter dreifacher Idiot«, zischte sie, als sie außer Hörweite waren. »Bist du eigentlich so bescheuert oder muss man dich medikamentös behandeln?«

Larry schwieg, Larry schmollte, Larry trotzte.

»Kriege ich eine Antwort?«, schnauzte sie ihn an.

»Gehst du heute Abend mit mir essen?«, knurrte der Constable.

Von allen möglichen Antworten hatte sie damit zuletzt gerechnet. »Hast du sie noch alle?«

»Wenn du mit mir essen gehst, erzähle ich dir, was mit mir los ist.« Larry wandte den Kopf, so etwas wie ein charmantes Lächeln huschte über sein gerade noch zorniges Gesicht.

Auf der Straße angelangt, klopfte Lisa ihre Stiefel vom Sand ab. »Ich weiß wirklich nicht, Larry …«

»Sagen wir um acht? Ich hole dich ab.« Er blieb noch einmal stehen. »Danke, dass du meinen Arsch gerettet hast, Chief.« Damit patrouillierte Constable Meat die Porthcressa Road hinunter.

Deinen Arsch, das kann man wohl sagen, dachte Lisa, deinen dummen, verdammt knackigen Arsch.

10 *Die Herren der Schöpfung*

»Der Prinz!« Atemlos kam Suzie angerannt.

»Der Prinz und weiter?« Agneta lief ihrer Freundin entgegen, nicht weil sie so gespannt auf deren Neuigkeit war, sondern weil sie Mikaels Ärger fürchtete. Wenn er am Schreibtisch saß, störte ihn das kleinste Geräusch.

»Wir leben auf einer einsamen Insel«, hatte er erst neulich gesagt. »Da will ich mir zum Arbeiten kein Ohropax reinstopfen müssen.«

»Du übertreibst«, hatte Agneta abgewiegelt. »Du fühlst dich ja schon gestört, wenn eine Möwe auf dem Dach rumspaziert.«

»Natürlich, weil mein Studio nicht schalldicht ist.«

»Wieso sollte ein Geräteschuppen schalldicht sein?«

»Was ist denn mit dem Prinzen?«, wiederholte Agneta, als Suzie vor ihr stand.

»Er ist auf der Insel.«

»Das wissen wir. Er ist in Amaryllis House.« Agneta legte den Arm beruhigend um ihre Freundin.

»Eben nicht«, entgegnete Suzie mit geheimnisvollem Lächeln.

Vorsichtig manövrierte Agneta Suzie ein paar Schritte hinter das Haus. »Hast du ihn gesehen?«

»Von wegen.«

»Bist du ihm begegnet?«

»Von wegen.«

Agneta warf die Arme in die Luft. »Okay, lass mich raten. Du hast ihn dazu gebracht, Camilla zu verlassen und mit dir nach Windsor zu ziehen.« Agneta wusste nicht, sollte sie sich für diese Albernheit schämen, immerhin war Suzie eine trauernde Witwe.

»Damit kommen wir der Sache schon näher.« Die hübsche Suzie setzte sich auf die Steinmauer über der Böschung. Hier blühten die Helikonien in mehreren Farben.

»Der Prinz hat mich besucht.«

»Du machst dich über mich lustig«, entgegnete Agneta.

Suzie überschlug die Beine. »Kurz vor Mittag hielt ein silbergrauer Geländewagen neben meinem Haus. Wer fährt denn auf der Insel so einen fetten Schlitten, dachte ich. Durch die getönte Scheibe konnte man nicht sehen, wer drin saß. Es war ein Mann, und er hat telefoniert. Die Fahrertür ging auf. Ich hörte, wie jemand sagte: *Kommen Sie, Henderson, was ist denn schon dabei?* Die Stimme kam mir bekannt vor. Er hat das Handy weggesteckt und ist ausgestiegen. Und er war es! Unser Thronfolger, His Royal Highness. Vor meinem Haus, in meinem Vorgarten, an meiner Tür. Ich bin rausgeschossen, da betrat er auch schon den Garten und fragte gleichzeitig, ob er eintreten darf. Ich war vollkommen platt, habe wohl irgendwas gemurmelt, was er als Antwort nahm, und schon stand er vor mir. Er ist kleiner, als er im Fernsehen wirkt. Auch eine Spur dicker. Älter ist er geworden, das Haar ist obenrum recht dünn und als er vor mir ging, habe ich bemerkt, dass er einen ziemlich breiten Hintern hat. Ein breiter königlicher Hintern«, lachte Suzie.

»Was wollte er bei dir?« Bevor Suzie antworten konnte,

fiel Agneta ihr ins Wort. »Das ist verrückt! Weißt du, was Mikael und ich gestern gesagt haben? Dass der Prinz dich besuchen kommt und dass er dir sein …«

»Beileid aussprechen will«, vollendete Suzie den Satz und klatschte in die Hände.

»War es so? Sag schon, war es so?« Agneta brannte vor Neugier.

»Ja, sag doch, war es so?« Mikael kam um die Ecke, weißes Hemd, rotes Halstuch, in seiner Rechten hielt er die Füllfeder, die Agneta ihm zu Weihnachten geschenkt hatte.

»Haben wir dich gestört?«, fragte sie vorsichtig.

»Ach, entschuldige bitte«, pflichtete Suzie bei, die Mikaels Spleenigkeit kannte.

»Warum kommt ihr nicht herein? Lasst uns was trinken«, entgegnete er so aufgeräumt, dass Agneta ihn erstaunt musterte.

»Du unterbrichst deine Arbeit – um diese Zeit?«

»Wenn wir lieben Besuch haben.« Er setzte sich zu Suzie auf die Mauer.

»Du erlebst gerade eine Weltrevolution«, lachte Agneta. »Der menschenscheue Dichter durchbricht für dich seine Gewohnheiten. Eigentlich müsste jetzt irgendwo eine Fanfare spielen.«

»Also, wie steht's? Einen Drink zur Feier des Tages?« Mikael ließ sich nicht beirren. »Irgendwo müssen wir noch eine Flasche Schampus haben, für besondere Anlässe.« Er knuffte Suzie in die Seite. »Und wenn das kein besonderer Anlass ist …«

»Da hast du recht!«

»Wenn wir angestoßen haben, musst du alles haarklein erzählen.« Er stand auf und deutete an, dass er Suzie galant ins Haus geleiten wollte.

Sie kicherte Agneta über die Schulter zu. »Heute komme ich mir ganz königlich vor.« Da sie mit seinen langen Schritten nicht mithalten konnte, machte Suzie kleine Sprünge ins Haus.

Agneta folgte den beiden langsam und nachdenklich. Wollte ihr Mikael etwa weismachen, dass er sich für den Besuch des Prinzen interessierte? Der eingefleischte Demokrat, der sozialistisch wählte, hatte der Hysterie den Royals gegenüber nie etwas abgewinnen können. Während die ganze Welt der letzten Prinzenhochzeit vor den Bildschirmen gefolgt war, hatte Mikael dem Spektakel nur einen kurzen Blick gegönnt und gemurmelt: »Die armen jungen Leute. So heiraten zu müssen, ist entwürdigend. Genauso gut hätten sie Aufziehpuppen in die Kutsche setzen können.«

Agneta hörte Mikael drinnen lachen und Suzie ermuntern, jedes Detail zu berichten. Was der Prinz gesagt, wie er vom Tod Johnnys erfahren habe, wie erstaunlich es sei, dass man sich im Königshaus um die Ereignisse auf Tresco kümmere.

So viele Dinge änderten sich gerade, dachte Agneta und setzte sich auf die Stufen ihres Hauses. Mikael änderte sich, auch sie selbst, wieso war das so und seit wann?

»Seit Magnus auf der Insel ist«, sagte sie halblaut zu sich selbst. »Seit er hier an Land ging.«

»Was sagst du?«, rief Mikael von drinnen.

»Schon gut. Ich komme.« Agneta hörte ein lautes Plopp. Mikael hatte den Sekt geöffnet.

Vorhin am Telefon, als sie das Problem mit dem Prinzen besprochen hatten, war Mr Henderson unverkennbar nervös gewesen. Wenn der britische Geheimdienst nervös wurde, war das kein gutes Zeichen, dachte Lisa. Weshalb musste Seine Hoheit auch ausgerechnet jetzt in Amaryllis House auftauchen? Hätte er nicht im sommerlichen Windsor bleiben und seine Königskrone polieren können? Lisa biss vom Fisch ab. Er war labberig und triefte vor Fett.

Vor ein paar Tagen hatte sie eine Mail erhalten, dass ein Mr Mahmud Henderson sie persönlich über die nötigen Sicherheitsvorkehrungen informieren würde. Nachdem er gelandet war, hatte sie ihm vorgeschlagen, gemeinsam Amaryllis House zu inspizieren. Er hatte abgelehnt und stattdessen essen gehen wollen. Lisa hatte ihn ins Old Inn geführt. Am nächsten Tag war Johnny Pooth von den Klippen gestürzt, und heute war der Prinz unangekündigt erschienen.

Lisa schickte dem fetten Fisch ein paar Chips hinterher, sie futterte so lange, bis sie nicht mehr papp sagen konnte. Es war der pure Trotz. Lisa wollte sich gewissermaßen gegen das Dinner mit Constable Meat abhärten. Wenn sie abends keinen Appetit hatte, würde das die Stimmung rasch im Keim ersticken.

Ein Mann wie Larry war keine Option für sie, Männer im Allgemeinen waren zurzeit keine Option. Lisa wusste, wie unreif ihr Verhalten war, besonders in ihrer Position. Sie konnte Constable Meat nämlich gut leiden, und genau darin lag das Problem. Mit einem Mann, der ihr nicht gefährlich werden konnte, wäre Lisa ausgegangen, aber nicht mit einem, der das *Verletzungsgift* in sich trug. Larry hatte das Zeug, Lisa unglücklich zu machen. Dass er auch das Zeug hatte, sie glücklich zu machen, verblasste dagegen. Sie bevorzugte das Szenario, in dem Larry sich als Arschloch erweisen und in die Schar der Männer einreihen würde, denen Lisa lieber nie begegnet wäre.

Man nannte sie auf den Inseln *die Klapperschlange*, es war ihr zu Ohren gekommen. Wussten die Klatschmäuler auch, dass sie nur so bedrohlich klapperte, weil sie jede männliche Gefahr abschrecken wollte? Ihr Spitzname rührte noch aus der Zeit, als Lisa ihren Ehemann Montgomery betrogen hatte, den stolzen Bootsbesitzer, den schnittigen Wasserskiprofi. Sie waren kaum ein Jahr verheiratet gewesen, als Lisa begriffen hatte, dass Montgomery Frauen wie Trophäen sammelte. Hatte er sie einmal erlegt, stellte er sie auf den Kaminsims, wo sie verstaubten. Lisa wollte nicht verstauben. Als Montgomery sie zu vernachlässigen begann, hatte sie es zuerst für eine Eheflaute gehalten. Als er sich mit seinen Wasserskischülerinnen auch abends traf, gab es für Lisa keinen Zweifel mehr. Sechs Monate hatte sie noch durchgehalten, bevor sie sich mit einem Urlaubsgast auf St. Mary's eingelassen hatte, einem älteren Investmentbanker, der über viel freie Zeit verfügte. Er sollte das Mittel zum Zweck sein, um Montgomery wieder auf Spur zu bringen. Das Gegenteil war die Folge gewesen. Lisas Liebhaber fühlte sich gebauchpinselt, dass die junge Politesse mit ihm schlief, und konnte seine Klappe nicht halten. Nicht nur Montgomery, die ganze Insel erfuhr von Lisas Seitensprung. Sogar auf den menschenleeren Vogelinseln, so kam es ihr vor, schrien es die Möwen in alle Winde: *Lisa Woolley vögelt einen reichen alten Mann!* Es gab Montgomery die Gelegenheit, sich als Opfer zu stilisieren und die Scheidung elegant durchzuziehen.

Verdammtes Arschloch. Lisa warf den Berg an Verpackungsmüll in den Abfall. Eine einzige Mahlzeit und so viel Müll, dachte sie mit schlechtem Gewissen, während sie ihren Koppelgurt um ein Loch weiter machte und den Rückweg zur Wachstube antrat. Lisa wusste, woher ihre trüben Gedanken kamen. Das war die Angst, was der Abend mit Larry bringen mochte. Und dann war da noch das Problem mit Seiner Königlichen Hoheit. Nichts als Ärger mit den Männern, dachte Lisa und zog die Glastür auf.

11 *Der Spion des Zaren*

»Weshalb bist du hier, Magnus?«

»Ich mache Urlaub.« Er setzte das Gesicht des *guten Freundes* auf, jene vertrauenerweckende Maske, die er schon als junger Referendar im Gerichtssaal benutzt und die ihm später als Anwalt der Rüstungsfirma Bofors gute Dienste geleistet hatte. Agneta war sicher, dass er diese Maske auch als Anwalt bei der EU gewinnbringend einzusetzen wusste.

»Von all den Destinationen auf der Welt, die du ansteuern könntest, kommst du ausgerechnet nach Tresco? Und dann willst du mir auch noch weismachen, du hättest nicht gewusst, dass ich hier seit drei Jahren arbeite?«

»Ich habe es wirklich nicht gewusst.«

Agneta hatte Magnus nach Abbey Garden eingeladen, wo sie sich im Café getroffen hatten. Ihre Kaffeebecher in der Hand, schlenderten sie zu einem Ort, der symbolträchtig und zugleich typisch nordisch war.

»Das *Valhalla-Museum*?« Amüsiert las er das Eingangsschild. »Wieso heißt ein Museum auf einer britischen Insel Valhalla?«

»Es war eine Idee des Gründers Augustus Smith. Wie sieht es mit deiner Bildung in Heimatkunde aus?«

»Valhalla?« Er nahm die Herausforderung an. »Ist das nicht gewissermaßen die Partylocation von Gott Odin, wo seine in der Schlacht gefallenen Helden sich besaufen und mit spärlich bekleideten Walküren rummachen?«

»Du bist erstaunlich gut im Bilde. Allerdings begleiteten die Walküren die Helden nur bis zu Odins Halle. Danach müssen sie draußen bleiben.«

»Das nenne ich schlechte Organisation.« Er lächelte. »Und heute bist du sozusagen meine Walküre, die mich in euer Museum führt?«

Gemeinsam traten sie ein. Enttäuscht sah Magnus sich um. »Hier hängen ja nur alte Holzpuppen.«

»Es sind Galionsfiguren, die man von Schiffen gerettet hat, die vor den Inseln gesunken sind.«

Ohne sonderliches Interesse ging Magnus weiter. »Ich dachte, hier gibt es etwas über die Wikinger zu lernen. Stattdessen nur olle Meerjungfrauen.«

Agneta blieb vor einer gut erhaltenen Figur stehen. »Weißt du, wer das ist?«

Die hölzerne Büste trug eine blaue Uniform mit roter Schärpe und hatte einen freundlichen Gesichtsausdruck.

»Ein Seemann?« Magnus wollte die Puppe berühren.

Agneta fiel ihm zart in den Arm. »Das ist Zar Alexander der Erste. Das Schiff, zu dem die Figur gehört, ist 1851 an der Nordküste Trescos auf Grund gelaufen und gesunken. Gar nicht weit von Amaryllis House entfernt. Die Figur ist aber noch aus einem anderen Grund bedeutsam. Weißt du, wieso?«

»Ich habe nicht den blassesten Schimmer.« Magnus nahm den Deckel seines Kaffeebechers ab und pustete.

»Zar Alexander ist durch die Ermordung seines Vaters auf den Thron gekommen. Ob er von dem Königsmord wusste, sei dahingestellt, aber zu Beginn seiner Regentschaft stand er stark unter dem Einfluss der Attentäter. Einer von ihnen war Graf von Benningsen. Dieser Mörder ging nicht nur straffrei aus, er wurde sogar Generalgouverneur von Litauen und kämpfte gegen Napoleon.«

Magnus seufzte. »Ich hätte mir beim Eingang ein Headset geben lassen sollen. Willst du mir jetzt die Geschichte all dieser Galionsfiguren erzählen?«

»Durch Benningsen kam ein ungewöhnlicher Mann an den Zarenhof, er hieß Fjodor Kusminsk. Kusminsk wurde unter Alexander zum berühmtesten Spion seiner Zeit. Mit seiner Hilfe gelangte der Zar an wichtige militärische Geheimnisse. Als Napoleon Moskau besetzt hatte und Russland den Krieg schon fast verloren gab, war es Kusminsk, der dem Zaren riet, die religiöse Begeisterung der Russen anzustacheln, um das Blatt zu wenden. Als die ungewöhnliche Nähe des Zaren zu Kusminsk anrüchig wurde, blieb Alexander nichts anderes übrig, als ihn hinrichten zu lassen. Es heißt, er soll bittere Tränen über den Tod seines Lieblingsspions geweint haben.«

»Eine sehr schöne Geschichte.« Magnus wandte sich zur nächsten Figur.

»Bist du auch so ein Spion?«, fragte Agneta in seinem Rücken. »Bist du ein moderner Kusminsk?«

Er drehte sich so langsam um, als müsste er sich die Antwort erst überlegen. »Ich dachte, du lädst mich zum Kaffee ein? Stattdessen erteilst du mir Geschichtsunterricht?«

»Du weichst mir aus. Für wen arbeitest du, Magnus?«

»Erwartest du ernsthaft, dass ich darauf antworte?«

»Weshalb bist du auf Tresco?«

Mit undurchdringlicher Miene trat er vor sie. »Ich weiß wirklich nicht, was du meinst.«

»Ich bin auf dieser Insel heimisch geworden, Mikael und ich fühlen uns hier wohl. Aber Tresco ist keine gewöhnliche Insel. Wichtige Leute steigen hier ab, einflussreiche Leute treffen sich zu Besprechungen. Das ist nicht irgendeine Insel, und du bist nicht irgendein Urlauber.«

»Wie kommst du nur auf solche Ideen?«

»Ist das so abwegig? Vor unserer Ehe hast du für den größten schwedischen Waffenhersteller gearbeitet. Du hast Bofors aus einem Korruptionsskandal herausgehauen, der zum Sturz der indischen Regierung geführt hat. Das war dein Eintrittsticket für einen Job bei der Europäischen Union. Du sitzt im Verteidigungsausschuss und im Sicherheitsausschuss. Du bist bei den Brexitverhandlungen gewesen, der Deal trägt auch deine Handschrift.« Agneta senkte die Stimme, da sich eine Touristengruppe näherte. »Also erzähl mir nicht, dass du auf Tresco nur alle viere von dir streckst und mit deinen süßen Kindern Federball spielst.«

Während sie sprach, musterte Magnus sie mit einem gehässigen Blick. »Ich dachte, du arbeitest hier als Gärtnerin. Wieso stellt mir eine Gärtnerin diese absurden Fragen?«

»Weil sogar eine Gärtnerin nicht übersehen kann, dass auf dieser Insel gerade einiges nicht mit rechten Dingen zugeht.« Sie hielt seinem Blick stand. »Am Tag eurer Ankunft stürzt unser Nachbar in den Tod, ausgerechnet vor dem Haus des britischen Thronfolgers. Unser harmloser, frustrierter Nachbar hat seine Nase vielleicht in Dinge gesteckt, die ihn nichts angehen.«

»Ich dachte, sein Tod war ein Unfall.«

»Dachtest du das wirklich?«

»Was willst du mit diesen Fragen andeuten?« Sein Ton wurde härter. »Glaubst du, ich hätte mich im Brombeergestrüpp versteckt und euren Nachbarn in die Tiefe geschubst?«

»Das wäre unmöglich gewesen. Als Johnny starb, seid ihr gerade erst angekommen.«

»Das freut mich zu hören, *Miss Marple*«, entgegnete Magnus kopfschüttelnd. »Mein Gott, ich fürchte, du bist während der einsamen Jahre hier ein bisschen verrückt geworden.«

»Glaubst du?« Agneta entdeckte die ersten Altersflecken an seiner Schläfe. »Weshalb bist du gleich am zweiten Tag zum Haus des Prinzen gejoggt?«

»Warum auch nicht? Wenn man die Ostküste hochläuft, liegt die Villa praktisch auf dem Weg.«

»Deine Frau ist verrückt nach den Royals. Und da wollt ihr nicht gewusst haben, wo die Villa des Prinzen liegt?«

»Ist Darya jetzt also auch schon mit im Bunde?« Magnus lachte. »Wir haben es also nicht nur mit einem janusköpfigen Rechtsanwalt zu tun, sondern gleich mit einem Terroristenpärchen.«

»Von Terroristen habe ich nichts gesagt«, antwortete sie gläsern. »Du bist kein Terrorist, das weiß ich. Aber du hast irgendetwas vor, Magnus. Warum sagst du mir nicht, was es ist?«

»Was soll ich auf dieser Insel denn weiter vorhaben, außer zu schnorcheln und warmes englisches Bier zu trinken?« Er lief zur Galionsfigur Alexanders zurück. »Du denkst, ich bin ein *Spion des Zaren*. Für wen sollte ich deiner Meinung nach spionieren, etwa für die EU? Das ist der langweiligste Haufen, dem ich je angehört habe. Soll ich rauskriegen, wie viele Büroklammern die Engländer pro Jahr verbrauchen? Soll ich das Staatsgeheimnis lüften, wie sich die Briten nach dem Brexit fühlen? Dazu brauchst du keinen Spion, sondern nur ein paar Statistiken. Seit dem Austritt Englands sind die ausländischen Investitionen in Großbritannien um achtzig Prozent zurückgegangen. Das ist ein wirtschaftlicher Supergau. Das Pfund fällt ins Bodenlose. Die Leute müssen ihre Häuser verkaufen, weil sie die Hypotheken nicht mehr zahlen können. Die Immobilienpreise sind auf dem tiefsten Stand seit der Bankenkrise. So sieht es für die Briten aus, die diesen Ausverkauf nicht verdient haben. Was auf deinem Mini-Eiland gerade los ist, weiß ich nicht. Es interessiert mich auch nicht, weil ich nämlich Ferien mache.«

Agneta merkte, dass der Museumswärter näher kam und den Zeigefinger auf den Mund legte.

»Bitte, Sir …«, sagte er in gedämpftem Ton.

»Schon gut, Entschuldigung.« Magnus schaute auf die Uhr. »Ich hatte mich auf einen Kaffeeplausch gefreut und wollte danach deine Blumen bestaunen. Doch statt der zuständigen Gärtnerin ist mir die hiesige Kassandra begegnet.«

»Manchmal sind wir nicht das, was wir scheinen, keiner von uns«, antwortete Agneta, nachdem der Wärter weitergegangen war. »Ich glaube dir nicht, Magnus.«

»Dein Problem.« Er suchte einen Platz, wo er den Kaffeebecher abstellen konnte. »Es ist wohl besser, wenn wir uns in den nächsten Wochen nicht sehen. Ich werde ... Ich habe nicht vor, Darya von unserer Begegnung zu erzählen. Sie hat die Illusion, dass meine Exfrau eine nette Person ist.«

Plötzlich hatte Agneta den Impuls, etwas Versöhnliches zu sagen. »Ich habe hier den Job meines Lebens, Magnus. Diese Insel liegt mir sehr am Herzen.«

»Das war nicht zu überhören.« Auch sein Ton war weniger aggressiv.

»Mikael ist manchmal schwierig, aber er ist ein liebevoller Mann. Uns geht es gut hier. Und jetzt werden wir bald ein Kind bekommen.«

Es war heraus. Warum auch nicht? Der Besuch im Valhalla-Museum hatte sich zu einer Stunde der Wahrheit gewandelt. Zur Wahrheit gehörte, dass Agnetas Befürchtungen sich nicht nur auf ihre Person bezogen, sondern auf das Wesen, dessen Ankunft sie sehnlich erwartete.

»Du bist schwanger?«, erwiderte er mit unvermittelter Herzlichkeit. »Das ist wunderbar.« Als ob ihre Auseinandersetzung nie stattgefunden hätte, umarmte er Agneta und küsste sie auf beide Wangen. »Ich weiß gar nicht mehr, warum das bei uns damals nicht geklappt hat.«

»Es sollte wahrscheinlich nicht sein.« Sie sah ihn an. Agneta war froh, dass ihre Begegnung nicht eine unüberwindliche Kluft geöffnet hatte. Gemeinsam verließen sie das Museum. Agneta kehrte in das Blütenmeer zurück, das ihr Arbeitsplatz war.

12 *Noch ein Prinz*

Mit flotter Bewegung öffnete Constable Meat die Stoffserviette. »Keinen Hunger? Ausgerechnet im Gunwalloe willst du kneifen? Ich bin bereit, einen halben Monatslohn hinzublättern, und du hast keinen Appetit?«

»Tut mir leid, Larry. Ich weiß gar nicht, was mit meinem Magen los ist.« Lisa wusste genau, was mit ihrem Magen los war, er litt unter den Nachwirkungen von frittiertem Fisch und fetten Chips. »Ich habe noch nie im Gunwalloe gegessen.« Neugierig sah sie sich um. Bronzefarbene Tapeten, bordeauxrote Vorhänge, Blumengedecke auf den Tischen, die geraffte Fahne der Scilly-Inseln an der Wand, weißes Kreuz auf blau-gelbem Grund, in der rechten Ecke die fünf Sterne. Das Gunwalloe war die erlesenste Adresse in Hugh Town, hier speisten selbst betuchte Urlauber nur zu besonderen Anlässen.

»Noch nie?« Er schlug die Weinkarte auf. »Dann wird es aber Zeit.«

»Du spinnst, Larry. Die Preise hier sind unanständig. Wir hätten genauso gut ins Bishop & Wolf gehen können.«

»Ins Bishop & Wolf kann ich auch allein gehen. Das Bishop & Wolf hängt mir schon zum Hals heraus.«

»Du isst abends immer auswärts?«

»Du nicht?« Er griff in die Brusttasche und zog eine Lesebrille hervor. »Du kochst wahrscheinlich lieber selbst.«

Sie fand es süß, dass Larry ihr verheimlicht hatte, dass er zum Lesen eine Brille brauchte. »Ich bin eine exzellente

Köchin«, lachte sie. »Mein tiefgefrorener Schellfisch und meine Tiefkühlpizza sind berühmt. Ich habe zum Essen auch immer interessante Gäste.«

»Wirklich?«

»Ryan Gosling kommt manchmal vorbei oder Gary Oldman mit Frau. Mitunter steht sogar Gregory Peck aus dem Grab auf und nimmt einen Drink bei mir.«

»Ganz schöner Mist, dass man auf der Insel als Single nichts unternehmen kann! Immer dieselben beiden Pubs, immer die geriatrischen Touristen als Gesellschaft, und immer versucht die dicke Nelly aus dem Lucinda-Hotel, einen ins Bett zu kriegen.«

»Und hat sie dich ins Bett gekriegt?«

»Kein Kommentar.« Larry hatte den Weißwein probiert und gab dem Kellner ein Zeichen, einzuschenken.

»Ich hätte dich eher als Biertrinker eingestuft.«

»Das stimmt. Aber wenn du im Gunwalloe Bier bestellst, behandelt dich der Kellner, als ob du Aids hättest.«

Lisa schlug mit der Serviette auf seinen Ärmel. »Damit macht man keine Witze.«

»Wer auf der Teufelsinsel Dienst tut, dem bleibt nur der schwärzeste Humor.«

Sie stießen an, ein schlaues Lächeln stahl sich in Lisas Gesicht. »Ich habe mir schon gedacht, dass du nicht freiwillig hier bist. Strafversetzung?«

»Sozusagen.«

»Was war der Grund?«

»Können wir meine biografischen Details später besprechen?«

»Wann später?«

»Beim Nachtisch oder noch besser auf dem Heimweg.«

»Hast du etwa vor, mich nach Hause zu eskortieren?«, fragte Lisa leichthin, zugleich schlug ihr innerer Alarm an. Ein Kuss auf dem Heimweg, ein bisschen Gefummel an der Wohnungstür? Nicht mit ihr. Ein Abendessen der Extraklasse war noch keine Eintrittskarte in ihr Bett. »Wolltest du mir nicht deine traurige Lebensgeschichte erzählen? Haben wir uns nicht deshalb getroffen?«

»Nein. Wir haben uns getroffen, weil ich mal einen Abend lang etwas Schönes erleben will. Ich möchte mit dir in diesem feinen Restaurant essen, deine Stimme hören, dein Haar betrachten und mir überlegen, was für ein Parfum du trägst.«

»Stopp, stopp, stopp«, unterbrach sie ihn. Was war denn auf einmal mit Larry los? Sonst kriegte er kein Wort heraus, das über einen dienstlichen Kommentar hinausging, und plötzlich entpuppte er sich als Don Juan im Westentaschenformat. »Ich benutze kein Parfum. Was du riechst, ist meine ph-neutrale Seife. Mein Haar ist ungewaschen, darum trage ich den Pferdeschwanz. Im Übrigen bin ich immer noch dein Sergeant.«

»Tagsüber können wir von mir aus mit dem Sergeant-Constable-Spiel weitermachen«, konterte Larry. »Aber heute Abend hatte ich gehofft, dass du einfach mal Lisa Woolley bist.«

Sie ließ einen Augenblick verstreichen, dann schob sie ihren Stuhl zurück und stand auf. »Ich glaube, du hast eine falsche Vorstellung von unserer Verabredung.«

»Setz dich hin.«

»Wie bitte?«

»Setz dich und bestell etwas zu essen.« Er beugte sich vor. »Die Leute schauen schon.«

»Natürlich schauen die Leute, weil du dich unmöglich benimmst.«

»Setz dich«, erwiderte er sanfter. »Bitte.«

Lisa warf die Serviette auf den Tisch. »Ich mache mir langsam Sorgen um dich, Larry. Ich hatte schon befürchtet, dass dieser Abend keine gute Idee ist. Ich hätte nicht kommen sollen.«

Der Oberkellner, dem die Krise an Tisch vier nicht entgangen war, trat näher. »Haben die Herrschaften gewählt?«

»Ich habe es mir anders überlegt«, sagte Lisa und wandte sich zum Ausgang.

»Ich bin ein verlorenes Prinzenkind«, ging Larry so ruhig dazwischen, als ob er Bratkartoffeln zum Fisch bestellen würde.

»Was bist du?«

Eine Sekunde war es still, eine weitere und noch eine, bis der Kellner die Spannung nicht mehr aushielt. »Da komme ich besser später wieder.«

Lisa stand, Larry saß und nippte am Wein.

»Willst du mich verschaukeln?«

»Ich erzähle dir die reine Wahrheit, wenn du dich wieder hinsetzt.« Als sie darauf nicht reagierte, zwang Larry sich zu einem Lächeln. »Was ist denn schon passiert? Ich habe dir etwas anvertraut, was du längst weißt, nämlich dass ich dich mag. Also tu nicht so, als ob das eine Megaüberraschung für dich wäre.«

»So läuft aber ein erstes Date nun mal nicht«, entgegnete sie in ärgerlicher Hilflosigkeit. »Wenn man zum ersten Mal ausgeht, plaudert man, man isst und trinkt und tut so, als ob einen wirklich interessieren würde, was der andere erzählt. Man kommt nicht gleich zur Sache und sagt: *Ich will ins Bett mit dir*, zumindest nicht, bevor die Vorspeise serviert wurde.«

»Okay, dann bestellen wir erst mal die Vorspeise. Die Tagesempfehlung ist irgendetwas Französisches mit Krabben.«

»Ich meine es ernst, Larry. Du benimmst dich wie ein Vierzehnjähriger.« Zögernd sank Lisa auf ihren Stuhl zurück.

»Mich freut, dass du unser Treffen wenigstens als *Date* bezeichnet hast.«

»Also schön, ich sitze. Was war das vorhin für eine Bemerkung mit dem Prinzenkind?«

»Lass uns doch erst bestellen.«

»Zuerst will ich Fakten.«

Er schloss die Karte und winkte dem Kellner. »Ich bin so etwas Ähnliches wie eine traurige Figur von Charles Dickens.«

»Etwas präziser, wenn du willst, dass ich bleibe.«

Mit besorgtem Gesicht trat der Kellner an den Tisch der komplizierten Gäste. Lisa bestellte Krabben auf Blattsalat, Larry nahm die Seebrasse.

»Meine Mutter hatte eine Affäre.«

»Das ist schon mal ein knackiger Einstieg.« Sie nahm einen Schluck Wein.

»Mama war eine kreuzbrave, moralische Frau, unsere Familie ist katholisch. Aber der Geliebte meiner Mutter …« Larry legte die Stirn in Falten. »Der ist leider etwas Besonderes.«

»Spann mich nicht auf die Folter.«

»Der Gentleman, mit dem meine Mutter ihren Mann betrogen hat, war Sir Lawrence Aston, der fünfundvierzigste Earl of Weston-super-Mare.«

»Weston, liegt das in Somerset?«, fragte Lisa, als ob es von irgendwelcher Bedeutung wäre. »Der Typ war wirklich ein Earl?«

»Und zwar der Earl, dem dort praktisch alles gehört, so weit das Auge reicht.« Larry hob die Hand. »Nicht, dass du glaubst, Mama hätte sich mit ihm eingelassen, weil er reich war oder einen Sitz im Oberhaus hatte. Ich fürchte, es war echte Liebe, eine schmerzliche, zerstörerische Liebe. Wegen Sir Lawrence hat Mutter meinen Vater verlassen. Da der Earl sie aber nicht heiraten konnte, zog sie in eine kleine Wohnung unterhalb des Schlosses.«

»Warum konnte er sie nicht heiraten?«

»Mein Verdacht ist, dass er gar nicht wollte. Und er hatte Glück, denn auch Mama war nicht wild darauf. Sie hatte ihre Ehe zerstört und einen guten Mann ins Elend gestoßen, weil sie sich zu ihrer verrückten Liebe bekannte. Ein Trauschein wäre ihr wahrscheinlich bigott erschienen. Trotzdem gab es bald unübersehbare Folgen dieser Liebe.«

Lisa spürte, dass die Spannung der letzten Minuten abfiel. Sie nahm ein Brötchen aus dem Korb, es war warm und duftete.

»Ich war die Frucht der Lenden des fünfundvierzigsten Earl von Somerset. Mein Vater war Witwer. Er hatte mit der seligen Countess zwei Töchter, ich war also sein erster männlicher Spross.«

»Hast du deine Halbschwestern kennengelernt?«

»Viel später erst. Als Mama mir mit fünf Jahren mitgeteilt hat, wer mein Vater ist, waren Kitty und Cindy schon in ihren Zwanzigern.«

Lächelnd ließ Lisa sich zurücksinken. Nun war sie doch tatsächlich in eine Adelsgeschichte hineingeraten, mit Schlössern und heimlichen Grafenkindern. Das war Britannien, die traditionsreiche Insel, Geschichten wie diese gab es nur hier. Lisa aß ihr zweites Brötchen.

»Sir Lawrence war einverstanden, dass ich denselben Vornamen tragen sollte wie er, und so gab es in Weston bald einen alten und einen jungen Larry. Da ich unehelich war, würde ich nie Kronprinz werden, aber Daddy hatte Spaß daran, mich so zu behandeln. Ich verbrachte als Knirps viel Zeit auf dem Schloss. Sobald ich groß genug war, dass man mich präsentieren konnte, nahm Dad mich mit zum Reiten und auf die Jagd und später sogar zu Bällen und Partys. Mit zwölf Jahren bekam ich meinen ersten Frack, ich hatte natürlich auch mein eigenes Pferd. Dad und ich diskutierten, welches mein erstes Auto sein würde, sobald ich selbst fahren durfte.«

Larry sah Lisa aus freundlichen, zugleich ängstlichen

Augen an. Der Blick gefiel ihr, die Verletzlichkeit darin, die große Frage. Sie glaubte, endlich den wahren Larry zu erkennen.

»Hört sich nach einer harmonischen Geschichte an, nicht wahr? Leider stimmt es nicht. Die Folge dieser verwöhnten Jahre war, dass ich ein schrecklicher Balg wurde, ein Snob, ein Schmock von der schlimmsten Sorte, unempfänglich für wahre Freude und echtes Leid, eiskalt und träge. Mir konnte für den Rest meines Lebens ja nichts mehr passieren, denn mein Vater, der Earl, breitete das Leben wie eine Blumenwiese vor mir aus. Er hat zu spät erkannt, dass er mich verzogen hatte. In seiner übergroßen Freude, einen Sohn zu haben, war ihm entgangen, dass ich charakterlich ein Notstandsgebiet geworden war. Dann starb plötzlich meine Mutter. Sie hatte uns ihre Krankheit so lange verheimlicht, dass wir nur noch um sie trauern konnten. Nach ihrem Tod stellte sich heraus, wie wichtig sie für Lawrence und mich gewesen war. Sie war das Bindeglied, der gute Geist für uns. Kaum war sie fort, veränderte sich alles. Als Dad versuchte, meine versäumte Erziehung nachzuholen, wurde ich renitent. Ich wollte nicht auf strenge Schulen geschickt werden und büffeln, ich wollte auf mein Privileg, etwas Besonderes zu sein, nicht verzichten.«

Das Essen kam. Keiner von beiden griff zu.

»Mit fünfzehn habe ich bereits gesoffen, habe Unsummen ausgegeben, bin nicht zum Unterricht erschienen. Ich habe meinem Vater Schande gemacht. Und das konnte der fünfundvierzigste Earl unter keinen Umständen dulden.«

Nachdenklich begann Larry zu essen. »Mein Vater hat jeglichen Kontakt zu mir abgebrochen. Als ich ins Schloss wollte, hat man mich abgewiesen. Meine Kreditkarten wurden gesperrt. Ich bekam nur noch den gesetzlich vorgeschriebenen Unterhalt. Ich weigerte mich, zu glauben, dass er es durchziehen würde. Ich dachte, er will mir nur eine Lektion erteilen. Aber Sir Lawrence meinte es ernst. Wir haben seither nie wieder ein Wort miteinander gesprochen.«

Lisa merkte kaum, dass sie mit Heißhunger zu essen begonnen hatte. »Hast du ihn denn nicht mal mehr gesehen?«

»Doch, öfter sogar.«

»Aber du sagtest …«

»Wenn ich meinen Vater sehen will, drehe ich den Fernseher an. Die BBC überträgt die Parlamentsdebatten aus dem Oberhaus.«

»O Gott, Larry, das ist ja eine …«, plötzlich lachte sie, »eine großartige Geschichte. Traurig natürlich, aber auch großartig.« Auf seinen erstaunten Blick beugte sie sich über den Tisch und nahm seine Hand. »Entschuldige, du empfindest das sicher anders.«

»Ich wollte dir eigentlich nur erklären, wieso ich in gewissen Situationen mit dem normalen Leben nicht klarkomme. Wieso ich die Nerven verliere und glaube, als Sohn eines Earl könnte ich alles erzwingen. Als ob sich die Welt nur um mich drehen würde. Aber das tut sie nicht, ich weiß es, Lisa. Bloß gibt es immer noch Momente …« Er bemerkte, dass ihr Teller leer war, während er den Fisch kaum angerührt hatte. »Bist du satt geworden?«

»Ich weiß nicht«, antwortete sie zögernd. »Es war schließlich nur eine Vorspeise.«

»Vielleicht ein Nachtisch?«

»Ich hätte lieber noch was Pikantes. Vorhin habe ich ein Steak auf der Karte gesehen.«

Da lachte Larry laut heraus. »Du bist mir schon eine.«

»Was für eine bin ich denn?«

»Eine, die angeblich keinen Bissen runterkriegt.« Er winkte dem Kellner. »Noch eine Flasche Wein?«

»Warum nicht?« Lisa trank ihr Glas leer. »Schließlich musst du mir noch erzählen, wie du als Prinzenkind zur Polizei gekommen bist.«

»Das ist schnell gesagt. Jeder muss von irgendetwas leben.«

»Aber nicht unbedingt auf den Scilly Islands.«

»Da hast du recht. Das ist die Tragik meines Lebens.«

Sie lachten so laut, dass der Kellner, der mit der Karte herantrat, ihre Bestellung mit größter Reserviertheit entgegennahm.

13 *Bei Mondschein betrachtet*

Die Leuchtziffern des Weckers bestätigten Agneta, dass sie seit einer Stunde wach lag. Im schwachen Licht des Halbmondes sah sie Mikaels Bein unter der Decke hervorragen. Er hatte wieder zu viel getrunken, genaugenommen hatte er gar nicht aufgehört zu trinken. Eine geschlagene Stunde lang hatte Suzie von ihrer Begegnung mit dem Prinzen erzählt, währenddessen hatte Mikael ihr tüchtig nachgeschenkt. Nachdem sie gegangen war, hatte er vom Schampus zum Whisky gewechselt und war schließlich im Geräteschuppen verschwunden. Auch dort lagerte ein Whiskyvorrat, Agneta hatte die Flasche entdeckt, als sie einmal die Heckenschere suchte.

Mitten in der Nacht hatte sie Mikael in seinem Studio schwedische Lieder singen hören, beim Zubettgehen war er sturzbetrunken und bester Laune gewesen. Er hatte mit Agneta gekuschelt, ein paar leidenschaftliche Küsse, zu mehr war er nicht in der Lage gewesen.

Mikael atmete so laut, als wäre er ein Riese, der den Wald fortblasen wollte. Agneta hatte Durst, sie schlüpfte aus dem Zimmer. Durst hatte sie, aber keinen Hunger. In dieser Phase der Schwangerschaft wären Heißhunger und Übelkeit eigentlich normal gewesen. Nichts davon stellte sie an sich fest, kein Schwindelgefühl, keinen Brechreiz und keinen Heißhunger. Sie öffnete eine Flasche Mineralwasser und trank gierig. Was raubte ihr den Schlaf? Weshalb war sie um diese Zeit auf den Beinen?

Nachts verwandelten sich die heimeligen Details des Hauses in unheimliche Gebilde. Das Regal in der Mauernische wurde zu einem schwarzen Loch, dem man nicht zu nahe kommen durfte. Mondlicht fiel durch die Ritze unter der Tür. Es mochte aber auch ein Irrlicht sein, das dahinter lauerte. Der alte Tisch stand zur Hälfte im Schatten. Saß dort auf dem Stuhl nicht eine Gestalt? Nein, es war nur Mikaels steife Windjacke. Vor dem Schlafengehen hatte er sie angezogen und war hinausgelaufen. Meistens stand er dann eine Weile am Ufer und schaute auf die Brandung, manchmal ging er auch barfuß ins Wasser. Heute war er zum Bootsanleger gelaufen und hatte das Grab des toten Seehundes besucht.

Sie nahm die Jacke vom Stuhl und hängte sie an den Haken. *Manchmal sind wir nicht das, was wir scheinen.* Das war es, was Agneta geweckt hatte, es kam ihr wie der üble Nachgeschmack eines Essens hoch. Vor Jahren hatte Magnus für die Rüstungsindustrie gearbeitet. Der schwedische Gigant Bofors war wegen Korruption in die Schlagzeilen geraten, Magnus hatte die Wogen geglättet und sich als Problemlöser profiliert. So war Brüssel auf ihn aufmerksam geworden. Wegen der Gesetzesunterschiede der einzelnen Nationalstaaten bargen die europäischen Sicherheitsfragen vor allem juristische Probleme. Magnus war der richtige Mann dafür. Gegen Ende ihrer Ehe hatte Agneta noch miterlebt, wie er sich dafür einsetzte, dass die Briten nach dem Brexit wenigstens in der Terrorbekämpfung mit Europa vernetzt bleiben sollten. Magnus agierte auf höchster politischer Ebene, er saß in den wichtigsten

Ausschüssen, trotzdem gelang es ihm, in der Öffentlichkeit kaum in Erscheinung zu treten. Er verhandelte mit Leuten, die an den Hebeln der Macht saßen. Da war es doch wahrscheinlich, dass sein Aufenthalt auf Tresco einen gewichtigeren Grund hatte, als nur Ferien zu machen? Oder waren das alles Hirngespinste, die verrückten Spekulationen einer schwangeren Frau, die über die Trennung von ihrem Exmann noch nicht ganz hinweggekommen war? Hatte sie ihm heute im Museum Unrecht getan, hatte sie ihr Verhältnis grundlos vergiftet?

Agneta huschte zur Eingangstür, öffnete sie und lauschte auf die Natur. Wenn die Geräusche des Tages fehlten, hörte man das Rauschen der Brandung so deutlich, als ob das Meer an die Rückseite des Hauses schlagen würde. Sie lief in den ersten Stock, legte sich neben Mikael und kuschelte sich an seinen Rücken. Der mächtige Atem des Riesen wiegte sie in den Schlaf.

An Schlaf war nicht zu denken. Lisa stand auf. Sie wollte an die frische Luft, wollte den Geruch der See spüren, deshalb verfluchte sie den Umstand, dass sie in ihrer Wohnung auf dem Präsentierteller saß. Um drei Uhr morgens aus dem Haus zu gehen, stellte ein Problem dar. Da waren zunächst die Dielen, wunderschöne Holzbretter aus dem 18. Jahrhundert, goldgelb, doch sie knarrten höllisch. Immer wieder hatten sich Feriengäste aus dem Erdgeschoss darüber beschwert, dass sie dadurch aus dem Schlaf gerissen würden. Lisa wagte sich deshalb nachts nicht mal mehr auf die Toilette.

Dann war da die Außentreppe, die von dem Apartment in den Garten führte, der ebenfalls zur Ferienwohnung gehörte. Lisa kam sich wie eine Einbrecherin vor, wenn sie ihre Wohnung zu ungewohnter Stunde betrat. Als Polizeichefin wollte sie sich aber nicht wie eine Einbrecherin fühlen. Den Höhepunkt stellte jedoch der Bewegungsmelder dar. Benutzte man die Treppe während der Dunkelheit, gingen im Garten überall die Lichter an. Lisa hatte mit dem Hausbesitzer gesprochen. Der Mann war ein Eingeborener, der sein ganzes Leben auf den Inseln verbracht hatte und keinen Grund sah, wegen einer Frau vom Festland seine Scheune umzubauen. Die Dielen knarrten weiter, die Festbeleuchtung ging weiterhin an. Lisa hatte mehrmals überlegt, umzuziehen, aber sie war sicher, in Hugh Town nichts Besseres zu finden.

Heute Nacht war ihr alles egal. Sollten die Dielen knarren, sollten die Gäste vor Schreck aus dem Bett fallen, sie musste jetzt hinaus. Sie musste Larry sehen.

Nach dem Dinner im Gunwalloe hatte er sie nach Hause gebracht. An der Gartenpforte hatte sie ihm auseinandergesetzt, weshalb sie ihn nicht hinaufbitten könne, der Bewegungsmelder, die Dielen, die hellhörigen Wände. Larry hatte gefragt, ob sie vielleicht noch mit zu ihm kommen wolle. In diesem Moment hatte sich in Lisa der Sergeant gemeldet, für den es ausgeschlossen war, in die Wohnung eines Constable mitzugehen. Der Sergeant hatte also abgelehnt, nicht Lisa. Larry hatte das akzeptiert und war nach einem harmlosen Kuss abgezogen.

Wie dumm sie gewesen war, wie kindisch und dumm!

Lisa verfluchte ihre Entscheidung. So durfte die Nacht nicht zu Ende gehen. Sie war die Polizeichefin und durfte ihren Constable wecken, wann sie wollte.

»Das ist eine besonders blöde Idee«, flüsterte sie sich zu, während sie in ihre Jeans schlüpfte. »Eine ganz besonders blöde Idee«, wiederholte sie, während die Dielen unter ihr knarrten und sie sich auf den Lippenstift konzentrierte.

Geräusche im Erdgeschoss verrieten, dass die Feriengäste erwacht waren. Lisa beeilte sich, das grell erleuchtete Grundstück zu verlassen, erreichte die Straße und machte sich auf den Weg zur Wohnung ihres Constable. Hugh Town war eine kleine Stadt. Nur wenige Minuten später stand Lisa vor Larrys Tür.

»Ich habe hier früher oft Kakao getrunken.« Lisa hielt den Blick auf ihre Tasse gesenkt.

»Wann früher?«

»Als ich hier ankam, vor sechs Jahren.«

»Dann waren die Islands also Ihre erste Dienststelle überhaupt?«, fragte Agneta.

»Meine zweite. Davor war ich in Blackpool, aber nur kurz. Es war mir zu kalt dort, zu grau.«

»Sie sind ja eine richtige Meerespolizistin.« Agneta lächelte.

»Blackpool soll mal schön gewesen sein. Mittlerweile ist es menschenleer und heruntergekommen. Die Lokale sind mit Brettern vernagelt. Ich hatte vorwiegend mit Drogendelikten zu tun. Man hält diesen Ort wohl nur mit Drogen aus.«

So düster und in sich gekehrt kannte Agneta die flotte Polizistin gar nicht. Woher kamen die dunklen Ringe unter ihren Augen? Die Uniformbluse saß sonderbar, man merkte es erst auf den zweiten Blick: Der Sergeant hatte die Bluse verkehrt herum an. Lisas Hand zitterte, als sie die Tasse zum Mund führte.

»Ich mag den Kakao im Bishop & Wolf«, sagte sie, »weil kleine Marshmallows obendrauf schwimmen.«

Wie lange würden sie noch über Nebensächlichkeiten plaudern, überlegte Agneta, bevor sie endlich zur Sache kommen konnte? »Ja, das ist eine Spezialität hier.« Sie zeigte aus dem Fenster. »Was das Wetter betrifft, haben Sie auf den Inseln wirklich das große Los gezogen.«

»Sie aber auch«, antwortete Lisa. »Wenn man Abbey Garden betritt, will man kaum glauben, dass man sich vor der Küste des kühlen und regnerischen Englands aufhält.«

»England ist schon lange nicht mehr kühl und regnerisch.«

»Wie meinen Sie das?«

»Der Klimawandel. Die Britischen Inseln kriegen statistisch mehr Sonne ab als das sonnige Frankreich. Das Bild des Briten mit dem Regenschirm ist nur noch eine historische Karikatur.« Agneta trank ihren Kaffee aus. »Ich finde einige Vorgänge auf Tresco beunruhigend«, fuhr sie übergangslos fort. »Deshalb wollte ich mal mit Ihnen … mit einer offiziellen Person darüber sprechen.«

»Ich habe mich schon gefragt, weshalb Sie mich angerufen haben.« Lisa leckte Kakaoschaum von der Oberlippe.

Es sind nicht nur die Augenringe, dachte Agneta, etwas Ängstliches lag in Lisas Blick. »Sind Sie okay, Miss Woolley?«

Überrascht blickte die Polizistin hoch. »Ja, alles in Ordnung. Ich habe nur schlecht geschlafen. Sieht man das so deutlich?« Sie drehte sich nach links, wo ein Spiegel hing.

Eine unangenehme Pause entstand. Agneta brach den Keks entzwei, der zum Kaffee serviert worden war. »Der Tod von Johnny Pooth beschäftigt uns alle noch«, leitete sie ihr eigentliches Thema ein.

»Das verstehe ich. Er war ein sehr netter Mann.«

»Gibt es diesbezüglich schon etwas Neues? Mikael hat mir erzählt, Sie hätten Ermittlungen auf den Klippen angestellt.«

Lisas Blick machte klar, dass diese Dinge Agneta eigentlich nichts angingen.

»Hat die Untersuchung der Brombeeren etwas ergeben?«

»Ich warte noch auf die Ergebnisse. Weshalb interessiert Sie das?«

»Auf unserer kleinen Insel fühlt es sich so an, als ob mit Johnny ein Familienmitglied gestorben wäre.« Als Lisa darauf schwieg, fuhr Agneta fort: »Offenbar empfindet das Seine Königliche Hoheit genauso.«

»Der Prinz?« Lisa stellte die Tasse ab. »Wieso?«

»Er hat Johnnys Witwe einen Besuch abgestattet.«

»Der Prinz?« Es schien, als ob das Blut plötzlich in Lisas Wangen schießen würde. »Der Prinz war bei Suzie?«

»Ich dachte, die Polizei wüsste, wenn jemand von der königlichen Familie die Inseln besucht.«

»Wir wissen natürlich, dass er hier ist, aber …« Lisa räusperte sich. »Sind Sie bei dem Besuch dabei gewesen?«

»Suzie hat mir davon erzählt.«

»Wem hat sie noch davon erzählt?«

»Sie und Mikael haben auf das Ereignis angestoßen.«

Reflexhaft griff Lisa zu ihrem Funkgerät, nahm es aber nicht heraus.

»Ist es nicht ungewöhnlich, wenn der Thronfolger einer Frau, die er gar nicht kennt, einen Kondolenzbesuch abstattet?«

Lisa schaltete prompt. »Sie selbst haben die Inselbewohner als große Familie bezeichnet. Der Prinz fühlt sich dieser Familie zugehörig.«

»Trotzdem erscheint es mir auffällig, dass er nur einen Tag nach Johnnys Tod auf die Insel kam.«

»Das eine Ereignis steht in keinerlei Zusammenhang mit dem anderen.«

Agneta verstand nicht recht, weshalb die Polizistin plötzlich dichtmachte.

»Da wäre noch etwas.«

»Noch etwas *Beunruhigendes*?«, erwiderte Lisa mit hörbarer Ironie.

»Magnus, mein Exmann, ist ebenfalls auf Tresco. Er macht hier Ferien.«

»Ich weiß. Ich habe ihn kennengelernt.«

»Was Sie allerdings nicht wissen, Magnus ist Anwalt. Er bekleidet eine hohe Position innerhalb der Europäischen Union. Ich finde diese Zufälle ziemlich auffällig. In wenigen Tagen passieren mehrere außergewöhnliche Dinge hintereinander. Johnny stirbt unter ungeklärten Umständen. Seine Königliche Hoheit erscheint auf der Insel, und zur selben Zeit macht ein einflussreicher EU-Anwalt Urlaub auf Tresco.«

»Ein Anwalt, der Ihr Exmann ist.« Ein Lächeln stahl sich auf Lisas Gesicht. »Das macht Sie nervös, nicht wahr? Ich verstehe das, aber ich kann Sie in allen Punkten beruhigen. Ihr Verflossener nimmt auf Tresco eine Auszeit; der

Prinz sieht in seiner Villa nach dem Rechten, und weil ihm seine Untertanen am Herzen liegen, spricht er Suzie Pooth sein Beileid aus. Johnnys Tod war ein tragischer Unfall, der Tod eines alten Mannes, der sich beim Klettern übernommen hat.« Lisa schob die leere Tasse von sich. »Sein Tod mag die Ereignisse für Sie in ein geheimnisvolles Licht tauchen, aber wir werden den Fall bald abschließen. Ich erwarte die Ergebnisse in den nächsten Tagen.« Sie erhob sich. »Danke, dass Sie mich in Ihre Überlegungen einbezogen haben, aber jetzt müssen Sie mich entschuldigen.«

Lisa verließ den Tisch, gab der Kellnerin ein Zeichen, dass die Rechnung auf sie gehe, und verließ das Bishop & Wolf.

Agneta war fast bereit gewesen, sich Lisas Argumentation anzuschließen, doch der überstürzte Aufbruch der Polizistin machte sie argwöhnisch. Agneta ging auf die Toilette. Beim Händewaschen schaute sie den schmalen Korridor hinunter, der zum Hintereingang führte. Vorsichtig öffnete sie die Tür. Draußen stand Lisa am Straßenrand und telefonierte. Von dem Gespräch war auf die Entfernung nichts mitzubekommen, doch ihr hastiges Gestikulieren verriet ihre Nervosität. Agneta verstand nur ein einziges Wort: »*Mr Henderson*.«

Lisa war traurig, Lisa war ängstlich und zweifellos übernächtigt. Lisa war verliebt. Sie stufte diesen Zustand als gefährlich ein, denn die Liebe hatte sie schon dreimal fast den Verstand gekostet. Es fiel ihr schwer, sich zu konzentrieren.

»Ich habe ihr gesagt, daran sei nichts Ungewöhnliches«, erwiderte sie. »Trotzdem ist das Verhalten des Prinzen rätselhaft, meinen Sie nicht auch?« Sie betrachtete ihre Schuhspitzen. »Verstehe. Verstehe. Verstehe, das ist also die offizielle Sprachregelung.« Sie nahm eine aufrechte Haltung ein. »Wenn Sie meine Mithilfe wollen, Mr Henderson, müssen Sie mich auf dem Laufenden halten.« Sie nickte, dann schüttelte sie den Kopf. »Das ist aber nicht mehr lange geheim zu halten, wenn die Inselbewohner schon die Polizei anrufen, weil sie die aktuellen Ereignisse beunruhigend finden.« Sie biss sich auf die Lippe. »Doch, Sir, Sie kennen die Frau, es ist die schwedische Botanikerin. Wir sind ihr am ersten Abend im Old Inn begegnet.«

Lisa bemerkte eine Bewegung am Hinterausgang des Pubs. Wer trat dort ins Freie? Etwa die neugierige Agneta? Im nächsten Moment hob Lisa lächelnd die Hand und beendete das Gespräch mit Henderson, so schnell es die Höflichkeit erlaubte. Denn dort stand ihr Geliebter, der schnittigste Constable im Dienst Ihrer Majestät.

Obwohl Lisa innerlich strahlte, zwang sie sich zu einer offiziellen Miene. Sie befand sich in einer unmöglichen Position. Zu nachtschlafender Zeit war sie durch die Stadt gestapft und hatte bei Constable Meat geklopft. Sie hatte ihn gefragt, ob er etwas zu trinken dahätte. Larry hatte seiner Vorgesetzten Brandy aufgetischt. Sie hatten miteinander getrunken. Sie hatten sich in seinem unbequemen Schwingsessel geküsst, ein aussichtsloses Unterfangen, deshalb waren sie ins Schlafzimmer gegangen. Bis zum Morgengrauen hatten sie Liebe miteinander gemacht.

»Da bist du ja. Ich habe befürchtet, du wärest schon wieder losgezogen«, begrüßte Larry sie.

»Ich habe mich gerade von Agneta verabschiedet.« Lisa steckte das Handy weg und vermied es, den Constable anzusehen.

»Ich bin ihr bei den Waschräumen begegnet. Was wollte sie eigentlich?«

»Nichts Besonderes. Organisationskram für Abbey Garden.«

Gemeinsam machten sie sich auf den Weg zur Wachstube. Wer sie beobachtete, hätte nichts weiter als den diensthabenden Sergeant und dessen Constable gesehen. Dass es in Wirklichkeit Romeo und Julia waren, die dort liefen, vermutete keiner. Das Ganze war eine einzige schreckliche Verrücktheit. Ungewohnt heftig stieß Lisa die Glastür zu ihrer Dienststelle auf.

15 *Mr Attenborough*

Es gab keine globale Welt. Es würde niemals eine globale Welt geben. Sie war bloß eine Erfindung von Leuten, die aus dem vielen Geld, das sie schon hatten, noch mehr Geld machen wollten. In Wirklichkeit gab es auch die sogenannten *Märkte* nicht. Die Märkte waren eine Konstruktion von Personen, die alles gern in Konstruktionen einteilten, auch das Leben selbst. Die globale Welt leugnete die Realität der Welt. In Wirklichkeit gab es nur das Haus, das Dorf, die Stadt, es gab den Schlaf und das Erwachen, den Hunger und die Dämmerung. Es gab die Insel. Auf der Insel gab es Abbey Garden, die Schönheit und die Vielfalt, die Geschichte von Jahrtausenden. In Abbey Garden erklärte sich das Leben von heute aus den Erfahrungen von gestern. Dieses einfache Leben musste beschützt werden. Der Gedanke der Globalisierung musste vernichtet werden. Allerdings waren Gedanken erstaunlich starke Gebilde. Man hatte erlebt, dass Gedanken Weltreiche stürzen konnten. Gedanken waren wie Spinnfäden. Drehte man sie zu einem festen Strang zusammen, entstand ein Seil, so stark, dass nichts es zerreißen konnte. In Wirklichkeit ist das Leben eine Insel, dachte Agneta, und es soll für immer eine Insel bleiben.

Ein ganzer Tag war ohne Neuigkeiten verstrichen, ein weiterer sonniger Tag auf Tresco begann. Mikael war zum Bootssteg hinuntergelaufen, Agneta hielt nach ihm Ausschau. Aus dem ersten Stock ihres Hauses sah sie über die

Felsen hinweg bis zur Bucht. Dort lag die *Agneta* vor Anker und schaukelte sanft auf den Wellen.

Sie wollte die Betten frisch beziehen. In der Nacht hatte sie geschwitzt und einen üblen Traum gehabt. Gottlob erinnerte sie sich nicht mehr daran. Sie war aus dem Traum hochgeschreckt oder hatte sie auch das nur geträumt? Bestimmt hingen der Traum und der Schweißausbruch mit ihrer Schwangerschaft zusammen.

Sie und Mikael hatten ein langes Gespräch geführt und beschlossen, ab jetzt müsse Schluss sein mit den *besonderen Vorkommnissen.* Johnnys Tod, der Prinz auf der Insel, Agnetas Exmann, all das hatte schließlich nichts mit ihnen zu tun. Sie wollten zur Normalität zurückkehren. Dazu gehörte, dass beide wieder wie gewohnt ihrer Arbeit nachgehen würden.

Janice Delorian hatte sich Mikael gegenüber äußerst verständnisvoll gezeigt, trotz seines Versagens in Trevalso. Vielleicht wurde die Agenturchefin auch durch die Anwesenheit des Prinzen zu sehr in Anspruch genommen, jedenfalls trat Mikael seinen Job heute wieder an. Er schaffte gerade sein Zeug ins Boot, um dann auf die andere Seite der Insel zu tuckern, zum Shepherd's Cottage. Diesmal freute er sich regelrecht, das Ferienhaus auf Hochglanz zu bringen. Agneta würde in Kürze nach Abbey Garden radeln, auch sie hatte ihren Job vernachlässigt.

Dort tauchte Mikael hinter den Felsen auf, bepackt mit Staubsauger, Putzeimer und der Tasche mit den chemischen Wundermitteln. Agneta wollte ihm zuwinken, hatte aber beide Hände voll mit Wäsche. Sie beobachtete, wie er das Boot belud, die Fender hochzog und den Anker einholte. Vom Haus aus war das Starten des Außenbordmotors kaum zu hören. Mit einer gewissen romantischen Anwandlung beobachtete Agneta, wie ihr Mann aufs Meer hinausfuhr. Man hätte ihn für einen Fischer halten können und Agneta, sein Liebchen, sah ihn in der Weite verschwinden. Lass den Unsinn, dachte sie, Mikael war bestenfalls ein Hausmeister zur See, der gleich in Shepherd's Cottage die Terrassenfliesen vom Moos befreien würde. Sie lief mit dem Berg Wäsche ins Erdgeschoss und stopfte alles in die Maschine. Bevor sie zur Arbeit aufbrach, genehmigte sie sich noch eine Tasse Tee.

Die dampfende Tasse in der Hand, schlenderte sie durch das Haus. Tagsüber waren die Dämonen verschwunden, die ihr nachts zu schaffen machten. Das Regal war kein schwarzes Loch mehr, es standen die Bücher darin, die Agneta aus Schweden mitgebracht hatte. Es lauerte auch kein Irrlicht unter der Türschwelle, stattdessen blitzte die Sonne durch die Ritze. Auf dem Stuhl saß keine Spukgestalt, und der Tisch stand behäbig da. Auf diesem Stuhl hatte vor kurzem jemand gesessen, kein Dämon, es war bloß Suzie gewesen. Trotzdem dachte Agneta nicht gern an den Besuch zurück.

»Ich bin Johnny eine schlechte Frau gewesen.«

»Das warst du nicht, und das weißt du.« Normalerweise kannte Agneta keinerlei Selbstzweifel an Suzie, daher wusste sie nicht recht, wie sie darauf reagieren sollte.

»Johnny hat sich auf der Insel nicht wohlgefühlt. Er fühlte sich von allem, was er liebte, abgeschnitten.«

»Glaubst du, dass es ihm in Gloucester besser ergangen wäre? Der Wechsel vom Berufsleben in den Ruhestand fällt vielen Männern schwer.«

»Er war auf Tresco oft traurig«, hielt Suzie dagegen. »Viel öfter als in Gloucester.« Sie hatte keinen Tee gewollt und sich lieber einen Whisky einschenken lassen, es war ein vierzigprozentiger. Sie trank und hustete.

»Ihr habt euch hier ein wunderbares Zuhause geschaffen«, entgegnete Agneta. »Du hast für euren Lebensunterhalt gesorgt. Ich kenne nicht viele Frauen, die in deinem Alter noch kellnern gehen würden.«

»In meinem Alter?«, fragte Suzie überrascht. »Ich bin erst sechsundvierzig.«

»Ich wollte damit nicht sagen, dass du für den Job zu alt bist.«

Doch Suzie schien die Sache mit dem Alter nichts auszumachen. »Als ich süße neunzehn war, trat ich bei Johnny im Büro ein. Er war vierzig und frisch geschieden. Ich bin das Klischee aller Klischees, ich habe als Tippse etwas mit meinem Chef angefangen.«

»Du hast Johnnys Leben reich gemacht, nur darauf kommt es an.« Agneta hätte lieber das Thema gewechselt, aber Suzie war dazu nicht bereit.

»Habe ich ihm wirklich alles gegeben, was er sich wünschte?«

»Da bin ich sicher.«

»Wenn ich nur wüsste, wie es passiert ist. War es wirklich ein Unfall? Oder wollte Johnny seinem Leben tatsächlich ein Ende setzen?«

»Mach dich nicht verrückt mit solchen Spekulationen. Wie kommst du plötzlich auf diese Idee?«

Agneta fand ihre Frage verlogen. Die Tatsache, dass Johnnys Leiche noch nicht für die Bestattung freigegeben wurde, musste auch Suzie klarmachen, dass die Möglichkeit einer Selbsttötung oder sogar eines Mordes nicht endgültig ausgeschlossen wurde.

»Er hatte manchmal sonderbare Stimmungen.« Sie strich über den Rand des Whiskyglases. »Ich war oft nicht zu Hause. Wer weiß, was ihm in der Einsamkeit für Gedanken gekommen sind, was er sich ausgemalt hat über mich und meine nächtliche Tätigkeit im Old Inn?«

»Glaubst du, er hat befürchtet, dass du im Pub … Männerbekanntschaften machst?«

»Man weiß nie, was in einem Menschen vorgeht.« Suzies Antwort klang ausweichend. »Vielleicht ist er deshalb so oft ins Old Inn gekommen, weil er einen Verdacht hatte.«

»Der wäre doch vollkommen aus der Luft gegriffen gewesen.«

»Ja, sicher«, nickte Suzie nach einer winzigen Pause. »Trotzdem. Ich glaube, ich habe ihn nicht glücklich gemacht.«

Das Gespräch begann sich im Kreis zu drehen. Agneta war daher erleichtert, als das Telefon läutete. Es war ihr Diensthandy.

Sie erkannte sofort, wer der Anrufer war. »Entschuldige, das ist beruflich. Ich bin gleich wieder da.« Agneta ging ins Nebenzimmer.

»Hallo, Mr Attenborough.«

Dorian Attenborough war der Ururureukel von Augustus Smith, dem Begründer von Abbey Garden. Da dieser die Insel im 19. Jahrhundert als Lehen erhalten hatte und der Vertrag nie aufgelöst worden war, konnte man Mr Attenborough durchaus als Besitzer von Tresco bezeichnen. Obwohl Agneta vom Cornwall Council angestellt worden war, sah sie Mr Attenborough gewissermaßen als ihren Chef an.

»Können Sie gleich mal rüberkommen?«, fragte er mit seiner charakteristisch heiseren Stimme.

»Sofort, Mr Attenborough. Sagen wir, in fünfzehn Minuten?«

»So schnell Sie es eben schaffen.«

»Gibt es etwas Besonderes?«

»Das sage ich Ihnen in fünfzehn Minuten.« Schon hatte er wieder aufgelegt.

Agneta verabschiedete sich rasch von Suzie, die ihr Glas austrank und Richtung Old Inn aufbrach.

Agneta stieg aufs Fahrrad. Sie wählte nicht wie sonst die Abbey Road zu ihrem Arbeitsplatz, sondern nahm die Pool Road nördlich davon, fuhr am Wasserreservoir vorbei und zweigte an einer unübersichtlichen Stelle nach links ab. Der Weg war so schmal und zugewachsen, dass man annehmen musste, er endete auf einer Weide oder im Nirgendwo. Dorian Attenborough bestand darauf, dass es auch so blieb. Er hasste es, wenn neugierige Inseltouristen seinem Anwesen zu nahe kamen, und hielt sein Herrenhaus versteckt. Man konnte es am besten aus der

Luft erkennen, es lag erhöht am Nordrand von Abbey Garden mit einem herrlichen Blick auf die subtropische Pflanzenwelt unterhalb der Klosterruine. Manchmal hatte Agneta den Eindruck, als ob Mr Attenborough die Vorgänge im botanischen Garten zu jeder Tages- und Nachtzeit überwachen würde. Sein Haus hatte keinen Namen, wie es sonst selbst bei schlichten Cottages üblich war, es hieß allgemein nur das Haus des Königs.

Vor der Einfahrt legte Agneta ihr Fahrrad ins Gras, drückte das schmiedeeiserne Tor gerade so weit auf, dass sie hineinschlüpfen konnte, und ging durch den verwilderten Garten. Das Herrenhaus vereinte mehrere Stilrichtungen, denn es war während der letzten Jahrhunderte mehrmals umgebaut worden. Das viktorianische Vorderhaus wurde von einem Seitenflügel im eduardianischen Stil durchbrochen. Das Dach mit den Gaupen und hohen Schornsteinen stammte ohne Zweifel aus der Zeit von George V. Die Mauern waren nicht nur verwittert, sondern regelrecht angefressen, die salzhaltige Luft und der Meereswind nagten an sämtlichen Gebäuden der Insel.

Agneta klingelte aus Höflichkeit. Wenn Mr Attenborough Besuch erwartete, stand seine Tür stets offen. Ein Anwesen dieser Größe war unmöglich allein zu bewirtschaften, doch Attenborough verbarg seine Angestellten vor den Augen der Gäste. Agneta war noch nie privat zu ihm geladen worden, es hieß aber, dass Attenborough manchmal besondere Gäste empfing. Ob deren Besonderheit in ihrer Prominenz lag, ihrem politischen Einfluss oder ob es Persönlichkeiten von zweifelhaftem Ruf waren, wusste sie nicht. Einmal nur, als sie vor Sonnenuntergang auf den höchsten Punkt von Abbey Garden gestiegen war, hatte sie mehrere Helikopter heranschweben sehen. Sie mussten hinter Attenboroughs Haus gelandet sein.

»Guten Tag, Sir.« Agneta betrat die Halle.

Weiter als in diesen weitläufigen Raum, dessen Decke von dunkel verzierten Kassetten getragen wurde, war sie noch nie gekommen. Attenborough hatte sie weder auf die Terrasse noch in den Wintergarten gebeten, den man vom Eingang aus sehen konnte.

»Ich hatte heute einen wärmeren Tag erwartet«, sagte er statt einer Begrüßung. »Dabei ist es noch kühler geworden.«

»Es dürfte auch noch ein paar Tage kühl bleiben.« Agneta war darauf vorbereitet, dass sie ihre Unterredung wie üblich im Stehen führen würden, diesmal aber führte er sie zu einem elisabethanischen Möbelstück, das seinerzeit, als die Menschen noch kleiner waren, als Bett gedient hatte. Es war mit blaugoldenem Brokat bezogen.

Dorian Attenborough war rothaarig. Außer den Haaren waren nicht nur Wimpern, Brauen und die Härchen an seinen Unterarmen rötlich, auch seine Lippen und selbst die Nase hatten einen Rotton. Meistens trug er helle Anzüge, noch nie hatte Agneta ihn ohne Krawatte gesehen. Heute war sein Schlips elfenbeinfarben, mit zarten blauen Streifen.

»Ich habe eine Bitte«, begann er.

»Eine Bitte, die den Garden betrifft?«

»Mit Abbey Garden hat es eigentlich nichts zu tun.« Der König setzte sich in den Sessel zur Linken, dessen Stil vermutlich arabisch war. »Vor ein paar Tagen ist ein Rechtsanwalt bei mir angekommen.« ›Bei mir‹ war Attenboroughs Umschreibung für ›auf meiner Insel‹. Der König war meistens gut unterrichtet, wer sich auf Tresco aufhielt.

»Sie haben Besuch von einem Anwalt?«

»Das kann man so nicht sagen. Aber dieser Mann interessiert mich.«

Da sich aus dieser Einleitung noch nichts schließen ließ, schwieg Agneta.

»Sie sollen diesen Anwalt allerdings recht gut kennen.«

»Sprechen Sie von Magnus Falkon?«, erwiderte sie erstaunt.

»Sie kennen Dr. Falkon, nicht wahr?«

Selten wurde Magnus mit seinem akademischen Titel bezeichnet. »Ja, ich kenne ihn«, antwortete Agneta reserviert.

»Hatten Sie Kontakt mit ihm, seit er auf die Insel gekommen ist?«

»Was möchten Sie wissen, Sir?« Angespannt rutschte Agneta an die Vorderkante der Couch.

»Missverstehen Sie mich bitte nicht, ich erwarte keineswegs, dass Sie mir Auskünfte über ihren früheren Ehemann geben.«

»Aus welchem Grund fragen Sie dann nach ihm?«

»Er ist ein Mann vom europäischen Festland.«

»Das sind die meisten unserer Gäste.«

»Er ist ein Fachmann für Europa.«

»So könnte man es nennen.«

Attenborough legte beide Hände auf die Armlehnen.

»Tja, sehen Sie, wir sind nun doch wieder ganz auf uns allein gestellt.«

»Wir?«

»Das Vereinigte Königreich. Wir haben uns aus der Umarmung der Europäischen Gemeinschaft gelöst. Besser gesagt, wir mussten uns aus dieser Umklammerung losreißen.«

Agneta hatte noch nie überlegt, ob der Inselkönig für oder gegen den Brexit gewesen war. Ein Einsiedler wie er hatte vermutlich dafür gestimmt, die EU zu verlassen.

»Ich habe gelesen, dass Dr. Falkon zu der Verhandlungsdelegation gehörte, die den Brexit auf europäischer Seite vertreten hat. Damit komme ich zu meiner Bitte. Ich würde diesen Mann gern treffen.«

»Sie wollen Magnus kennenlernen?«, entgegnete Agneta ehrlich erstaunt. »Wozu?«

»Ist es nicht von Interesse, mit jemandem zu sprechen, der den Kern der Dinge kennt, der ins Innerste der Zusammenhänge vorgestoßen ist?« Er hob die Augenbrauen. »Die wenigsten Briten wissen, was wirklich geschah. Weshalb haben wir so einen verdammt schlechten Deal bekommen? Was wurde aus den vielen Versprechungen, wonach Britannien nach dem Brexit besser dastehen würde?«

»Waren Sie gegen den Austritt, Sir?«

»Das steht nicht zur Debatte.« Er stand auf und machte ein paar Schritte durch die Halle. »Mich beschäftigt stets der Kern der Ereignisse, jenes eine ausschlaggebende Detail, das möglicherweise eine umwälzende Veränderung herbeigeführt hat. Mich interessiert das *Warum* hinter einem Phänomen, besonders wenn es unsere eigene Geschichte betrifft. Nehmen wir ein Beispiel. Warum hat Hitler die dreihunderttausend eingekesselten Soldaten bei Dünkirchen entkommen lassen? Hätte er den Angriff befohlen, hätte Großbritannien praktisch seine gesamte Berufsarmee verloren. Das wäre Churchills Ende gewesen. Wären Hitlers Panzer auf Dünkirchen vorgerückt, hätte der Weltkrieg einen anderen Verlauf genommen. Unsere Armee in deutscher Gefangenschaft hätte ein unüberwindliches Faustpfand in Hitlers Hand bedeutet. Warum gab der Mann damals den Halt-Befehl?« Attenborough fixierte Agneta. »Faszinieren Sie solche Ereignisse nicht auch?«

»Mit *Ereignissen* meinen Sie in diesem Fall den Brexit?«

»Ich meine jene außergewöhnlichen Kreuzungen im Weltgeschehen, an denen sich die Dinge in die eine oder in die entgegengesetzte Richtung entwickeln. Wir leben in einer Zeit, in der die Ereignisse einfach passieren, aber die meisten von uns nie erfahren, was den Ausschlag dazu gegeben hat.«

Agneta war verblüfft, irritiert, sogar ein wenig bewegt. Noch nie hatte Mr Attenborough so persönlich mit ihr gesprochen. »Und Sie glauben, mein Exmann könnte Ihnen solche Aufschlüsse verschaffen?«

»Es käme auf den Versuch an.« Er trat vor den mannshohen Kamin, in dem um diese Jahreszeit kein Feuer brannte. »Vielleicht stehen wir wieder kurz vor einer neuen großen Umwälzung und ahnen es nicht.«

Agneta stand auf. »Was genau kann ich für Sie tun, Sir?«

»Bitte überbringen Sie Mr Falkon meine Einladung in mein Haus. Würden Sie das für mich tun, Agneta?«

»Ich will es versuchen. An welchen Tag hatten Sie gedacht?«

»An den Sonntag, wenn es Dr. Falkon da passt, zur Teatime.«

»Soll er seine Frau mitbringen?«

Attenborough legte den Kopf ein wenig schief. »Ach, ich glaube, darauf können wir verzichten.«

»Ich rufe Sie an, Sir, sobald ich eine Antwort habe.«

»Ich danke Ihnen.«

Agneta nickte zum Abschied. Ohne ihm die Hand zu schütteln, wandte sie sich zum Gehen.

»Noch etwas«, rief er ihr nach. »Beinahe hätte ich es vergessen.«

»Ja?«

»Bitte behelligen Sie in Zukunft die Polizei nicht mehr.«

All das Persönliche, das Private, das er eben noch mit ihr geteilt hatte, war verschwunden. Als Herr der Insel stand Attenborough vor seinem Kamin und erteilte Agneta eine Order.

»Wie kommen Sie darauf, dass ich mit der Polizei …?« Ihre Gedanken flogen hin und her. Woher konnte Attenborough von der Begegnung mit Sergeant Woolley wissen? Hatte Lisa gepetzt, hatte sie sich möglicherweise bei ihm beschwert?

»Ich weiß meistens ziemlich genau, was auf den Inseln vor sich geht.« Auf Agnetas Versuch, etwas zu entgegnen, hob er die Hand. »Ich will mich nicht in Ihre Privatangelegenheiten einmischen, aber Sie sind Ausländerin, Agneta. Diese Inseln haben Sie mit offenen Armen empfangen. Wir sind froh, dass Sie hier sind, ich bin es ganz besonders, weil Sie einen segensreichen Einfluss auf den Garten haben, der uns beiden am Herzen liegt. Ich gebe Ihnen hiermit keine Anweisung, es ist eher ein Hinweis, was die Regeln auf den Inseln betrifft. Wegen irgendwelcher dubioser Verdachtsmomente laufen wir nicht gleich zur Polizei. Sehen Sie das ein?«

Agneta atmete einmal tief durch. »Ich werde versuchen, Ihren Hinweis zu berücksichtigen, Sir.« Ihr war daran gelegen, jede Auseinandersetzung mit diesem Mann in seinem einsamen Haus zu vermeiden.

»Ich höre also von Ihnen.« Attenborough verließ die Halle und ging über die geschwungene Treppe in den ersten Stock.

Agneta betrachtete noch immer den leeren Stuhl, auf dem Suzie gesessen hatte. Sie wandte den Blick zur Waschmaschine. Es würde noch eine Stunde dauern, bis sie die Bettwäsche aufhängen konnte. Ohne das Haus abzuschließen, ging Agneta nach draußen, bestieg ihr Fahrrad und machte sich auf den Weg nach Trevalso, um mit Magnus zu sprechen. Sie war gewissermaßen die reitende Botin, die eine Einladung des Königs überbrachte.

16 *Nach Norden*

Im besten Fall führten Untersuchungsergebnisse zur gewünschten Analyse des Tathergangs. Im besten Fall wäre Johnnys Tod ein Unfall gewesen. Wenn der Fußabdruck auf den Klippen von ihm selbst stammte, wäre das der Beweis, dass er an einer gefährlichen Stelle abgerutscht und gestürzt war. Und dann hätte er die gebrochenen Zweige selbst abgerissen. Jemand, der freiwillig in den Tod sprang, riss keine Brombeerranken ab. Bei diesem Tathergang hätten die Brombeeren, die man neben Johnnys Leiche gefunden hatte, und die Brombeeren, die Mikael Lisa gegeben hatte, die gleichen sein müssen wie an den Sträuchern auf der Klippe.

Lisa hatte sich gewünscht, dass die Spurensicherung zu diesem Ergebnis kommen würde. Sie legte den Bericht Seite für Seite nebeneinander. Auf jedem Blatt prangte das Wappen des *Devon & Cornwall Constabulary,* blau-weiß mit dem roten Drachen. Sämtliche Analysen unter dem kornischen Drachen sagten aus, dass Johnny Pooth weder gestürzt noch absichtlich gesprungen war, sondern in die Tiefe gestoßen wurde.

Der Fußabdruck zwischen den Hecken war nicht Johnnys. Die Brombeeren in seinem Körbchen stammten nicht von den Scilly Islands. Ihr Ursprungsland war Spanien, wahrscheinlich waren sie in einem Supermarkt nahe Exeter gekauft worden. Wenn jemand Brombeeren in Exeter kaufte und sie einhundertzwanzig Meilen zur kornischen

Küste schaffte, sie schließlich nach Tresco brachte und einen älteren Mann dort von einer Klippe stieß, auf der Brombeeren wuchsen, musste dieses Verbrechen von langer Hand vorbereitet gewesen sein.

Der Weg der Brombeeren mochte auch anders verlaufen sein, das bereitete Lisa nicht das meiste Kopfzerbrechen. Unwiderlegbar war jedoch, dass die Brombeeren, die Michael Laurius Lisa am Strand gegeben hatte, nicht auf Tresco gewachsen waren. Wie war er an die Früchte aus Exeter gekommen? Als Johnny gefunden worden war, hatte die Polizei den Strand im weiten Umkreis abgesucht. Michaels Erklärung, er habe die Beeren im Sand gefunden, war unglaubwürdig.

Lisa warf sich so vehement im Bürostuhl zurück, dass die Lehne knackte. Weshalb sollte der unauffällige Poet seinen Nachbarn von den Klippen stürzen? Und welch ein verrückter Grund mochte dahinterstecken, dass Michael Lisa die Brombeeren aushändigte? Er musste gewusst haben, dass sie nicht an den heimischen Sträuchern gewachsen waren. Michael hätte die Beeren gar nicht zu erwähnen brauchen. Angeblich war er zum Strand aufgebrochen, um dort Blumen niederzulegen. Alles Weitere hätte er der Polizei verschweigen können.

»Entweder ein Zufall steckt dahinter oder ein verrücktes Geheimnis«, sagte Lisa halblaut vor sich hin.

Hinter der Glasscheibe blickte Charly auf. Der älteste Constable der Scilly-Einheit war daran gewöhnt, dass seine Chefin Selbstgespräche führte.

Was Michaels Lage noch vertrackter machte, war, dass

er kein Alibi besaß. Er hatte an jenem Morgen verschlafen, darum waren Suzie und Agneta für ihn in Trevalso eingesprungen. Als Agneta Michael später zu Hause suchte, war er verschwunden. Angeblich, weil er Gedichte im Freien verfasst hatte. Lisa faltete die Hände auf dem Schreibtisch. Es hatte immer wieder Schriftsteller gegeben, die auf den Scillys ihre Texte verfassten, doch ein Lyriker, der Ferienhäuser reinigte und sein Studio in einem Geräteschuppen einrichtete, war so ungewöhnlich, dass die Inselbewohner sich für seine Lebensumstände interessierten. Weshalb hatte Michael ausgerechnet am Tag von Johnnys Tod seine Gewohnheiten geändert?

Lisa rollte den Stuhl zurück und stand auf. Es gab keine andere Möglichkeit, sie musste Michael auf die Wachstube holen und herausfinden, was hinter den Ungereimtheiten steckte. »So ein Mist«, sagte sie und noch einmal: »Mist!« Es war ihr egal, ob Charly es draußen hörte.

Jemand anderes hörte es, Constable Meat. Er betrat gerade die Wachstube und hatte Fish 'n Chips mitgebracht. Verdammt ungesundes englisches Essen, dachte Lisa.

»Hast du an die Mayonnaise gedacht?«

Larry hielt ihr die Schachtel mit den Chips entgegen, die man unter einem Berg Mayonnaise kaum sah. Lisa und Larry setzten sich in den Aufenthaltsraum, während Charly, der häufig von seiner neuen Diät erzählte, lieber draußen blieb.

»Glaubst du, Michael hat mit der Sache zu tun?« Lisa schnappte sich den ersten heißen Happen. Es gab nichts Feineres, als wenn ein Chip noch knusprig und die Mayonnaise noch kühl war. Später wurden die Kartoffeln matschig und die Mayonnaise lauwarm.

»Warum zweifelst du daran?«

»Weil ich es mir bei ihm nicht vorstellen kann.«

»Das ließe sich von den meisten sagen.« Larry hielt sich an den heißen Fisch.

»Den meisten Menschen?«

»Den meisten Mördern. Keinem steht es auf die Stirn geschrieben.«

»Du glaubst, Michael war es?«

»Ich halte mich an die Fakten, die seine Aussage unglaubwürdig machen.«

»Ich fürchte, wir müssen ihn holen.«

»Sieht so aus.« Larry tunkte den Fisch in Essig.

»Kommst du mit?«

Mit offenem Lächeln ergriff er Lisas Hand. »Wäre es nicht besser, wenn du mit Charly fährst?«

Ohne ihre Hand wegzuziehen, warf sie einen Blick zur Tür.

»Was ist denn? Keiner sieht uns.«

»Wieso willst du nicht mitkommen?«, fragte sie.

»Ich will schon. Ich habe nur den Eindruck, als ob du dich seit unserer gemeinsamen Nacht in Dr. Jeckyll und Mr Hyde verwandelt hast.«

»Ich weiß. Das ist blöd von mir, nicht wahr?«

»Das ist nicht blöd«, fuhr er warmherzig fort. »Aber ich versichere dir, weder ist Sergeant Woolley der gute Dr. Jeckyll, noch ist Lisa, die mit mir schläft, der finstere Mr Hyde.«

»Das habe ich auch nicht behauptet.«

»Trotzdem bringst du die zwei unterschiedlichen Lisas schwer unter einen Hut.«

»Du etwa nicht?«

»Ich habe dich schon lieb gehabt, als ich nur dein Constable war. Und ich bleibe dein Constable, obwohl wir … obwohl du mich anscheinend auch magst.« Larry lächelte so entzückend, dass Lisa ihn am liebsten über den Tisch gezogen und geküsst hätte.

»Ist das nicht eine Scheißsituation?« Ihr Gesicht war dicht vor seinem.

»Es ist auch eine schöne Situation.«

»Aber auch eine Scheißsituation. Ich möchte Charly nicht mitnehmen, sondern dich.«

»Okay, Dr. Jeckyll. Dann mache ich mal das Boot klar.«

»Werden wir die Handschellen brauchen?«

»Ich nehme sie zur Sicherheit mit.«

Lisa betrachtete den Berg aus Styropor und fettigem Papier auf dem Tisch. »Mein Gott, der viele Müll.«

»Den wir von nun an selbst entsorgen müssen.« Er raffte die Reste zusammen. »Früher hat uns die EU den Müll abgenommen und nach China verschifft.«

»Tja, früher.« Lisa warf einen Blick in den Spiegel. Sie fand, dass für die Einvernahme von Mikael Laurius ein wenig Lippenstift angebracht wäre.

Wer Agneta nicht kannte, hätte sie für eine radelnde Touristin gehalten. Ihr Fahrstil wirkte ziellos, dabei hatte sie ein ganz bestimmtes Ziel, und zwar eines, das sich bewegte.

»Majmun ist zum Laufen aufgebrochen«, hatte Darya gesagt, als Agneta in Trevalso angelangt war. Magnus' Frau war diesmal im Bikini gewesen, ein Anblick von beeindruckender Weiblichkeit.

»Ich soll ihm etwas ausrichten.« Agneta hatte sich bemüht, die Figur der Weißrussin nicht zu offensichtlich zu betrachten.

»Können Sie es mir sagen?« Darya hatte die Sonnenbrille abgenommen.

Liam war neben seine Mutter getreten. »Du bist die Frau, die bei uns sauber gemacht hat.«

»Ja, die bin ich.«

»Wir könnten bald wieder eine Putzfrau brauchen«, lächelte Darya. »Überall der Sand, bei jeder Ritze kommt er herein.«

Agneta überlegte, ob sie Darya die Einladung Attenboroughs überbringen sollte. »Ich glaube, es ist besser, ich sage es Magnus selbst.« Sie schickte ihrer Absage ein freundliches Lächeln hinterher. »In welche Richtung ist er gejoggt?«

»Nach da!«, rief der Junge.

»Nach Norden also.« Agneta verabschiedete sich.

Auf dem Fahrrad fiel ihr ein, dass Magnus während ihrer Ehe nie so viel Sport getrieben hatte. Vielleicht suchte er im Urlaub nach Gründen, um seiner Venus von Zeit zu Zeit zu entfliehen.

Hinter der Anglikanischen Kirche bog Agneta in die Back Lane ein, die zum Ruin Beach Café führte. Sie erwog, eine Stärkung zu nehmen, entschied sich aber dagegen, ließ die Seagarden Cottages rechts liegen und kam auf einen Feldweg, der zu Cromwell's Castle führte. Auf halbem Weg machte sie plötzlich Halt. Sie verharrte so bewegungslos auf ihrem Drahtesel, als fürchtete sie, auf eine Landmine zu stoßen. Einem inneren Kompass folgend, änderte Agneta die Richtung, fuhr über Feldwege, einmal sogar querfeldein, sie trat immer kräftiger in die Pedale, unentrinnbar fühlte sie sich von der Nordspitze der Insel angezogen, an deren äußerster Landzunge Amaryllis House lag. Wenn man von dort aus weiter nach Norden wollte, gab es nur den Seeweg. Auf dem Meer erreichte man in nördlicher Richtung allerdings nicht die britische Insel, sondern die Republik Irland und damit die Europäische Union. Europa, dachte Agneta, die Gemeinschaft Europas, die Einsamkeit auf der Insel, die Ausschließlichkeit der Insel. Sie spürte Schweiß ihre Wirbelsäule hinabrinnen.

17 *Der verschlungene Brief*

Ohne Widerstand zu leisten, ließ Mikael Laurius sich abführen. Die Polizisten standen ihm auf offener Straße gegenüber. Es schien ihn nicht zu stören, dass man ihn von den benachbarten Häusern sehen konnte. Wenn Lisa sich nicht täuschte, stand Suzie hinter dem Fenster und beobachtete die Vorgänge. Lisa erklärte Mikael, dass dies keine Verhaftung sei, man bringe ihn lediglich zur Einvernahme nach Hugh Town. Sie erklärte ihm seine Rechte, belehrte ihn, dass er keine Aussage machen müsse, die ihn selbst belaste, und bot an, ihm einen Anwalt zu bestellen. Mikael verzichtete darauf und bat stattdessen, ein Buch mitnehmen zu dürfen.

»Wo ist dieses Buch?«

»Im Geräteschuppen.«

»Dann wollen wir Ihr Buch mal holen.« Larry berührte ihn sanft an der Schulter. So unaufdringlich die Geste auch war, machte sie doch klar, dass Mikael nicht allein in den Geräteschuppen gehen durfte.

Lisa folgte den Männern. Was für ein schöner Tag, dachte sie, ein herrlicher Tag auf Tresco. Die Luft erschien ihr reiner und frischer als in Hugh Town. Das war lächerlich, wieso sollte es auf St. Mary's stickiger sein, auch dort gab es praktisch keine Autos.

Larry und Mikael erreichten den Schuppen, Lisa trat als Letzte ein. Drinnen war es dunkel, weil Mikael das einzige Fenster mit einem schwarzen Tuch verhängt hatte.

»Wollen Sie nicht Licht machen?«

»Ich finde das Buch auch so.« Mikael trat ans Bücherregal.

Lisa bemerkte es zuerst. »Larry, pass auf!« Sie stürzte zum Schreibtisch, der aus einer alten Tür bestand, die auf zwei Böcke gelegt worden war, und schaltete die Lampe ein.

Mikael stand mit dem Rücken zu ihnen, ein Buch in der Hand, darin befanden sich lose Papiere. Lisa nahm an, dass er sie verstecken wollte, aber Mikael zerriss ein Papier und stopfte die Fetzen in seinen Mund. Sie richtete den Lichtstrahl auf ihn.

»Hol es raus, Larry!«

Der Constable fasste den Dichter mit beiden Händen ins Gesicht und versuchte, dessen Kinnlade auseinanderzuzwängen. Mikael kaute so schnell er konnte. Er leistete keine körperliche Gegenwehr, stand nur da und kaute. Da Larry sich nicht anders zu helfen wusste, schlug er Mikael mit der Faust gegen das Kinn.

»Bist du verrückt?« Mit zwei Schritten war Lisa bei ihnen.

Der Fausthieb verfehlte seine Wirkung nicht. Mikael war benommen, Larry zog den Kiefer auseinander. Im nächsten Moment schrie er vor Schmerz auf.

»Au! Er hat mich gebissen!« Blut tropfte von Larrys Finger.

Lisa war zur Stelle. »Kommen Sie, Michael, geben Sie das her.«

Ihr vernünftiger Ton zeigte keinerlei Wirkung. Mikael

kaute und schluckte, ein Tröpfchen Blut hing an seiner Lippe. Nach wenigen Sekunden hatte er alles aufgegessen, hielt den Mund aber weiter geschlossen und atmete durch die Nase. Lisa trat zurück. Sie wollte Fassung bewahren, doch plötzlich stampfte sie wütend auf.

»Sie verdammter Idiot! Warum haben Sie das getan?«

Statt einer Antwort fuhr sich Mikael mit der Zunge über die Zähne. Er machte ein Gesicht, als ob er gerade ein unbekanntes Gewürz probiert hätte und nicht sicher war, ob es ihm schmeckte.

»Was war das für ein Papier?«, fragte Lisa, ohne den Schimmer einer Hoffnung, dass er es ihr erzählen würde.

»Nicht so wichtig«, antwortete Mikael ungerührt.

»Verdammt, verdammt noch mal! Bis jetzt habe ich geglaubt, dass all die Indizien, die gegen Sie sprachen, dumme Zufälle waren, die sich leicht aufklären ließen. Was soll ich denn jetzt glauben, Michael? Was soll ich glauben?«

»Sie werden wohl etwas anderes glauben müssen«, antwortete er höflich, als ob es ihm leidtue, der Polizei Schwierigkeiten zu machen.

»Stell die Papiere und das Buch sicher, Larry.« Lisa fasste in die Hosentasche, holte ein Taschentuch hervor und gab es dem Constable. »Mach nichts blutig dabei.«

Er wickelte das Tuch um den Finger und hob das Buch auf. Es war eine schwedische Ausgabe der Märchen von Oscar Wilde.

Lisa entriegelte die Handschellen an ihrem Gürtel. »Michael Laurius, Sie sind vorläufig festgenommen.«

Mikael streckte beide Hände vor. Andächtig, als wolle er beten, ließ er sich die Fesseln anlegen.

»Es scheint Ihnen nichts auszumachen.«

»Nein, das macht mir nichts aus«, nickte der Schwede. »Das nicht.«

Agneta war nach Abbey Garden zurückgekehrt. Sie sah ihren Paradiesgarten plötzlich mit anderen Augen. Sie entdeckte Üppigkeit ohne Liebreiz; sie sah einen Farbenrausch, der nicht der Schönheit und Erbauung, sondern ausschließlich der Fortpflanzung diente. Sie erkannte Gärung und roch Fäulnis. Unverhüllte Lust umgab Agneta, unersättliche Gier, deren einziger Zweck das Verschlingen des Schwächeren war. Die prall blühenden Bougainvilleen waren Kannibalen, die jedes andere Gewächs in ihrer Nähe überwucherten. Jede Spezies wollte der anderen das Wasser rauben, das Licht nehmen, jede wollte Herrscher im Dschungel sein. Agneta sah sich umgeben von Gnadenlosigkeit, Laster und Unversöhnlichkeit. Das Gesetz des Stärkeren regierte nirgendwo vollkommener und brutaler als in der Natur.

Wir armen menschlichen Kreaturen, dachte sie, die wir Grenzen schaffen, Regeln und Normen aufstellen, um unser Leben zu schützen. Was sind wir doch für Narren. Es gibt weder Regeln noch Grenzen, unsere Welt ist ein Urwald, der im Begriff steht, von Schlingpflanzen überwuchert zu werden. Fleischfressend beherrschen sie alles, was sich ihnen in den Weg stellt, und erschaffen die Monokultur einer globalisierten Welt. Jede Welt im Kleinen mit ihrer Einzigartigkeit ist ihr Feind, alles Regionale wird verschlungen, überall herrscht mittlerweile das Gesetz des Stärkeren.

Agneta hatte sich auf den höchsten Punkt von Abbey Garden zurückgezogen, auf einen Felsen, von dem aus man fast die ganze Insel überblickte. Hier stand einsam eine Zeder. Trotz ihres Alters war sie nicht besonders hoch gewachsen. Sie klammerte sich an den Felsen, widerstand der Zeit und stemmte sich gegen den unablässigen Wind. Agneta sah in dem Baum ein Sinnbild ihrer selbst. Auch sie hatte sich auf einen abgelegenen Felsen zurückgezogen, auch sie verweigerte die Zugehörigkeit zum Reich der Schlingpflanzen.

Wieso musste sie ausgerechnet in diesen Minuten an Geschlechtsverkehr mit Magnus denken? Die Antwort war offensichtlich. Magnus gehörte der Welt der Schlingpflanzen an, er stellte darin einen mächtigen Mann dar, erst vorhin hatte er seine Macht offenbart. Agneta dachte an ihren früheren Vergleich aus dem Tierreich, wonach Magnus ein genussfreudiger Büffel sei. Das Bild traf nicht ins Schwarze. Der Büffel war ein Herdentier, das in großen Gruppen ganze Landstriche verwüstete. Magnus dagegen war ein Einzelgänger. Sex mit ihm war wie ein Sturm gewesen, er brauste über eine Frau hinweg, liebte sie leidenschaftlich, riss sie mit sich, doch darin lag auch seine Achtlosigkeit. Magnus war emphatisch und wild, zugleich von vollkommener Gleichgültigkeit.

Von Beginn an war Agneta aufgefallen, dass Tresco kein gewöhnlicher Fleck im Atlantik war. Viele einflussreiche

Leute kamen hierher, wichtige Menschen trafen sich auf der Insel. Bei ihrer Begegnung im Museum hatte sie Magnus gefragt, weshalb er ausgerechnet Tresco für seinen Urlaub ausgewählt hätte. Nun kannte sie die Antwort.

»Oft sind wir nicht das, was wir scheinen«, flüsterte sie.

Vorhin hatte sie sich auf dem Rad bis Amaryllis House durchgeschlagen. In seinen Trainingsklamotten, das Schweißband um den Kopf, hatte Magnus vor der Villa gestanden. Er sah aus wie ein neugieriger Tourist, der versuchte, einen Blick ins Haus des Prinzen zu werfen. Plötzlich war eine Tür aufgegangen, nicht das Automatiktor, durch das Fahrzeuge Einlass fanden, sondern die kleine Pforte daneben. Herausgetreten war der Prinz höchstpersönlich. Er hatte beige Hosen und eine beige Weste zum blauen Hemd getragen. Als der Wind ihm in die Frisur fuhr, strich er sein schütteres Haar auf die bekannte Art zur Seite. Er hatte Magnus mit Handschlag begrüßt, ihm den Vortritt gelassen und die kleine Pforte wieder geschlossen. Volle drei Stunden war Magnus im Haus des Prinzen geblieben. Schließlich kam er wieder heraus und setzte seine Joggingrunde fort, als ob nichts geschehen wäre. Agneta hatte sich im hohen Seegras versteckt, bis er aus ihrem Blickfeld verschwunden war.

Sie lehnte den Oberkörper an den Baum. An jenem Tag im Valhalla-Museum hatte Magnus sie als Kassandra bezeichnet. Die mythologische Kassandra ahnte in allen Phänomenen böse Vorboten und sagte Gefahren voraus. Agneta hatte dagegen jetzt den unwiderlegbaren Beweis für die Gefahr. Sie war keine Kassandra, Magnus dagegen war Fjodor Kusminsk, der Spion des Zaren. Doch wer war in diesem Fall der Zar, überlegte sie, für wen agierte Magnus, und wie hing das mit Mr Attenborough zusammen? Agneta hob den Blick zum Wipfel der Zeder. Die buschigen Nadelkörper hatten wegen ihres Alters eine graugrüne Färbung angenommen. Mein Gott, dachte sie, vielleicht hatte Magnus recht, vielleicht war sie während der Jahre auf ihrem einsamen Felsen tatsächlich verrückt geworden.

18 *Die Dämonen*

Die Vernehmung von Mikael Laurius strapazierte Lisas Geduld seit mehr als zwei Stunden. Der Poet entzog sich mit mäandernden Ausflüchten sämtlichen Regeln logischer Schlussfolgerung. Larry schien kurz davor, den Dichter mithilfe seiner Totschlagmethoden zum Reden zu bringen. In Hemdsärmeln lief der Constable im Vernehmungsraum auf und ab und ließ von Zeit zu Zeit seine Pranke auf das Fensterbrett niedersausen. Das friedliche Polizeirevier von Hugh Town hatte kein separates Vernehmungszimmer, die Einvernahme fand im Aufenthaltsraum statt. Die veraltete Videokamera war auf einem Stativ in der Ecke platziert worden, das rote Licht leuchtete.

»Sie tun ja so, als ob der Tod von Johnny Pooth ein romantischer Zwischenfall sei«, fuhr Lisa den Poeten an.

»Romantischer Zwischenfall?« Mikael lächelte. »Ich könnte es nicht besser ausdrücken. Die nördlichen Klippen, die Brombeerhecke, die Sonne im Rücken und über allem das Haus des Prinzen. Und dann der Sturz.« Er spielte mit den Enden seines roten Halstuches. »Poesie hat immer mit dem Erblühen und mit dem Absterben des Lebens zu tun.«

Larry baute sich vor Mikael auf. »Sie haben ein ungewöhnlich präzises Bild vom Tatort. Man könnte glauben, Sie seien dort gewesen.«

»Imaginäre Bilder vor meinem inneren Auge erstehen zu lassen, gehört zu meinem Beruf.« Larry wollte etwas entgegnen, doch Mikael hob die Hand. »Tatsächlich sehe ich Johnnys Tod deutlich vor mir.«

»Dann schildern Sie uns seinen Tod doch mal so, *wie Sie ihn vor sich sehen.*«

»Johnny Pooth, ein vom Leben enttäuschter Mann, ein Mann mit zu viel Freizeit, ein vergrübelter, melancholischer Mann …«

»Ich habe Sie nicht um eine Charakteranalyse gebeten«, fuhr Larry dazwischen. »Alles, was wir wissen, ist, dass Johnny Pooth es wohl nicht gut verkraftet hat, in Rente zu gehen.«

Mikael ignorierte die Unterbrechung. »Johnny wagt sich also hinaus auf die Klippen, an den äußersten Punkt, dorthin, wo die Brombeeren wachsen.«

»Hören Sie auf, Bullshit zu erzählen! An diesem Vormittag hat er überhaupt keine Brombeeren gepflückt. Die Brombeeren stammen nicht von Tresco, sondern aus dem Supermarkt.« Plötzlich packte Larry Mikael am Jackenaufschlag und zerrte ihn vom Stuhl hoch. »Sie sagen mir jetzt sofort, weshalb Sie gekaufte Brombeeren neben Johnnys Leiche gelegt haben!«

»Das habe ich nicht getan«, entgegnete Mikael ruhig.

»Sie haben Sergeant Woolley einen Tag nach Johnnys Tod Brombeeren gegeben, und zwar von der gleichen Sorte wie jene, die neben der Leiche gefunden wurden.«

»Natürlich waren es die gleichen«, nickte Mikael. »Ich habe sie ja im Sand gefunden.«

»Bullshit!« Larry zerrte den Dichter noch höher.

»Larry, lass Mr Laurius herunter«, sagte Lisa besonnen.

»Sie lügen, Michael, und ich werde Ihnen aufzeigen, warum Sie lügen.«

Während Larry ihn auf den Stuhl zurücksinken ließ, nickte Mikael interessiert. »Bitte, Sergeant.«

»Am Tag, als Johnny ermordet wurde, haben Sie verschlafen.«

»So ist es.«

»Sie hatten angeblich sogar vergessen, dass Sie Trevalso für die anrückenden Urlaubsgäste säubern sollten.«

»Nicht *angeblich*«, entgegnete Mikael. »Es war mir bedauerlicherweise wirklich entfallen.«

»Und Sie haben so fest geschlafen, dass Sie nicht einmal gehört haben, wie Ihre Frau das Haus verließ, um für Sie einzuspringen. Das kann ich nur schwer glauben.«

»Die Wahrheit ist, ich hatte am Vorabend eine ganze Menge getrunken.«

»Trinken Sie gewohnheitsmäßig, Mr Laurius?«

Mikael sah Lisa an wie ein Vater sein ungehorsames Kind. »Ich bin Skandinavier, Sergeant Woolley. Bei uns zu Hause gibt es viele lange dunkle Abende. Und ich bin auf einer Insel gestrandet, die nicht mein Zuhause ist.«

»Warum sagen Sie nicht einfach, dass Sie regelmäßig saufen?«, ging Larry dazwischen. »Sind Sie Alkoholiker?«

»Nein.«

»Wie können Sie Ihren Job dann einfach *vergessen* haben?«

»Vielleicht will ich diesen Job ja vergessen«, antwortete Mikael bedacht. »Vielleicht brauche ich den Whisky, um mich von meiner Lebenssituation abzulenken.«

»Sind Sie mit Ihrem Leben so unzufrieden?«

»Ich weiß, das klingt sonderbar. In Stockholm war ich bettelarm. Ich hatte buchstäblich nichts außer dem Blick aus meinem Zimmer auf den benachbarten Friedhof. Die Aussicht auf die vielen verwitterten Gräber und die sanft wiegenden Birken hat mir die Gewissheit gegeben, dass dem Menschen irgendwann eine große Ruhe beschert sein wird.«

»Sind Sie lebensmüde?«, fragte Larry unverblümt.

Der Dichter sah den großen Kerl an, dessen Bizeps die Ärmel des Hemdes zu sprengen drohte. »Sie verstehen sehr wenig vom Leben, nicht wahr, Larry?«

Der Constable schwieg verblüfft.

»Bitte weiter«, ermunterte Lisa.

»Damals wusste ich manchmal nicht, wovon ich mir etwas zu essen kaufen sollte. Aber ich hatte meine geliebte Stadt, meine Heimat, meinen gesunden Körper und meine Fantasie. Ich war glücklich. Tatsächlich, damals war ich wunschlos glücklich.« Mikael senkte den Kopf.

»Aber hier haben Sie nicht nur das Meer und ein angenehmes Klima, Sie haben vor allem Ihre wunderbare Frau«, gab Lisa zu bedenken.

»Ich weiß, ich sollte dankbar sein und zufrieden. Besonders, weil Agneta in anderen Umständen ist.«

»Agneta bekommt ein Kind?« Ein helles Lachen entschlüpfte Lisa. »Das ist ja wunderbar.«

Mikaels Miene verdüsterte sich. »Ja. Das ist es.«

Mit einem Knurren gab Larry seinem Unmut darüber Ausdruck, dass sich die Vernehmung vom eigentlichen

Thema entfernte. »Wann sind Sie an dem betreffenden Morgen aufgewacht?«

»Irgendwann vormittags.«

»Ihre Frau war nicht zu Hause, Ihr Boot lag nicht am Steg. Haben Sie sich nicht spätestens dann erinnert, dass Sie einen Auftrag hatten?«

»Nein.«

»Sie müssen sich aber doch gefragt haben, wo Agneta ist.«

»Nein.«

»Das glaube ich Ihnen nicht.« Larry wurde lauter.

»Weil Sie nicht wissen, wie es in mir aussieht, und zwar an jedem Morgen.«

»Warum erzählen Sie uns nicht, *wie es jeden Morgen in Ihnen aussieht*?«

»Sobald ich erwache, regiert das Chaos in mir.« Mikael setzte sich aufrecht hin, beide Hände auf den Oberschenkeln. »Meine Ängste, die Ausweglosigkeit, die Ernüchterung über das menschliche Dasein stürzen ungebremst auf mich ein. Diese Dämonen verschwinden tagsüber zwar nach und nach, aber am Morgen bin ich außerstande, mich gegen sie zu wehren. Ich kann morgens unmöglich mit anderen Menschen kommunizieren. Jede falsche Bemerkung, jedes noch so harmlose Wort würden mich aus dem Gleichgewicht werfen. Zu Beginn des Tages muss ich mich erst mal verkriechen, wenn Sie verstehen, was ich meine.«

Lisa spürte, dass Larry das psychologische Gelaber beenden wollte. »Bitte weiter«, sagte sie daher rasch.

»Ich verkrieche mich in der Welt in meinem Kopf. Dort

bin ich fürs Erste sicher. Damit ich diesen sicheren Ort erreiche, muss ich mich mit Sprache beschäftigen, mit dem Aneinanderfügen von Silben und Worten und Sätzen. Das gibt mir Halt. Man könnte sagen, ich bin nicht Dichter geworden, um Gedichte zu schreiben, sondern ich schreibe Gedichte, um eine Ordnung in meinem Inneren herzustellen, die es mir ermöglicht, zu leben.«

»Wie hängt diese ... Morgenmelancholie, diese Lebensangst mit den Ereignissen an dem Tag zusammen, als Johnny starb? Was geschah an diesem Morgen nach der Nacht, in der Sie sturzbetrunken waren?«

»Der Alkohol ist ein Teufel, das wissen wir alle«, antwortete Mikael. »Der Teufel gebietet über meine Dämonen. Als ich an dem Morgen erwachte, konnte ich keinen einzigen Gedanken an meine Arbeit, an Trevalso oder Agneta verschwenden. Ich dachte nur daran, wie ich mich aus der Schlangengrube meiner Seele emporarbeiten soll.«

»*Schlangengrube* – nun hören Sie aber auf.« Larry steckte die Hände in die Hosentaschen, um sicherzugehen, dass seine Fäuste keine Dummheit begingen.

»Ich habe mir Kaffee gemacht und ihn in den Schuppen mitgenommen.« Mikael bewegte die Finger auf den Oberschenkeln. »Da lag der Brief auf dem Tisch.«

»Ein Brief? Den Sie geschrieben haben?« Lisa sah Larry an.

»Nein. Ich habe ihn vor Jahren bekommen. Er hat mein Leben verändert. Ich hatte mir den Brief dorthin gelegt, weil ich ein Gedicht darüber schreiben wollte.«

»Von wem war dieser Brief?«

»Von Agneta.«

»Ihrer Frau?«

»Damals war sie noch nicht meine Frau.«

»Was hat sie geschrieben?«

»Sie hat in ihrem schönen klaren Stil geschrieben, dass sie meinen Heiratsantrag annimmt.«

»Sie hat sich schriftlich zu Ihrem Heiratsantrag geäußert?«, rief Larry ungläubig.

»Wieso nicht?«

»Weil man seine Angebetete normalerweise persönlich fragt, und darauf antwortet sie entweder ja oder nein.«

»Agneta und ich waren zu dieser Zeit nicht am selben Ort.«

»Wieso nicht?«

»Weil sie nach Tresco gereist war, um sich für den Job hier zu bewerben.«

»Und wo waren Sie?«

»In Stockholm. Wir hatten schon seit einiger Zeit ein Verhältnis, aber ich war dagegen, Schweden zu verlassen. Ich wollte nicht auf eine Insel ziehen. Agneta und ich hatten darüber gestritten.«

»Und obwohl Sie im Streit lagen, hat sie Ihren Antrag angenommen?«

»Sie schrieb: *Es ist wundervoll auf Tresco, Du wirst hier glücklich sein.*«

»Agneta ist also davon ausgegangen, dass Sie Stockholm ihretwegen verlassen würden?«

»Quid pro quo«, antwortete Mikael. »Sie war bereit, mich zu heiraten, wenn ich bereit wäre, mit ihr zu gehen.«

Larry setzte sich auf Lisas Stuhl. »Und wie war das nun, haben Sie an jenem Morgen ein Gedicht über diesen Brief geschrieben?«

»Nein.«

»Wieso nicht?«

»Weil mich Agnetas Zeilen plötzlich an mein eigenes unerfülltes Leben erinnert haben. Ich hätte nie hierherkommen sollen. Diese Insel ist ein Paradies. Aber einer wie ich darf nicht im Paradies leben.«

»Wieso nicht?«

»Weil ich nur ein mittelmäßiger Mensch bin. Ich habe das Paradies nicht verdient.«

Larry sah Lisa mit einer Miene an, die sagte: Da haben wir ja einen besonders komischen Vogel eingefangen.

»Ist Ihre Ehe glücklich?«, erkundigte sich Lisa.

Mikael schwieg einen Moment. »Eigentlich schon.«

»Weshalb haben Sie gezögert?«

»Weil es eine vollkommene Beziehung nicht gibt.«

Ein wahrer Satz, dachte Lisa und vermied Larrys Blick. »Der Brief hat Sie also daran erinnert, dass Sie nicht glücklich sind. Was geschah dann?«

»Ich wollte Agnetas Zeilen nicht mehr vor Augen haben und habe sie zwischen die Seiten meines Lieblingsbuches gesteckt.«

»Dieses Lieblingsbuch, sind das die Märchen von Oscar Wilde?«

Mikael nickte.

»Das heißt, es war Agnetas Brief, den Sie vorhin aufgegessen haben?«

Mikael nickte abermals.

»Was wäre so schlimm daran gewesen, wenn wir den Brief gefunden hätten?«

»Sie durften diesen Brief nicht in die Hände kriegen«, antwortete Mikael offen.

»Aber gerade erzählen Sie uns doch freimütig, was drinstand. Wozu das Versteckspiel, das ganze Theater, das Ihnen im Übrigen ziemliches Magendrücken bescheren dürfte?«

»Dieser Brief geht Sie nichts an. Er ist das intimste Schreiben, das ich je erhalten habe.«

»Kommen Sie, Michael.« Larry wählte den bärigen Ton eines guten Freundes. »Was macht das jetzt noch für einen Unterschied?«

Der Schwede richtete sich kerzengerade auf. »Von mir erfahren Sie nichts mehr, kein Wort.«

Lisa lehnte sich an die Wand neben dem Fenster. »Sie stecken in einer ziemlich üblen Lage, wissen Sie das? Ihr Verhalten am Tag des Mordes ist verdächtig, und Ihre psychologischen Einlassungen machen die Sache nicht besser. Sie haben Ihren Rausch ausgeschlafen, doch statt nach dem Erwachen sofort nach Trevalso zu fahren, huschen Sie in den Geräteschuppen. Dort arbeiten Sie aber nicht an dem Gedicht, das Sie sich vorgenommen hatten, sondern verlassen die Hütte wieder, um im Freien an einem anderen Werk zu arbeiten. Wo ist dieses *Werk*, das an jenem Vormittag entstand?«

»Ich habe es vernichtet. Es war nicht gut.«

»Was haben Sie nach der Arbeit getan?«

»Ich bin spazieren gegangen.«

»Wo?«

»Am Strand.«

»Das nehme ich Ihnen nicht ab.«

»So war es aber.«

Lisa schüttelte den Kopf. »Rund um Ihr Anwesen stehen mindestens zehn Häuser. Im Westen liegt Abbey Garden, wo viele Touristen unterwegs sind, im Süden sind die Strände mit den Surfern. Wo immer Sie an diesem Vormittag auch hingegangen sein mögen, irgendjemand hätte Sie sehen müssen, jemand, der Ihre Aussage bezeugen könnte. Wir haben uns erkundigt, Michael, kein Mensch hat Sie gesehen, nirgendwo auf der Insel. Bis etwa ein Uhr mittags blieben Sie verschwunden. Auch Agneta hat Sie bei Ihrer Rückkehr aus Trevalso nicht gefunden. Wo waren Sie während dieser Stunden?«

»Ich weiß es nicht mehr genau.«

»Dann will ich es Ihnen sagen«, ging Larry dazwischen. »Sie waren auf den Klippen vor Amaryllis House.«

»Das stimmt nicht.«

»Woher kannten Sie dann die genaue Stelle, an der Johnny zu Tode kam?«

»Von Agneta. Sie hat es mir erzählt.«

»Woher wusste sie es?«

»Von Suzie.« Mikael wandte sich zu Lisa. »Sie müssen sich doch daran erinnern, Sergeant. Sie waren in Suzies Haus, als Agneta dorthin kam.«

»Ich habe Suzie aber nur verraten, dass ihr Mann unterhalb der Klippen gefunden wurde«, widersprach Lisa.

»Die Klippen erstrecken sich über dreihundert Yards. Als ich Sie am nächsten Tag getroffen habe, legten Sie Ihre Blumen präzise dort ab, wo die Leiche gefunden worden war.«

»Das muss Zufall gewesen sein.«

Sie stieß sich von der Wand ab und ging auf Mikael zu. »Es war kein Zufall, und ich sage Ihnen auch, warum: wegen der Brombeeren. Wenn Sie die Brombeeren tatsächlich am Strand gefunden haben, müssen Sie den Tatort kennen. Und wer kennt den Tatort besser als der Mörder?«

»Ich habe Johnny nicht umgebracht.«

»So weit bin ich noch gar nicht.« Lisa stützte sich auf den Tisch. »Ich weiß, dass Sie am Tag des Mordes Ihre täglichen Gewohnheiten über den Haufen geworfen haben. Ich weiß, dass Sie für den Zeitpunkt, als Johnny Pooth die Klippen hinuntergestoßen wurde, kein Alibi haben. Und ich weiß, dass Sie mir Brombeeren andrehen wollten, die Sie nicht bei dem Toten gefunden haben.« Mit langsamen Schritten ging Lisa auf die Kamera zu. »Ich werde Ihren Fall dem Staatsanwalt in Penzance übergeben. Und ich rate Ihnen dringend, Mr Laurius, sich einen Anwalt zu nehmen. Sie dürfen jetzt einen Telefonanruf machen.« Lisa schaltete die Kamera ab.

»Sagen Sie mir nur eines, Sergeant«, erwiderte Mikael. »Sagen Sie mir, weshalb sollte ich Johnny umgebracht haben? Warum? Darüber haben Sie noch kein Wort verloren.«

Lisa rollte zur Seite und erschrak. Sie war nicht allein. Da lag ein fester, warmer Männerkörper, er machte Bewegungen im Schlaf und hatte einen eigenen Duft. Weil dieser Mann in Lisas Bett lag, konnte sie nicht so herumrollen, wie sie es gewohnt war. Im kaltblauen Licht bemerkte sie, dass Larry ein winziges Haar auf der Nase wuchs, seine Bartstoppeln sprießten kräftig. Seine Augenbrauen dagegen waren zart und elegant geschwungen. Lisa hob den Kopf. Wieso konnte sie das mitten in der Nacht so deutlich sehen? Weil draußen alle Lichter brannten. Eine Motte oder irgendein Käfer mussten über den Bewegungssensor geflogen sein, verdammte Sicherheitsanlage. Lisa starrte an die hellerleuchtete Decke.

Ohne handfestes Motiv war Michaels Festnahme ziemlich voreilig gewesen. Er besaß kein Alibi, aber das traf auf die meisten Insulaner zu. Hier teilte man sich die Zeit nicht so akribisch ein, die Tage vergingen einfach von Sonnenaufgang bis Sonnenuntergang. Lisa brauchte ein Motiv für den Mord. Es hieß, Johnny Pooth sei ein *Jäger* gewesen, der potentiellen Kunden Versicherungspolicen angedreht hatte. Was wäre, wenn Johnny nie aufgehört hatte, ein Jäger zu sein, wenn er den Leuten aber keine Policen mehr andrehte, sondern etwas anderes? Lisa verschränkte die Arme unter dem Kopf. Seit seine Frau im Old Inn arbeitete, war er oft allein gewesen. Suzie hatte von seinen langen Spaziergängen erzählt, von seinen Kreuzworträtseln, auch das Beerenpflücken hatte sie erwähnt. Hatte Johnny vielleicht noch andere heimliche Hobbys gehabt?

Spekulation, Lisa seufzte, alles nur Spekulation. In diesem Moment erlosch das Licht, sie rutschte zu Larry und streichelte seinen behaarten Unterarm. »Mein Prinzenkind«, flüsterte sie.

»Hm«, machte Larry.

Lisa grinste in die Nacht. Ihr Liebster war der uneheliche Spross des fünfundvierzigsten Earl of Weston-super-Mare, seinem Vater gehörte dort in der Gegend alles, so weit das Auge reichte.

Sie schloss die Augen. *Ihm gehörte alles*. Ein Mann, dem alles gehörte. Sie dachte an Mr Attenborough, dem die Insel Tresco sozusagen auf dem Papier gehörte. Dann dachte sie noch weiter, noch größer, an einen Mann, dem gewissermaßen das Ganze gehörte, einen Mann, der nach göttlichem Recht König über dieses Land werden sollte und seit Jahrzehnten auf die Krone wartete, sie aber nicht tragen durfte, weil die alte Königin ihre Pflichten immer noch erfüllte, eine Queen, die unsterblich zu sein schien.

Lisa öffnete die Augen. Wie war sie von Larrys Augenbrauen zu Mr Attenborough und schließlich zum Thronfolger abgeschweift? Der Grund war offensichtlich. Der Mord an Johnny hatte sich vor den Toren von Amaryllis House abgespielt. Die Prinzenresidenz war eine von vielen Luxusvillen auf Tresco und stand meistens leer. Doch am Tag nach Johnnys Tod war der Prinz ohne Ankündigung hierher gereist und hatte der Witwe des Opfers einen Besuch abgestattet. Zunächst war Lisa das volksnah erschienen, in Wirklichkeit war es doch ziemlich ungewöhnlich. Sie strampelte die Decke von den Beinen.

»Hast du schlecht geträumt?«, murmelte Larry.

»Nein. Ich bin gerade aufgewacht.«

»Schlaf weiter.«

»Ich kann nicht mehr schlafen.« Sie schwang die Beine aus dem Bett. »Ich muss den Mord an Johnny Pooth lösen.«

»Um drei Uhr morgens?«

»Besser jetzt als nie.«

Larry hob den Kopf vom Kissen. »Was hast du vor?«

»Ich werde den Prinzen befragen.«

»Unseren Prinzen? Du willst … Du willst den Thronfolger verhören?«

»Ich will ihm nur ein paar Fragen stellen. Das muss erlaubt sein, wir leben schließlich nicht im Mittelalter.«

»Ich fürchte, du träumst immer noch.« Larry warf einen Blick auf die Leuchtziffern des Weckers.

Auf nackten Füßen lief Lisa in die Küche, konnte aber nicht verhindern, dass die Dielen knarrten. »Ich mache uns Tee, komm schon.«

»Warum soll ich mitten in der Nacht Tee trinken?« Mit schweren Gliedern stand er auf und schlurfte hinter Lisa her. Die Dielen knarrten beängstigend.

Lisa ließ Wasser in den Kessel. »Ich werde den Prinzen fragen, weshalb er am Tag nach Johnnys Tod auf die Insel gekommen ist. Ich frage ihn, warum er Suzie besucht hat. Ich möchte von ihm wissen …«

»Das kannst du nicht«, unterbrach sie Larry.

»Ach nein?«

»Nichts davon ist möglich«, sagte er ohne Nachdruck, ohne Ironie.

»Warum nicht?«

»Sag mir bitte: Was steht auf jedem Wappen in jeder Dienststelle im ganzen Land?«

»Ich weiß nicht. Was steht da?«

»HM«, antwortete Larry. »Überall kannst du es lesen, HM Treasury, HM Customs, HM Police Force – HM. Das bedeutet, alles in unserem Land findet in ihrem Namen statt. Wir dienen ihr, sie ist unser Boss. Wir sind die Polizisten Ihrer Majestät. Wir sind ihre Ordnungsmacht. Und deshalb kannst du nicht bei ihrem Sohn anklopfen und ihm unangenehme Fragen stellen. Es geht nicht, Lisa. Es ging noch nie und wird auch niemals möglich sein. Nicht in England, nicht in diesem Königreich. Die Queen wurde von Gott eingesetzt, musst du wissen.« Er hob die Schultern. »Das ist so, da kann man nichts machen.«

Es musste an der sonderbaren Uhrzeit liegen, dass Lisa ihm in diesem Moment glaubte. Lisa im Nachthemd, den Wasserkessel in der Hand. »Von Gott«, murmelte sie und drehte mit einer bedächtigen Bewegung das Gas an.

»Niemand verdächtigt die Krone. Niemand kann die Krone je verklagen. Umgekehrt funktioniert es natürlich schon, denn auch der Staatsanwalt untersteht der Krone. Wir alle.«

Auf seine unerhörten Worte schwieg sie zunächst und nahm den Tee aus dem Regal. »Wie es scheint, bist du doch ein waschechter Earl«, lächelte Lisa. »Dein Vater wäre gerade stolz auf dich gewesen.«

Aus dem Erdgeschoss waren Geräusche zu hören, eine Tür ging auf.

»O verdammt.« Lisa rannte ins Bad und griff nach ihrem Bademantel.

»Was ist los?«

»Die Feriengäste sind wach geworden. Zieh dir etwas über.«

»Wieso?«

»Sie werden gleich hier sein.«

»Weshalb sollten die Feriengäste dich besuchen?«

»Weil es drei Uhr morgens ist. Die Dielen!«

Im Garten ging das Licht an.

»Da sind sie schon. Die Dielen haben geknarrt.« Sie eilte ins Schlafzimmer und raffte Larrys Kleider zusammen.

Er nahm Hemd und Hose entgegen. »Findest du deine Reaktion nicht übertrieben?«

»Du weißt nicht, was ich mit den Leuten schon für Probleme hatte.«

»Du bist die Polizeichefin.«

»Ich weiß, aber …« Sie beobachtete, wie er in seine Uniformhose schlüpfte, den Koppel umschnallte und zur Tür ging. »Was hast du vor?«

»Ich bin auch bei der Polizei. Ich werde dein Problem lösen.«

»Larry!«

Man hörte Schritte auf der Außentreppe. Es klopfte. Er öffnete.

»Was kann ich für Sie tun, Sir?«

Draußen stand ein kahlköpfiger Mann im Bademantel. Seine Brille war von der Nachtluft beschlagen. Seine Sprache war vom Englischen so weit entfernt, dass Larry kein

Wort verstand. Was er wollte, war jedoch unmissverständlich. Larry trat zu dem Mann ins Freie und schloss hinter sich die Tür. Ein hoher Ton schwoll an. Lisa brauchte eine Sekunde, bis sie begriff, dass der Wasserkessel zu pfeifen begonnen hatte.

19 *Vier Männer an einem Tisch*

Magnus trug einen steingrauen Anzug aus feinem Tuch und eine zartgrüne Krawatte. Agneta war erstaunt, dass ihr Ex einen Businessanzug mit in den Urlaub gebracht hatte. Um ins Gericht nach Penzance zu kommen, hatte er kurzerhand einen Hubschrauber gechartert.

»Ich habe keine Lust, drei Stunden über den Atlantik zu schippern«, erklärte er.

»Ich hoffe, du rechnest mir diesen Flug nicht extra auf dein Honorar an.« Sie strich ihr Haar aus der Stirn, da sich die Rotorblätter bereits zu drehen begannen.

Agneta hatte ihren Exmann gebeten, Mikaels Verteidigung zu übernehmen. Dieser Schritt mochte auf den ersten Blick wie eine Kurzschlusshandlung erscheinen, doch es war eine kluge Tat. Magnus war der Beste. Wenn Mikael tatsächlich in Schwierigkeiten steckte, würde dieser mit allen Wassern gewaschene Anwalt ihn heraushauen. Wenigstens das eine Mal sollte es sich lohnen, mit Magnus verheiratet gewesen zu sein. Allerdings war Magnus Falkon EU-Anwalt und daher spezialisiert auf Fälle innerhalb der Europäischen Union. Da Großbritannien der Gemeinschaft nicht mehr angehörte, hätte Magnus in einem britischen Verfahren nicht tätig werden dürfen. Natürlich hatte er für das Problem ein Schlupfloch gefunden. Mikael Laurius war Schwede und damit EU-Bürger. Nach geltender Satzung hatte er das Recht, im Ausland von einem EU-Anwalt vertreten zu werden.

Es war erst vierundzwanzig Stunden her, seit Magnus den britischen Thronfolger aufgesucht hatte. Hätte Agneta ihn nicht trotzdem fragen müssen, was er in Amaryllis House gewollt hatte und mit welchem Auftrag er nach Tresco gekommen war? Sie entschied, dass er zuerst Mikael heraushauen sollte, alles andere würde sich später finden. Magnus bestieg den Hubschrauber, Agneta folgte ihm und setzte die Kopfhörer auf. Gleich darauf sahen sie die Insel unter sich versinken. Nach wenigen Minuten konnte man meinen, mitten über dem Atlantik zu schweben, rundum war nichts als Wasser und Himmel.

Auf dem Landeplatz von Penzance wartete ein Taxi. Während sie in die Kleinstadt einfuhren, konnte Agneta nicht an sich halten, Magnus wenigstens mit einer Sache zu konfrontieren. »Ach, das hätte ich fast vergessen, ich soll dich für das Wochenende zu Mr Attenborough einladen.«

Magnus sah aus dem Fenster. »Attenborough? Wer soll das sein?«

»Er ist so etwas wie der Besitzer von Tresco und damit sozusagen mein Chef.«

»Und wie komme ich zu dieser Ehre?«

»Das musst du ihn schon selbst fragen. Wenn ich Mr Attenborough richtig verstanden habe, will er mit dir über die Gründe sprechen, weshalb der Brexit für die Briten so ein Flop geworden ist.«

»Ich weiß noch nicht, ob ich es einrichten kann.« Magnus strich seine Krawatte glatt. »Darya ist ohnehin schon sauer, weil ich sie heute allein lasse, um für meine Exfrau einen Job zu erledigen.«

»Glaubst du, dass du den *Job erledigt* kriegst?«, fragte Agneta ängstlich. »Glaubst du, dass Mikael freikommt?«

»Natürlich.« Beruhigend legte er die Hand auf ihren Arm. »Diese Landpomeranze von Polizistin hat sich zu weit aus dem Fenster gelehnt. Sie will sich nur wichtigmachen.«

»Bist du sicher?«

»Ist das nicht offensichtlich? Du brauchst dir nur die eine entscheidende Frage zu stellen: Warum in Gottes Namen sollte Mikael euren alten Nachbarn umbringen?«

»Konntest du bei der Akteneinsicht denn nicht feststellen, was Sergeant Woolley gegen Mikael in der Hand hat?«

»Akteneinsicht?« Magnus machte sein Fuchsgesicht. »Ich werde mir das unterwegs ansehen.« Er zog sein Tablet hervor.

»Du weißt noch gar nicht, was Mikael vorgeworfen wird?« Plötzlich hatte Agneta Angst vor ihrem Exmann und bereute es fast, ihm Mikaels Verteidigung übertragen zu haben.

Eine halbe Stunde später folgte sie Magnus und Mikael ins Verhandlungszimmer. Mikael war aus dem Untersuchungstrakt zu ihnen gebracht worden. Er wirkte blass, aber ruhig und auf seltsame Weise neugierig. Zu dritt traten sie ein.

Der Staatsanwalt war bereits anwesend. Die Herren schüttelten einander die Hände. Der Raum hatte nicht die geringste Ähnlichkeit mit einem Gerichtssaal. Weder standen rechts das Pult des Anklägers noch links das von Verteidiger und Delinquent, noch gegenüber die Empore des Richterplatzes. Das Mobiliar des Saales bestand aus einem Tisch, der einem Spieltisch ähnelte, er hatte eine Filzauflage in der Mitte. Dazu gab es vier Stühle. Die Männer nahmen jeder an einer Seite Platz, die Vorderfront blieb leer.

Im Hintergrund stand eine Tür offen, dort sah Agneta einen dicken Mann auf und ab gehen. Er trug lederne Hosenträger, die das Ungetüm seines Bauches in der Hose arretierten. Der Mann zog ein Sakko über, schnäuzte in ein Papiertaschentuch, warf es in den Müll und betrat den Verhandlungsraum.

»Erheben Sie sich«, sagte ein Officer in der Ecke.

Es hätte der Aufforderung nicht bedurft, der Staatsanwalt und Magnus standen bereits. Mikael kam als Letzter hoch. Mit flinken Schritten erreichte der Richter seinen Platz. Dem Staatsanwalt wurde das Wort erteilt.

Im schwarzen Hosenanzug erschien Suzie Pooth zur gleichen Zeit auf dem Polizeirevier von Hugh Town. Beim Eintreten hielt sie ihre Handtasche so fest, als wäre es ein Rettungsring. »Ich möchte eine Aussage machen.«

Constable Charly hatte eine Plastikschale mit portioniertem Obst vor sich, Ananas, Kiwi und Mango. »Schießen Sie los, Mrs Pooth«, antwortete er, ohne sich für die Amtshandlung bereit zu machen.

Suzie musterte die frugale Szene. »Seien Sie nicht böse, Charly, aber ich würde meine Aussage lieber bei Sergeant Woolley machen.«

»Von mir aus, aber da haben Sie Pech. Lisa ist nämlich gerade nach Tresco unterwegs.« Charly spießte ein Ananasstück auf.

»Aber von da komme ich gerade«, rief Suzie enttäuscht. »Wir hätten uns begegnen müssen. Was will sie denn auf Tresco?«

»Hat sie mir nicht gesagt. Allerdings –«, kauend hob Charly den Kopf. »Lisa und Larry wollten vorher zur Fish-'n-Chips-Bude. Wenn Sie sich beeilen, erwischen Sie die beiden noch.« Charly pickte eine Kiwi auf. »Was gibt es denn so Wichtiges?«

Er erhielt keine Antwort. Suzie war bereits verschwunden. Obwohl sie mit den Jahren korpulenter geworden war, besaß sie immer noch eine erstaunliche Flinkheit. Suzie rannte am Reisebüro vorbei, passierte den Co-op-Laden, wo Charly sich die Obstschale zusammengestellt hatte, erreichte die Lloyds Bank und schließlich das Mermaid Inn. Dahinter, an der letzten Landspitze, die zum Fährhafen führte, stand die Imbissbude. Jeder, der die Scillys mit der Fähre verließ, musste daran vorbei. Der Duft von frittiertem Fisch ließ viele schwach werden, sie bestellten etwas von der heißen, fetten Köstlichkeit. Von weitem sah Suzie, wie Lisa und der Constable ihre Lunchboxen entgegennahmen.

»Sergeant Woolley!«, rief Suzie im Rennen. »Sergeant Woolley, warten Sie!«

»Hätte Janice das nicht melden müssen?«, fragte Larry.

Es war keine fünf Minuten her, dass er und Lisa die

Wachstube verlassen hatten. Wer die beiden heute beobachtete, hätte ahnen können, dass dort Romeo und Julia unterwegs waren. Obwohl sie einander nicht an den Händen hielten und sich keine schmachtenden Blicke zuwarfen, trugen sie so etwas wie das *Mal der Liebe* auf der Stirn. So etwas existierte tatsächlich, es war nur ein anderes Zeichen für Zufriedenheit. In diesem seltenen Zustand, der meist nur kurz anhielt, glaubte man, dass die Zukunft nur Gutes bereithielt, dass man auf dem richtigen Lebensweg sei und einen nichts davon abbringen konnte.

Larry hatte letzte Nacht das Banner seiner Liebsten ergriffen und war für sie in die Bresche gesprungen. Mutig war er dem russischen Feriengast entgegengetreten. Obwohl der eine nur russisch sprach und der andere das elegante Englisch eines Grafensohnes, war die Konversation rasch eskaliert. Der Russe verlangte, dass die Nachtruhe eingehalten werde, der Sohn des Earl verlangte den Ausweis des Urlaubers zu sehen. Als der Russe sich weigerte, griff Larry an sein Waffenkoppel. Die Polizisten auf den Inseln trugen keine Pistole, aber etwas ähnlich Gefährliches, einen Rindertreiber. Der Elektroschocker war nicht dazu da, Feriengäste in ihre Schranken zu weisen, sondern ausgebrochenes Vieh, das sich verlaufen hatte. Manchmal kamen Rinder oder Schafe den Klippen zu nahe, manchmal brachen sie in gepflegte Gärten ein und zertrampelten den englischen Rasen. Für solche Fälle war die Polizei ausgerüstet, mit kurzen gezielten Stromschlägen trieb sie das Vieh vor sich her.

Larry löste nur die Verschlusskappe des Geräts, diese

Sprache verstand der Russe. Er rannte die Treppe hinunter, Sekunden später erschien er wieder mit seinem Pass. Larry prüfte das Papier und händigte es dem Mann schließlich aus. Mit der Ermahnung, keinen Ärger mehr zu machen, ließ er den Russen stehen und kehrte zu Lisa zurück. Die Dankbarkeit und der Stolz, die in ihren Augen lagen, waren kaum zu übertreffen. Sie schenkte ihm die Liebe, die er verdiente. Als der Wecker schnurrte, hatten die beiden keine Minute geschlafen.

Es war die Idee des *Jägers*, die Lisa nicht mehr aus dem Kopf ging. Beim Frühstück hatte sie Larry mit der Frage konfrontiert, was Johnny Pooth mit den vielen langen Stunden wohl angefangen haben mochte, während Suzie im Old Inn gearbeitet hatte.

Scheinbar absichtslos tat Larry einen Schritt nach links und ließ sich gegen Lisas Schulter sinken. »Du glaubst, Johnny ist irgendwelche verbotene Wege gegangen, über die er seiner Frau nichts erzählt hat?«

Sie erwiderte seine Berührung. »Auf Tresco fällt mir rein gar nichts ein, was man Verbotenes oder Verruchtes anstellen könnte. Nicht einmal nackt baden kommt bei den Wassertemperaturen in Frage. Dort gibt es nur den Strand, es gibt Abbey Garden, ein paar Kneipen und die Häuser der Reichen. Das Einzige, was man auf Tresco tun könnte, außer das Leben zu genießen, wäre …«, sie sah ihn an, »zu spannen.«

»Du denkst, Johnny war ein alter Spanner? Glaubst du, er hat durch Fenster gespäht und den Ladys zugesehen, wie sie …«

Lisa knuffte ihn in die Seite. »Das Durchschnittsalter der Touristinnen hier liegt bei Anfang sechzig. Man kann noch auf andere Weise spannen.«

»Da bin ich gespannt.« Er grinste über seinen Wortwitz.

Sie bogen auf die Promenade, die zum Hafen führte. Die Imbissbude kam in Sicht.

»Fragst du dich nicht auch, wieso sich Johnny beim Haus des Prinzen herumgetrieben hat? Nicht wegen der Brombeeren, das wissen wir ja mittlerweile. Es muss ihm um etwas anderes gegangen sein.«

»Vielleicht um den Prinzen selbst?«

»Johnny konnte an jenem Vormittag noch nicht wissen, dass der Prinz nach Amaryllis House kommen würde. Niemand wusste davon. Johnny muss etwas anderes gesucht haben.«

»Und du glaubst, Janice kann dir diese Frage beantworten?«

»Janice wollte am Telefon nichts sagen, das kam mir merkwürdig vor. Als Leiterin der Agentur ist sie verpflichtet, jeden Gast, der ein Ferienhaus mietet, zu melden. Was den Papierkram anbelangt, ist sie äußerst gewissenhaft. Janice ist allerdings nicht verpflichtet, jemanden zu melden, der privat anreist, ohne dafür zu bezahlen. Wenn ein persönlicher Gast des Prinzen in Amaryllis House übernachtet, muss Janice das bei der Polizei nicht angeben.«

»In dem Fall könnte sie davon aber auch nichts wissen«, gab Larry zu bedenken.

»Sie muss wissen, ob jemand dort war, weil sie die Wäsche wechseln, frische Handtücher bereitlegen und dem Gast den Schlüssel für Amaryllis House aushändigen muss.«

»Hast recht. Daran habe ich nicht gedacht.« Die Imbissbude war nur noch wenige Schritte entfernt. »Sei aber nicht enttäuscht, falls deine Theorie nicht stimmt.«

»Okay. Ich danke dir.« Lisa winkte dem Mann hinter der Auslage mit gebackenem Fisch zu.

Larry unterließ das Winken, zwischen den beiden stand es nicht zum Besten. Er hatte dem Fischverkäufer einmal eine verpasst, worauf der arme Mann genäht werden musste. »Du denkst also, Johnny wollte spannen und hat sich deshalb zwischen den Brombeersträuchern versteckt? Weshalb ist er dann von den Klippen gestoßen worden? So etwas passiert einem beim Spannen normalerweise nicht.«

»Vielleicht hat ihn jemand entdeckt.«

»Aber warum hat derjenige Johnny gewaltsam in die Tiefe gestürzt? Nur weil er durchs Fenster gespäht hat?«

»Wie du sagst, es ist eine Theorie«, gab sie zurück. »Hallo, Steven.« Lisa ließ den Blick über die rot beleuchtete Vitrine schweifen.

»Hallo, Lisa. Das Übliche?«, fragte Steven. Eine rhetorische Frage, da die Auswahl nur zwischen Fish und Chips bestand.

»Ja, so wie immer und einpacken bitte. Wir nehmen es mit aufs Boot.«

»Was darf es für Sie sein?«, fragte der Fischmann kühl.

»Das Gleiche wie für den Sergeant«, antwortete Larry ebenso reserviert.

»Ich bin gespannt auf Janice' Antwort«, fuhr Lisa fort. »Denn falls jemand schon vor dem Prinzen im Haus gewesen sein sollte ...«

»Schscht«, machte Larry. »Hast du gehört?«

»Was denn?«

»Sergeant Woolley!«, erklang eine Stimme, beide drehten sich um, »Sergeant Woolley, warten Sie!«

Lisa, Larry und der Fischmann sahen Suzie Pooth die Mole entlanglaufen. Was in aller Welt mochte Johnnys Witwe veranlassen, in solch ungehörigem Tempo auf die Polizisten zuzurennen?

20 *Suzie Pooth*

»Lisa, ich muss mit Ihnen sprechen.« Zwischen jedem Wort rang Suzie nach Atem.

»Ich wäre doch zu Ihnen nach Hause gekommen, wenn Sie mich angerufen hätten.«

»Ich muss Sie offiziell sprechen«, setzte Suzie nach. »Ich war gerade auf der Wache.«

Lisa betrachtete die Schweißperlchen auf Suzies Oberlippe. »Offiziell?«

»Ich habe eine Aussage zu machen.«

Sie gab Larry die Lunchboxen. »Betrifft es den Tod Ihres Mannes?«

»Nein.« Suzie stutzte. »Das heißt – ja.«

Lisas Blick ging zum Budenbesitzer, der frischen Fisch in Backteig panierte und dem Gespräch aufmerksam folgte. Sie fasste Suzie sanft am Ellbogen und führte sie ein paar Schritte weg zu einer Bank. »Schießen Sie los.«

»Wollen Sie das, was ich zu sagen habe, nicht irgendwie festhalten?«

»Warum setzen wir uns nicht?« Lisa und Suzie nahmen nebeneinander Platz, Larry blieb stehen. »Erklären Sie uns erst mal, worum es geht.«

»Sie haben Michael abgeholt, nicht wahr? Sie haben ihn verhaftet.«

»Er wurde lediglich zur Einvernahme nach Penzance gebracht.«

»Ich habe die Handschellen gesehen, mit denen Sie ihn

abgeführt haben, Lisa.« Suzie strich ihr Haar aus der Stirn. Lisa erkannte, dass der gefärbte blonde Ansatz bald erneuert werden musste. Das Weiß kam durch. »Verdächtigen Sie Michael etwa wegen Johnnys Tod?«

»Wir ermitteln in dem Fall in verschiedenen Richtungen«, antwortete Lisa ausweichend.

»Und da haben Sie ausgerechnet Michael im Verdacht?« Suzie stieß ein ungläubiges Lachen aus.

»Sie wollten eine Aussage machen.« Lisa rückte ein wenig von ihr ab.

»Michael hat es nicht getan.«

Ein leichter Wind kam auf, ein kurzes Singen im Schilfgras auf der Düne.

»Wieso sind Sie davon überzeugt?«

»Weil Michael an dem Vormittag, als Johnny starb, bei mir war.«

»Bei Ihnen?« Lisa sah Larry an.

»Bei mir zu Hause.«

»Ich dachte, Sie hätten Agneta an diesem Vormittag geholfen, Trevalso Cottage zu putzen.«

»Das war am frühen Morgen. Um neun mussten wir fertig sein, da rückten schon die Gäste an. Michael hat mich an diesem Tag zwischen zehn Uhr morgens und ein Uhr mittags besucht.«

Larry verschränkte die Arme. »Und wieso machen Sie diese Aussage erst jetzt? Das hätten Sie von Anfang an zu Protokoll geben müssen.«

»Ich weiß.« Suzies Kinn begann zu zittern. »Aber wir hatten vereinbart, es für uns zu behalten.«

»Wer?«

»Michael und ich … wir haben eine Affäre.« Suzie holte tief Luft und ließ den Atem ausströmen, als wäre sie froh, es endlich ausgesprochen zu haben. »Und zwar nicht erst seit gestern, wir treffen uns seit über einem halben Jahr.«

In diesem Moment begann im Strandpavillon am Wasser die Blaskapelle zu spielen. Die Musiker waren allesamt Amateure von der Insel und spielten zu ihrem Vergnügen. Nach Suzies Worten erschien Lisa das heitere Gedudel allerdings wie ein Fanfarenstoß.

»Sie haben etwas mit Michael?« Es hielt den Sergeant nicht im Sitzen, sie sprang auf. »Und Agneta?«

»Ja, es ist schrecklich«, wisperte Suzie. »Es ist eigentlich nicht zu erklären. Michael ist glücklich mit ihr, zugleich ist er aber auch unglücklich. Er möchte nicht länger hier leben. Michael will so rasch wie möglich nach Hause. Er kann das Meer und die Insel und unser ganzes kleines Paradies nicht mehr ertragen.«

»Und deshalb fängt er ein Verhältnis mit seiner Nachbarin an?«, ging Larry dazwischen. »Mit der besten Freundin seiner Frau?«

»Es hat ganz harmlos angefangen.« Suzie schaute zu den beiden hoch. »Vor einem halben Jahr kam Michael mich besuchen, während Johnny unterwegs war. Michael hat Probleme damit, Agneta seine wahren Gefühle zu offenbaren. Er verdankt ihr so viel, da bringt er es nicht übers Herz, ihr zu sagen, dass er von hier fort möchte. Darum hat er sich mir anvertraut.« Sie faltete die Hände. »Es war ein netter, freundschaftlicher Nachmittag. Ich habe eine Kleinigkeit gekocht, Michael hat mir sein Herz ausgeschüttet. Von da an ist er öfter gekommen.«

»Immer dann, wenn Ihr Mann nicht zu Hause war?«

Sie nickte. »Vor Johnny wollte er nicht über seine Sorgen sprechen.«

»Was war mit Agneta?«

»Sie ist tagsüber in Abbey Garden.«

»Und wie kam es dann zu dem …?«

Suzie betrachtete ihre gefalteten Hände. »Eines Nachmittags hatten wir ein bisschen was getrunken, eine halbe Flasche Portwein. Wir wurden lustig und ausgelassen und plötzlich … habe ich ihn geküsst.«

»Sie – ihn?«

»Ich weiß auch nicht, wieso«, rief Suzie flehentlich. »Doch, ich weiß es. Mit Johnny ist seit ein paar Jahren im Bett nichts mehr los. Das hat schon in Gloucester begonnen. Ich bin erst sechsundvierzig, Sergeant. Da will ich nicht jetzt schon …«

»Ich verstehe. Und wie hat Michael auf Ihren Kuss reagiert?«

»Wie ein Raubtier.«

»Wie bitte?«

»Ein Wolf, ein Tiger, ein Panther, was weiß ich. Er hat meine Zärtlichkeit so leidenschaftlich erwidert, dass wir zwei Minuten später im Bett gelandet sind.«

»In Ihrem Ehebett?«

»Ja, ist das nicht schrecklich?« Tränen drängten in Suzies Augen hoch. »Ich habe es mit Michael in dem Bett getrieben, wo Johnny und ich uns jede Nacht einen Kuss gaben, das Licht löschten und friedlich eingeschlafen sind.«

Lisa wollte eine Frage stellen, aber Suzie redete einfach weiter. Es tat ihr gut, sich endlich Luft zu machen.

»Es war toll. Es hat uns Spaß gemacht. Wir wollten es nicht nur einmal, sondern immer wieder. Dabei hatten wir schreckliche Gewissensbisse und nahmen uns vor, das alles zu beenden. Aber dann haben wir uns eben doch wieder getroffen.«

»Immer bei Ihnen zu Hause?«

»Nein, öfter bei ihm drüben. Agneta ist meistens bis zum Abend beschäftigt, und ich war jedes Mal rechtzeitig zu Hause, um für Johnny zu kochen, danach bin ich ins Old Inn gefahren. Es war eine tolle Zeit, meine schönste Zeit in den letzten Jahren, ich habe es genossen.« Suzie kratzte mit den Schuhen im Sand. »Bis zu dem Vormittag …, als Michael und ich ausgerechnet dann Liebe gemacht haben, als Johnny starb. Das ist … furchtbar, furchtbar, furchtbar.« Suzie begann zu weinen. »Wir haben es bis jetzt für uns behalten, weil die Affäre nichts mit Johnnys Tod zu tun hatte. Doch als Sie ihn gestern verhaftet haben, wusste ich, dass ich nicht länger schweigen darf, denn ich war sicher, dass Michael nichts verraten würde. Er ist ein Gentleman.«

»Ein Gentleman?«, lachte Larry. »Mr Laurius ist angeblich ein zart besaiteter Dichter, der die Einsamkeit sucht. Gleichzeitig betrügt er seine Frau, die das Einkommen für die beiden verdient. Das hört sich nicht nach einem Gentleman an.«

»Er hat geschwiegen.« Suzie wischte sich die Augen. »Um mich nicht als untreue Ehefrau zu brandmarken.«

»Ich muss den Staatsanwalt verständigen«, sagte Lisa.

Larry gab ihr sein Telefon.

»Was geschieht jetzt mit mir?« Mit gesenktem Kopf stand Suzie auf.

Der Wind frischte auf, das Schilfgras bog sich tief. Der Budenbesitzer lief ins Freie, um die Papierservietten in Sicherheit zu bringen. Er kam zu spät. Wie ein kleiner Schneeschauer wurden sie in die Luft gewirbelt, davongeweht und segelten ein gutes Stück entfernt wieder zu Boden. Manche landeten im Wasser.

Agneta und Mikael standen auf dem hallenden Korridor des Gerichtsgebäudes. Männer und Frauen mit Aktentaschen hasteten an ihnen vorüber. »Hast du eine Ahnung, was plötzlich los ist?«

»Ich weiß nicht.« Wie ein staunendes Kind hielt sich Mikael dicht neben seiner Frau.

Sie wandte sich um. Dort diskutierte Magnus mit dem Staatsanwalt, aber nicht laut genug, dass sie etwas verstehen konnte. Schließlich schüttelten die Männer einander die Hände. Langsam, versonnen fast, kam Magnus zurück.

»Was ist passiert?« Agneta versuchte in seiner Miene zu lesen. »Etwas Schlimmes?«

»Ja und nein«, antwortete Magnus mit Blick zu Mikael.

»Warum hat der Staatsanwalt die Verhandlung unterbrochen?«

Magnus antwortete erst nach einer Pause. »Weil ihm eine Nachricht zugestellt wurde.«

»Eine Nachricht?«

Magnus straffte den Oberkörper. »Die gute Neuigkeit ist, Mikael dürfte wahrscheinlich heute noch freikommen.«

»Wirklich? Das ist ja großartig.«

»Und die schlechte Nachricht?« Mikael sah den Anwalt lauernd an.

Magnus stemmte beide Hände in die Hüften. Sein kleiner Bauch wölbte das Hemd. »Die schlechte Nachricht werden Sie uns wohl selbst verraten müssen, Mikael.«

Kam es Agneta nur so vor, oder entdeckte sie ein flüchtiges Lächeln in Magnus' Miene? »Was heißt das? Wollt ihr mir nicht sagen, was das bedeutet?« Sie schaute von einem zum anderen.

»Das bedeutet, dass Mikael endlich damit herausrücken sollte, was er an dem Vormittag getan hat, als Johnny Pooth starb.«

Agneta betrachtete ihren Mann. Es kam ihr vor, als ob sein Gesicht verschwinden, als ob er sich in sich selbst zurückziehen würde. Nur noch eine Maske blieb übrig, eine Maske, die Agneta ausdruckslos ansah.

21 *Die Wellen*

Nicht sprechen. Die Worte vergraben, die Stunden, die Tage, das Missverständnis der vielen Stunden auslöschen. Gemeinsamkeit, ein unbekanntes Wort, Vertrauen, Vertrautheit, Beständigkeit, alles Fremdwörter, so unerklärlich wie die Hieroglyphen auf den Pyramiden.

Zum ersten Mal, seit Agneta auf Tresco war, erschien ihr das Inseldasein wie eine Gefängnisstrafe. Nirgendwo konnte sie hin, konnte weder sitzen, stehen noch gehen, sich nicht in ihrem Haus aufhalten, aber auch nicht in Abbey Garden, wo die unersättlich lüsterne, die gierige Pflanzenwelt sie von Anfang an daran gemahnt hatte, dass irgendetwas nicht stimmte. Etwas war von Beginn an nicht in Ordnung gewesen, und jetzt hatte sich ihre ganze Welt ins Chaos gestürzt. Agneta hätte auf die Pflanzen hören sollen, sie zeigten, dass die Welt ein ekelerregender Brutkasten war, voller Gärung, Gier, Fäulnis und Verfall.

Weil sie nirgendwo auf Tresco ein Fleckchen hatte, an das sie sich in ihrem Schmerz zurückziehen konnte, tat sie das Verrückteste, was man an einem regnerischen Tag auf dieser Insel im Atlantik tun konnte: Sie holte ihren Neoprenanzug aus dem Schrank, den auf den Scillys praktisch jeder besaß. Von Zeit zu Zeit wollte man nämlich einfach nicht wahrhaben, dass dieses wunderbare türkisblaue Meer so verdammt kalt war, zu kalt, um sich länger als ein paar Minuten darin aufzuhalten. Agneta, die Betrogene, die Gedemütigte, zog den Gummianzug an und machte sich, verkleidet als Froschmann, auf den Weg zum Wasser. Mit ausgebreiteten Armen watete sie in die Wellen, als ob sie eine jener unglücklich entehrten Jungfrauen aus früheren Jahrhunderten wäre, die den Freitod suchten.

Im ersten Moment spürte man die Kälte nicht, dann überfiel sie einen wie ein Schock. Das Wasser drang über die Stiefelschäfte in die Hosenbeine ein, über die Reißverschlüsse erreichte es den Oberkörper. Verdammt, war das kalt! Sie hätte schreien mögen. Doch Agneta schrie nicht, ihre Schreie waren nach innen gerichtet. Rasch tat das Neopren seine Wirkung. Die dünne Wasserschicht zwischen Haut und Anzug erwärmte sich durch die Körpertemperatur in Sekunden. Es fühlte sich an, als ob das eisige Meer eine angenehme Temperatur hätte. Agneta begann zu schwimmen.

Mikael war kein Frauenheld, das wusste sie. Er stellte Frauen nicht nach, weder als Hobby noch aus einer Sucht heraus. Aber die Triebhaftigkeit lauerte in ihm und wenn sie einmal losgelassen wurde, war seine Leidenschaft unerbittlich. Dass Mikael sich zu Suzie hingezogen gefühlt hatte, stellte nicht den Kern von Agnetas Kränkung dar; was sie bis ins Mark traf, war vielmehr, dass er mit dem Unglück über seine Lebensumstände nicht zu ihr gekommen war. Weshalb musste er zu Suzie Pooth laufen und sie in seinem Elend auch noch ficken? Durch einen Dominoeffekt an Missverständnissen war Suzie, die entzückende, vollschlanke Suzie, so etwas wie eine Traumfrau für Mikael geworden, in einer Traumwelt, die ihn für Stunden sein Dasein als Agnetas Anhängsel, als Hausmeister auf Tresco vergessen ließ.

Wie hatte Agneta zu ihm gesagt? »Du legst Blumen an die Unglücksstelle? Du hast Johnny doch gar nicht so nahegestanden.« Seine Antwort war überzeugend und berührend gewesen. »Johnny war ein Mensch, den wir jahrelang in unserer Nähe hatten, und jetzt ist er plötzlich nicht mehr da. Das hat mich traurig gemacht.«

Traurig war der falsche Ausdruck, dachte Agneta, während sie schwamm, Johnnys Tod hatte Mikaels und Suzies Schuld unauslöschlich in deren Leben eingebrannt. Sie würden nie mehr davon loskommen, es würde sie begleiten, wie sich die Dinge auch entwickeln mochten. Wie sehr hatte Agneta bei Gericht um Mikael gebangt, wie innig hatte sie sich gewünscht, dass der raffinierte Magnus all seine Künste spielen lassen sollte, damit Mikael freikam. Es hatte weder der Raffinesse noch seiner Kunstfertigkeit bedurft, sondern nur der Wahrheit. Der Wahrheit, was an dem Morgen, nachdem Suzie und Agneta das Ferienhaus geputzt hatten, wirklich geschehen war.

Agneta schwamm mit kräftigen Stößen. Egal, wie sie sich entschied, ob sie Mikael hinauswarf oder ihm verzieh, es bedeutete das Ende. So oder so würde er schon bald die Fähre ans Festland nehmen und so rasch wie möglich nach Stockholm zurückkehren. Er würde aus ihrem Leben verschwinden, er würde seine schwangere Frau allein lassen.

Agneta legte sich auf den Rücken. Sie wollte ein wenig

ausruhen, die Wellen trugen sie in beständigem Auf und Ab. Endlich begriff sie Mikaels Antwort, als sie ihm die frohe Nachricht überbracht hatte, dass sie ein Baby bekommen würden. Das Kind sollte in Schweden zur Welt kommen, war seine erste Reaktion gewesen. Für Mikael waren die Inseln ein Gefängnis, er dachte sich bereits weit fort, in die Heimat, und Suzie war nur eine Zwischenstation dorthin gewesen. Für Agneta bestand also nicht die Wahl, ob sie ihre Beziehung beenden sollte oder nicht, die Wahl bestand darin, ob sie bereit war, das Paradies südlich von England zu verlassen und mit Mikael nach Schweden zurückzukehren. Agneta kannte die Antwort.

Sie begann wieder zu schwimmen und kraulte zügig. Sie hatte nicht vor, ihren Groll an Suzie auszulassen. Ihre Freundin war nur ein Spielstein gewesen, eine springlebendige Frau, die einen zu alten Mann geheiratet hatte, der mit ihrer Lebenslust nicht hatte mithalten können. Suzie hatte Agneta nicht verletzen wollen und hatte es doch getan, ihre Freundschaft musste daher enden. Vieles schien mit dem heutigen Tag zu Ende zu gehen, der Prozess gegen Mikael, die Ehe mit ihm, das Vertrauen zu Suzie.

Agneta staunte, wie schnell sie beim Kraulen vorankam. Sie war keine besonders gute Schwimmerin, doch gerade kam es ihr vor, als ob sie jeden Rekord brechen könnte. Schlagartig fiel es ihr ein, sie hatte es im Strandcafé aufgeschnappt: Die Surfer hatten von einer Strömung an der Ostküste gesprochen. Mitunter sei sie da, dann wieder nicht, man müsse vorsichtig sein. Wenn man nur das leiseste Anzeichen der Strömung spürte, solle man sich sofort auf sein Brett legen und mit aller Kraft an Land paddeln. Agneta hatte kein Brett, auf dem sie sich ausruhen konnte. Sie hatte nur ihre Arme und Beine, um umzudrehen und zurückzuschwimmen. Sie hob den Kopf aus dem Wasser und sah sich um. Die alte Festungsruine sollte ihr als Markierung dienen. Das graue Gemäuer lag zu ihrer Linken. Je näher Agneta dem Ufer kommen würde, desto weiter müsste es nach links abfallen. Sie kraulte weiter, den Kopf im Wasser, alle drei Züge holte sie Luft. Als sie eine Weile später nach ihrer Markierung schaute, erschrak sie. Der Turm war keineswegs nach links gerückt, sondern hatte sich von ihr entfernt. Sie war dem Strand nicht ein Stück näher gekommen. Sie wurde aufs offene Meer hinausgezogen.

Jetzt war es vorbei mit Agnetas Ruhe, sie kraulte hastig und kämpfte gegen ihre Panik an. Schwimmend, Luft holend, eingesponnen in das Geräusch des Wassers und ihres Atems dachte sie nach. In östlicher Richtung lagen die unbewohnten Inseln der Scillys, manche nicht größer als felsige Klippen, die aus dem Ozean ragten und auf denen die Vögel nisteten. Dreißig Seemeilen weiter befand sich das britische Festland, das Agnetas Körper aber nicht erreichen würde. Sie dachte: mein Körper, sie dachte nicht: meine Leiche. Sie hörte auf zu schwimmen, wollte ihre Kräfte schonen. Schon hatte sich der Festungsturm ein weiteres kleines Stück entfernt. Agneta gab sich der Strömung hin.

Janice Delorian besaß ein Anwesen, das seinesgleichen suchte, ein Haus mit Südwestterrasse, auf der man abends die Sonne im Meer versinken sah, umgeben von einem riesigen Grundstück, das auf einer Seite von Weiden, auf der anderen vom Wasser begrenzt wurde. Solche Häuser kosteten auf Tresco zwei Millionen und mehr. Wo hatte Janice zwei Millionen hergenommen? Ihre Agentur kassierte zwanzig Prozent der Wochenmiete eines Ferienhauses, ein stolzer Anteil, über den viele Hausbesitzer stöhnten, doch auch Janice' Ausgaben waren beträchtlich. Sie beschäftigte fünf Putzfrauen, die einen Spitzenlohn bekamen, weil von ihnen Spitzenleistungen erwartet wurden. Wenn ein verwöhnter Gast mehrere Tausend Pfund für eine Woche auf Tresco hinblätterte, gab es keinen Spielraum für Nachlässigkeit. Jedes Haar im Bad, jeder Fleck auf der Bettwäsche wäre eine Beleidigung der hohen Ansprüche ihrer Gäste gewesen. Janice' Service umfasste auch die Sicherheit; drei Security-Männer machten regelmäßig ihre Runden. Nach einem starken Regen mussten die Dachrinnen gesäubert, nach einem Sturm das Strandgut entsorgt und die umgekippten Topfpflanzen aufgerichtet werden.

Das Geheimnis ihres Wohlstands war David Delorian, ihr Mann. David sah aus wie ein Blumenkohl, Nase, Mund und Wangen waren in Blumenkohlform zusammengewachsen. Er besaß nur noch wenige Zähne und hatte fast immer gute Laune. Tauchte ein Hausbesitzer bei Janice auf, um die Abrechnung durchzugehen, lud David ihn gern auf einen Whisky ein. Von Jugend an hatte sich David mit der Börse beschäftigt. Wenn man Tag für Tag nichts anderes tat, als die Kurse zu beobachten, würde man am Ende des Tages die richtige Entscheidung treffen, meinte er. David hatte gekauft, als niemand kaufte, und verkauft, als die Aktie durch die Decke gegangen war. Der freundliche David war über Nacht Millionär geworden. Da ihn Geld kaum interessierte, hatte er Janice alles gegeben. Sie hatte das wunderbare Grundstück erworben und das Haus für die beiden darauf gebaut.

Während Lisa die Auffahrt zu Janice' Büro hochlief, nahm sie sich vor, aus ihren Fehlern zu lernen. Mit der Verhaftung von Mikael Laurius hatte sie einen Fehler begangen, zugleich hatte sie durch diesen Fehler das Geständnis von Suzie Pooth erzwungen. Lisa betrachtete ihren Schatten, der einträchtig neben Larrys Schatten herlief und den dunklen Asphalt noch dunkler färbte. Lisa mochte die beiden Schatten, sie hatten für sie etwas Hoffnungsvolles.

Larry setzte seine Schirmkappe auf, Lisa klingelte.

»Sergeant Woolley, hallo.« Die Anrede kam nicht von jemandem, der ihnen die Tür öffnete, sondern erwischte sie hinterrücks. Lisa erwartete, dass David gleich um die Hausecke gucken und sie mit einer Whiskyeinladung begrüßen würde. Doch es war ein jüngerer Mann mit gestutztem Bart und Hornbrille, der auf die Polizisten zutrat.

»Mr Henderson?« Lisa warf einen Blick nach drinnen, ob Janice sich näherte. »Was machen Sie hier?«

»Kann ich Sie einen Augenblick sprechen?« Es klang weniger wie eine Frage, eher als markante Aufforderung.

»Wir sind bei Janice angemeldet.«

»Es dauert nur ein paar Minuten.« Henderson deutete auf den gefliesten Pfad zur Terrasse.

»Wir haben schon geklingelt«, widersprach Larry.

»Mrs Delorian ist nicht da.«

»Ich habe vor einer halben Stunde mit ihr telefoniert«, entgegnete Lisa. »Wo ist David?«

»Sie sind beide nicht zu Hause.«

»Die Leute können nicht einfach wegfahren, wenn die Polizei mit ihnen ...«, fuhr Larry dazwischen.

Lisa unterbrach ihn. »Was gibt es denn, Mr Henderson?« Sie wandte sich zur Terrasse.

Als Larry sich ihr anschließen wollte, trat der Bärtige ihm in den Weg. »Nur Sergeant Woolley, wenn es recht ist.«

Lisa war klar, was in Larry vorging. Der Sohn des Earl, der Junge, der auf einem Schloss groß geworden war, erhob sein Haupt. Das Adelskind wollte nicht hinnehmen, dass ein Bürgerlicher ihm verbieten sollte, bei der Unterredung mit seiner Geliebten dabei zu sein. Doch da sich Larrys Zorn gegen einen Mann vom Geheimdienst richtete, hatte Lisa Sorge, was die Folgen betraf. Larry war auf die Inseln strafversetzt worden, er durfte auf keinen Fall auffällig werden, und schon gar nicht gegen einen Mann, der im Auftrag von Downing Street hier war. Zugleich durfte sich Lisa nicht als Bettgefährtin des Constable outen, sie musste die Form wahren und ihre Autorität unter Beweis stellen.

»Geben Sie mir ein paar Minuten, Constable«, sagte sie

und setzte ihren Uniformhut auf. Während Henderson vorausging, raunte sie Larry zu: »Ich erzähle dir nachher alles.« Sie ließ den Constable am Vordereingang der Villa zurück.

Mahmud Henderson erwartete sie an einem zauberhaften Ort. Hier sollte man ein Mozart-Klavierkonzert hören oder ein Gedicht von O'Henry lesen, man könnte Tango tanzen oder einander küssen, so traumhaft schön war es auf Janice' Terrasse. Die Bougainvillea tauchte die Böschung in einen rot-violetten Farbenrausch, malerische Felsblöcke führten zum Strand, der Sand war weiß, der Himmel blau, und das rollende Meer war fast zu viel des Guten.

»Lassen Sie los, Sergeant«, begann Henderson ohne Vorrede, sobald sie den Rand der Terrasse erreicht hatten.

»Loslassen?«

»Sie haben exzellente Arbeit geleistet.« Er öffnete sein Sakko und stellte ein Bein auf die schmale Brüstung. »Sie haben fast schon fast zu viel getan. Mit Ihrer Verhaftung von Mr Laurius hätten Sie beinahe einen Schlamassel angerichtet. Seien wir froh, dass sich in letzter Minute noch alles geklärt hat.«

»Was hat sich Ihrer Meinung nach denn geklärt?«, fragte Lisa wachsam.

»Die leidige Angelegenheit mit Mr Pooth, der von der Klippe gestürzt ist.«

»Der von der Klippe gestoßen wurde.«

»Das ist nicht hundertprozentig zu beweisen.«

»Der Fußabdruck auf den Felsen ...«

»Könnte von irgendjemandem stammen. Ein Fußabdruck allein reicht nicht, um ein Gewaltverbrechen zu belegen.«

»Und die abgebrochenen Zweige, die Ungereimtheit mit den Brombeeren?« Lisa spürte, wie die Hitze ihr ins Gesicht stieg.

»Lassen Sie los, Sergeant. Sie haben bald wichtigere Aufgaben zu erledigen als diesen tragischen Unfall.« Als sie schwieg, setzte er hinzu: »Das ist kein wohlgemeinter Rat von mir, sondern der Befehl meiner Dienststelle.«

»Sie befehlen mir, eine Untersuchung abzubrechen, Mr Henderson?«

»Ich gab Ihnen den Auftrag, diesen Fall abzuschließen«, entgegnete er gönnerhaft.

»Das ist …« Lisa scheute sich, das Wort auszusprechen.

»Behinderung polizeilicher Ermittlungen?«, half er ihr weiter. »Wollen Sie mir jetzt damit kommen?«

»Ich frage mich nur …«

»Hören Sie auf, sich Dinge zu fragen, die Johnny Pooth' Tod betreffen«, gab Henderson zurück. »Ich kannte diesen Mann. Er war ein versponnener Kauz, der unglücklicherweise in den Tod gestürzt ist. Inzwischen wissen wir auch, warum.«

»Wissen wir das?«

»Seine Frau hat ihn betrogen. Johnny ist ihr auf die Schliche gekommen und hat begriffen, dass er in seinem Alter wenig gegen ihre Affäre tun konnte. Also sah er nur noch einen Ausweg. Er ist auf die Klippen gestiegen und dann …« Henderson machte eine unmissverständliche Geste.

»Wenn Johnny Pooth Selbstmord begehen wollte, weshalb nahm er dann ein Körbchen Brombeeren mit?«

»Lassen Sie die Brombeeren endlich Brombeeren sein.« Unwillig trat Henderson auf Lisa zu. »In vier Tagen kommt unser *Besucher* auf die Insel. Alles andere müssen wir jetzt hinter uns lassen.«

Lisa verstand, was Henderson von ihr verlangte, aber einen letzten Versuch wollte sie noch unternehmen. »Ich muss mit dem Commissioner sprechen, ob er einem Abbruch der Ermittlungen zustimmt.«

»Das wurde bereits für Sie erledigt«, entgegnete Henderson. »Ihr Chef hat die Anordnung erlassen, die Leiche des Toten freizugeben.«

»Ist Johnny denn schon obduziert worden?«

»Wozu? Die Todesursache ist unumstritten. Es ist vorbei, Lisa. Der alte Mann wird morgen eingeäschert, so wie seine Witwe es bestimmt hat. In vier Tagen trifft der PM ein, zwei Tage später ist auch das erledigt, und dann kehrt wieder Ruhe auf Ihrer Insel ein.«

Lisa bemerkte Larry, der unauffällig hinter der Hausecke aufgetaucht war. *Sei nicht enttäuscht, falls deine Theorie nicht stimmt,* hatte er gesagt, als sie an der Imbissbude auf ihr Essen gewartet hatten. Lisa war keineswegs enttäuscht, im Gegenteil. Sie hatte von Mr Henderson gerade die Gewissheit erhalten, dass ihr Verdacht weit mehr war als eine Theorie.

22 *Kittiwake*

Mr Attenboroughs Schiff hieß Dulcinea. Es verfügte über ein Sonnendeck und zwei Kabinen, trotzdem hätte er es nicht als Jacht bezeichnet. Mr Attenborough besaß eine Insel, sie war sein Zuhause, er brauchte nicht zusätzlich ein Zuhause auf dem Wasser. Die Dulcinea war eines von vier Schiffen, die unterwegs waren, um die Verschollene zu finden. Zeit war bei der Suche der entscheidende Faktor, die Zeit und die Dämmerung. Wenn es stimmte, was Monsieur Paul behauptet hatte, dass er gegen vier Uhr nachmittags einen dunklen Punkt auf dem Meer gesehen hätte, der gleich darauf verschwunden gewesen sei, könnte es mittlerweile schon zu spät sein. Wer immer da draußen trieb, musste inzwischen extrem unterkühlt sein. Die Sonne näherte sich bereits dem Horizont, bald würde Dunkelheit einfallen.

Monsieur Paul hatte an diesem Nachmittag ein neues Bild zu malen begonnen, sein immer gleiches Motiv der Wellen, das stets zu unterschiedlichen Gemälden führte. Monsieur Paul beobachtete vieles da draußen auf dem Meer, auch die Containerschiffe, die außerhalb der Dreimeilenzone ankerten, um nicht mit dem neuen britischen Seerecht in Konflikt zu geraten, das seit dem Austritt Großbritanniens galt. Manchmal sah er Delphine, die den Touristen, die sich einer Delphin-Tour angeschlossen hatten, häufig verborgen blieben. Er sah auch Tiertragödien, so wie jenes Robbenbaby, das Mikael vor Tagen begraben hatte. Monsieur Paul beobachtete alles, aber er griff nicht ein. Der Maler aus der Normandie sah sich als Gast auf den Inseln und fand, die Natur müsse für sich selbst sorgen. Als Monsieur Paul den dunklen Punkt auf dem Meer entdeckt hatte, war ihm jedoch klar, dass er handeln musste. Es mochte ein Surfer sein, der sich zu weit hinausgewagt hatte, doch wo war sein Brett? Ein Schwimmer wäre da draußen schwer vorstellbar, niemand war so unvernünftig, sich bei den eisigen Temperaturen weiter als in Strandnähe ins Wasser zu wagen.

Häufig malte Monsieur Paul sein Motiv unterhalb des Hauses, in dem die Botanikerin und ihr Mann wohnten. Dort wollte er Hilfe holen. Auf seinen dünnen Beinen eilte er die Böschung hoch, klingelte, klopfte, erhielt aber keine Antwort. Monsieur Paul trat ein.

»Hallo? Excusez? Darf ich telefonieren?«

Paul besaß zwar ein Mobiltelefon, aber es war ihm zu mühsam, es mit sich zu tragen, da ihn ohnehin niemand anrief. Als er keine Antwort erhielt, lief er, sich immer wieder bemerkbar machend, durch das Haus und fand einen Neoprenanzug auf dem Boden. Er konnte nicht wissen, dass Agneta auf der Suche nach ihrem eigenen Anzug zuerst den von Mikael gefunden und wütend zu Boden geworfen hatte. Mikaels Neoprenanzug gab Monsieur Paul einen Hinweis darauf, wer der schwarze Punkt auf dem Wasser sein könnte. Er rief Agnetas Namen und den von Mikael und griff schließlich zum Haustelefon. Hintereinander wählte er drei Nummern. Die erste war die der Küstenwache, die zweite die der Polizei und die dritte war die von Mr Attenborough. In einem Notfall auf Tresco erschien es Paul natürlich, den Herrscher der Insel anzurufen. Mr Attenborough musste erfahren, wenn etwas passierte. Nach dem zweiten Klingeln meldete er sich.

Dem Neoprenanzug war es zu verdanken, dass Agneta noch obenauf war, dem Gummi und dem sanften Wellengang. Wäre der Seegang stärker geworden, hätten die Wellen sie bald verschluckt. Das glatte Meer kam ihr zu Hilfe, zugleich war es von größter Grausamkeit. Agneta starb nicht plötzlich durch die Gewalt einer Welle, sie hatte Zeit, über den Tod nachzudenken. Niemand würde sie finden, denn niemand vermisste sie. Mikael hatte ihr Haus verlassen und war ins New Inn gezogen, bis man geklärt haben würde, wie es weiterging. Er selbst hätte sich mit einem billigen B&B begnügt, aber um diese Jahreszeit waren alle ausgebucht. Es gab nur noch Zimmer im Old Inn, doch diese Adresse verbat sich aus verständlichen Gründen von vornherein.

Agneta hatte Durst, ihr wurde kalt und immer kälter. Der Anzug verlor seine Wirkung, ihr Körper hatte keine wärmende Kraft mehr. Sie dachte nicht an den Tod, aber der Tod dachte an sie. Er kroch in Agneta hinein, war zunächst eine Ahnung, dann ein Schrecken, dann Gewissheit. Der Tod war ihre Zukunft. Mit ausgebreiteten Armen lag sie auf dem Rücken und schaute in den Himmel. Sie fragte nicht, wie der Tod sich einstellen würde, wahrscheinlich durch Erschöpfung, vielleicht durch Erfrieren, vielleicht durch beides.

Mr Attenborough steuerte die Dulcinea allein. Über Funk hatte er sich mit der Küstenwache abgestimmt, anschließend mit Sergeant Woolley. Der Schiffsführer der Küstenwache war der Meinung, die Vermisste würde nach Südosten abgetrieben werden, man müsse in den Gewässern zwischen Tresco und St. Mary's suchen. Sergeant Woolley kündigte an, beide Polizeiboote nördlich davon einzusetzen und in großen Mäandern auszuschwärmen.

Mr Attenborough war überzeugt, dass beide unrecht hatten. Niemand überlebte im eiskalten Wasser, wenn ihm das Glück nicht zu Hilfe kam. Mr Attenborough kannte nicht nur die Inseln wie seine Westentasche, sondern auch die umliegenden Gewässer. Die Strömung war eine Falle, in die die vermisste Person geraten sein musste, die Strömung stellte aber auch ihre einzige Hoffnung dar. Die Strömung würde den Körper südlich von Guther's Island vorbeitreiben, danach tauchten die Felsen im Osten auf, die Brutplätze der Sturmschwalben. Dorthin steuerte Mr Attenborough sein Schiff. Wenn die Felsen die Drift der Verunglückten nicht gestoppt hatten, erwartete sie nur noch der unendliche Atlantik. Mittlerweile lag die Bestätigung vor, dass die Person im Meer Agneta Lindahl sein musste. Man hatte Mikael erreicht, er war nach Hause gefahren und hatte den fehlenden Neoprenanzug entdeckt.

Obwohl Abbey Garden verwaltungstechnisch dem Cornwall Council unterstand, sah Dorian Attenborough das Areal als seinen Garten an, den Garten seiner Ahnen. Folglich hatte er daher ein gewichtiges Wort bei der Einstellung der Botanikerin mitzureden gehabt. Nachdem Mr Guinness mit vierundachtzig Jahren das Zeitliche gesegnet hatte, waren fünfzehn Bewerbungen beim Council eingegangen, aus denen drei in die engere Wahl gezogen worden waren, darunter eine Botanikerin aus Schweden. Damals hatte Großbritannien noch der EU angehört, die Bewerbung einer Ausländerin war nichts Ungewöhnliches. Trotzdem hatte man der Schwedin kaum Chancen gegen ihre britischen Mitbewerber gegeben.

Alle drei hatten sich bei Mr Attenborough vorstellen müssen, alle drei waren fachlich untadelig und für die Aufgabe qualifiziert gewesen. Dennoch hatte Attenborough seinen Einfluss geltend gemacht, damit Agneta den Job bekam. Er sah in ihr eine Frau, die die Fähigkeit besaß, das Gute in der Welt zum Vorschein zu bringen. Mr Attenborough hatte diese Definition für Agnetas Wesen erst später formuliert, gespürt hatte er es von Anfang an. Sie war das, was man als einen guten Menschen bezeichnete. Sie war keine umwerfende Schönheit, wenn man von ihrem strahlend nordischen Blick absah, sie war auch keine außergewöhnlich gebildete Gesprächspartnerin, Agneta war einfach ein guter Mensch. Jedes Mal, wenn Mr Attenborough ihr begegnete, fühlte er sich irgendwie besser, erleichtert und beschützt. Er wollte nicht, dass Agneta sterben sollte, obwohl die Wahrscheinlichkeit, sie noch lebend zu finden, mit jeder Minute schwand. Dorian Attenborough machte die Lichter auf der Dulcinea an und nahm Kurs auf die östlichen Felsen.

Allein auf dem Wasser, kam Agneta der schlimmste aller Gedanken: Sie riss noch jemand anderen mit in den Tod. Sie hatte nur an sich selbst gedacht. Vor Stunden, als sie in ihrem Taucheroutfit zum Meer gelaufen war, hatte sie für Momente überlegt, ob das kalte Wasser dem Fötus schaden könnte. Im Gegenteil, hatte sie sich beruhigt, Menschen, die in der Kälte lebten, waren angeblich die gesünderen. Sie dachte an ihre Landsleute zu Hause, die vor Stockholms Küste Löcher ins Eis schlugen und in den zugefrorenen Gewässern baden gingen. Noch nie hatte sie gelesen, dass eine Schwangere durch kaltes Baden Schaden genommen hätte.

Einmal im Wasser, hatte Agneta an sich selbst gedacht, an ihr Unglück, ihren Schmerz, ihren verlorengegangenen Lebenstraum. Als die Strömung ihr die Rückkehr an Land abzuschneiden drohte, hatte Agneta sich auf das Überleben konzentriert. Es war die einzig mögliche Reaktion eines Menschen in Gefahr. Erst seit sie es aufgegeben hatte, gegen die Natur zu kämpfen, und nur noch dahintrieb, seit sie erst ihre Füße, später auch die Arme nicht mehr spürte, war ihr zu Bewusstsein gekommen, dass sie eine Mörderin zu werden drohte. Sie hatte es nicht absichtlich getan, doch das war für das kleine Wesen einerlei. Es würde mit ihr sterben. Dieser Gedanke raubte Agneta den letzten Lebensmut. Sie verfluchte ihren Leichtsinn, die schreckliche Unbedachtheit, ins Wasser zu gehen, ohne zu hinterlassen, wo sie sei. Eine SMS hätte genügt, doch wem hätte sie schreiben sollen, ihrem untreuen Mann, ihrer verräterischen Freundin? Die halb erfrorene Agneta ließ keine Ausrede gelten, sie allein trug die Schuld und das, nahm sie sich vor, sollte ihr letzter, schrecklicher Gedanke werden.

Während ihre Schulter plötzlich von einem Schlag zu schmerzen begann, dachte sie an das Kind und versuchte sich vorzustellen, wie es aussehen würde. Der nächste Schlag gegen ihr Knie zeigte, dass ihr Bein noch lebte. Die Schläge kamen nun überall, gegen den Kopf, gegen Beine und Arme. Das tat so weh, doch wenn etwas wehtat, war man noch nicht tot. Das war schwarz und hart und glitschig, es tat weh und war über und über mit Muscheln bewachsen. Das war ein Fels, gegen den Agneta geschleudert wurde, hart war die Brandung, hoch waren die Wellen, es musste die Zeit der Flut sein.

Obwohl sie kein Gefühl mehr in den Fingern hatte, versuchte Agneta diesen Fels im Meer zu ergreifen. Es misslang einmal, zweimal und immer wieder. Schon fürchtete sie, von dem sich zurückziehenden Meer hinaus auf die See gezogen zu werden, doch weil das Wasser zurückwich, stand sie mit dem Fuß plötzlich auf Grund. Ihre Hand griff nach dem schwarzen Stein vor ihren Augen, ein Muskel besaß die Kraft, Agneta hochzuziehen, vorwärts, aufwärts, nur schnell, bevor die See zurückkam und sie mit sich spülen würde. Der Felszacken wurde zum Vorsprung, auf dem ihr Oberkörper Platz fand, die Stöße hatten aufgehört, auch die Schläge. Während Agneta den Kopf auf den Stein sinken ließ, spürte sie etwas Unerhörtes, nämlich Wärme. Der Fels war noch erwärmt von der Sonne, die ihn während vieler Stunden aufgeheizt hatte. So etwas Schönes hatte sie noch nie gefühlt. Die Wärme drang nicht gleich durch den schützenden Neoprenanzug, doch etwas später spürte Agneta, wie die Wärme eines langen Sonnentages sie umschmeichelte und zu beleben begann. Sie wollte liegen bleiben und die Wärme spüren, einen anderen Wunsch gab es nicht.

Kittiwake, machte es über ihr, und noch einmal *kittiwake*. *Kittiwake* war ein Ausdruck, den Agneta kannte. Mikael hatte ihr das Wort beigebracht. Die Sturmschwalbe hatte ihren englischen Namen wegen dieses besonderen Rufes erhalten. Rund um Agneta schrien die Sturmschwalben. Die Vogelinsel, dachte sie, bevor sie sich endgültig der Wärme hingab.

23 *Alles auf Anfang*

»Das Kind ist außer Gefahr«, sagte Mr Attenborough.

Er war der Held des Tages, ein Prädikat für ihn vergleichbar mit der Vorhölle. Kameralinsen, Mikrofone, die sich auf ihn richteten, Fragen zu seiner angeblichen Heldentat. Als er Sergeant Woolley zu sich nach Hause bestellt hatte, musste sie ihm das Versprechen geben, allein zu kommen. Misstrauisch hatte er auf den Stufen gestanden und ins Polizeifahrzeug gespäht, ob sich darin vielleicht doch jemand von der verhassten Presse versteckte.

Als Mr Attenborough die bewusstlose Agneta nach Tresco zurückgebracht hatte, hatte der Helikopter schon bereitgestanden und sie auf schnellstem Weg ins Krankenhaus nach Penzance geflogen. Die Medienberichte über die unerwartete Rettung wurden von dem Ausdruck *Wunder* beherrscht. *Das Wunder auf Tresco, Das Wunder der Inseln, Wundersame Errettung*. Den Vogel schoss folgende Schlagzeile ab: *Der wundersame Instinkt des Königs*. Lisa hoffte inständig, dass Mr Attenborough diese Berichte nicht gelesen hatte, sie waren kitschig und sensationslüstern. Lisa fand sich in ihrem Bemühen, die Medienaufmerksamkeit von den Inseln abzulenken, erneut gescheitert, und das drei Tage vor dem geheimen Besuch des PM.

Sie selbst konnte sich dem Phänomen eines Wunders nicht ganz verschließen. Zu den Scillys zählten nicht weniger als einhundertvierzig Inseln, neunzig Felsen ragten außerdem aus dem Ozean. In diesem steinernen Wirrwarr bei einbrechender Dunkelheit den einen Punkt zu finden, an dem die verzweifelte Frau gestrandet war, ließ sich schwerlich anders bezeichnen als wundersam. Es war Mr Attenboroughs Hartnäckigkeit zu verdanken, dass er noch rechtzeitig gekommen war. Während die anderen Schiffe bis zum Morgen in die Häfen zurückgekehrt waren, hatte er mit Hilfe zweier Scheinwerfer die halbe Nacht lang weitergesucht.

»Haben Sie nie daran gezweifelt, dass Ihr Einsatz Erfolg haben würde?«, hatte Lisa zu Beginn ihres Gesprächs gefragt.

»Niemals. Ich wusste, dass sie lebt.«

»Sie wussten es?«

»Sagen wir, ich habe es gespürt.« Eine ärgerliche Geste, weil er sich zu einer emotionalen Äußerung hatte hinreißen lassen. »Genug davon. Agneta ist in bester Behandlung, ein paar Erfrierungen, die generelle Hypothermie und Dehydrierung, das ist alles halb so schlimm.« Auf Lisas erstaunten Blick wegen seines exakten Bulletins setzte er hinzu: »Ich habe mit dem Chefarzt telefoniert. Das Kind hat keinen Schaden davongetragen.«

Mr Attenborough wies auf das elisabethanische Bettgestell, auf dem Agneta vor ein paar Tagen gesessen hatte, und nahm selbst in dem maurischen Armsessel Platz. »Kommen wir zum Grund Ihres Besuchs, Sergeant Woolley.«

»Ich dachte, die Rettung von Mrs Lindahl sei der Grund.« Behutsam setzte Lisa sich auf das historische Möbel.

»Weit gefehlt.« Er legte die Fingerspitzen aufeinander.

»Wir beide müssen miteinander reden, weil wir bald Besuch bekommen.«

Lisa hatte eine Vorstellung, worauf er anspielte, hielt es aber für besser, die Ahnungslose zu spielen. »Werden Sie Gäste in Ihrem Haus empfangen, Sir?«

Ein rötliches Lächeln stahl sich in Mr Attenboroughs Gesicht. »Sie machen das gut, Sergeant, mir gefällt Ihre Charade.«

»Wie meinen Sie bitte?«

»Dieses polizeiliche Pokerface, mit dem Sie mir weismachen wollen, dass man Sie nicht eingeweiht hätte.«

Abwartend hob Lisa den Kopf. »Worum geht es, Sir?«

»Neulich war Mr Mahmud Henderson bei mir.«

Lisa war enttäuscht. Sie fragte sich, wen Mr Henderson eigentlich noch alles vom Besuch des Premierministers unterrichtet hatte. »Ich verstehe.«

»Sie verstehen es, Sergeant, aber Sie missbilligen es«, erwiderte Attenborough.

»Ich habe mir in diesem Fall kein Urteil anzumaßen.«

»Doch, das haben Sie.« Sein perfekt manikürter Finger zeigte auf Lisa. »Sie sind die Polizeichefin, ich bin der Besitzer dieser Insel. Es ist folgerichtig, dass wir beide von dem Staatsbesuch unterrichtet wurden.«

Lisa verzog den Mund, als ob sie auf ein Pfefferkorn gebissen hätte. Attenborough sprach von einem *Staatsbesuch*, als ob sein Inselchen tatsächlich souveränes Hoheitsgebiet darstellte.

»Ein sonderbarer Mensch, dieser Henderson, finden Sie nicht auch?«, fuhr er fort. »Das sind sie im Grunde alle, diese Sicherheitsleute mit ihren nüchternen Mienen, den albernen Sonnenbrillen und den putzigen kleinen Sendern im Ohr. Ich hatte öfter solche Kerle hier, wenn irgendein hohes Tier glaubte, es müsse auf Tresco bewacht werden. Früher ragten immer diese farblosen Spiralkabel aus den Hemdkragen der Männer, erinnern Sie sich?«

Lisa wollte nicht über die Absonderlichkeit der Security reden, der Name Henderson hatte etwas in ihr ausgelöst. Sie wollte jene eine Sache, die sie bedrängte, mit jemandem teilen, der etwas Väterliches ausstrahlte. »Mr Attenborough, darf ich Sie etwas fragen?«

»Heraus damit, Sergeant.« Ehe sie ansetzte, hob er die Hand. »Verzeihung, wo bleiben meine Manieren? Darf ich Ihnen einen Kaffee anbieten?«

Lisa wollte ablehnen, andererseits war sie ein wenig abgespannt. »Gerne, wenn Sie auch einen trinken.« Sie erwartete, dass Attenborough klingeln und sie nun einen seiner Angestellten kennenlernen würde, aber er beugte sich zu einem ornamental verzierten Schränkchen zu seiner Rechten, öffnete es und gab den Blick frei auf eine Espressomaschine der Königsklasse. Einige versierte Handgriffe, und der sämige schwarze Saft ergoss sich in zwei Tassen.

»Ich habe einen Kummer, der auch Mr Henderson betrifft«, begann sie.

Auf das ungewohnte Wort *Kummer* aus dem Mund eines Polizeioffiziers lehnte sich Attenborough zurück und hörte von nun an zu.

Lisa berichtete von ihren Ermittlungen auf Tresco, den Ungereimtheiten im Fall von Johnny Pooth' Tod, von ihrer Fehleinschätzung, was Mikael Laurius damit zu tun gehabt hätte, und von den Puzzleteilen, die nicht zusammenpassen wollten. Sie berichtete von der roten Linie, die Mahmud Henderson gezogen hatte, als er Lisa de facto den Fall entzog. Um das durchzusetzen, war er nicht davor zurückgeschreckt, Lisas Vorgesetzten, den Commissioner, auf seine Seite zu bringen.

»Sie werden selbstverständlich weitermachen«, sagte Attenborough, bevor Lisa ihn überhaupt um Rat gefragt hatte. »Sie sind der Polizeichef auf meiner Insel, Sie und nicht Mr Henderson. Der Mann aus Downing Street soll sich um unseren hohen Besuch kümmern, alles andere ist unsere interne Angelegenheit. Es geht Henderson nichts an.«

»Das Problem ist, dass Johnnys Tod sich in unmittelbarer Nähe von Amaryllis House abgespielt hat«, gab Lisa zu bedenken. »Jede weitere Aufmerksamkeit, die auf die Villa des Prinzen fallen würde, könnte den Besuch belasten.«

»Da haben Sie recht«, nickte Attenborough. »Diesbezüglich hatte auch Mr Henderson recht. Deshalb wird der Besuch an einen anderen Ort verlegt.«

»Ein anderer Ort? Peter Grenville kommt nicht auf die Inseln?«, fragte Lisa erschrocken.

»Wie ich sehe, mögen Sie unseren neuen PM«, lächelte Attenborough. »Ein gutaussehender Mann, zweifellos.«

»Das hat nichts damit zu tun«, protestierte sie. »Wo soll der Besuch denn stattfinden? Dürfen Sie darüber sprechen, Mr Attenborough?«

»Darüber *will* ich ja gerade mit Ihnen sprechen«, antwortete er offenherzig. »Der Besuch unseres Premierministers wird hier in meinem Haus vonstattengehen. Mr Henderson und ich sind uns darüber einig, dass der Schauplatz genauso gut gewählt ist wie Amaryllis House. Allerdings besteht er darauf, seine lächerlichen geheimdienstlichen Tricks anzuwenden.«

»Was für Tricks?«

»Sie wissen schon, die Flugroute für den Staatsbesuch soll in letzter Minute gewählt werden. Sie schicken zwei Hubschrauber los, einer fliegt nach Amaryllis House, der andere hierher. In dem einen sitzt der Echte und im anderen ein Double, all dieser Blödsinn.« Attenborough trank seinen Kaffee in einem Zug.

»Darf ich fragen, welche Rolle Seine Königliche Hoheit in dieser Angelegenheit spielt?«

»Der Prinz?«, schmunzelte Attenborough. »Der spielt natürlich eine Rolle.«

»Ich dachte mir schon, dass seine unangekündigte Anreise nicht zufällig war.«

»Der Prinz hat eine enorm wichtige Funktion in diesem Spiel.« Attenborough beugte sich vor. »Ich möchte, dass sich die Herrschaften hier in unmittelbarer Nachbarschaft zu Abbey Garden wie zu Hause fühlen und dass sie zugleich vollkommen sicher sind. Ich möchte daher, dass wir Abbey Garden in das Besuchsprogramm mit einbeziehen. Das geht natürlich nur, wenn die Herren dort nicht von Touristenhorden umschwärmt werden. Verstehen Sie, was ich meine?«

»Sie wollen Abbey Garden sperren?«

»So habe ich mir das vorgestellt.«

»Sir, das Areal ist riesengroß und wir haben Hauptsaison. Mir fehlt das Personal. Wenn das ein offizieller Besuch wäre, könnte ich Verstärkung vom Festland anfordern, aber in diesem Fall ...«

»Ich habe Ihren Einwand vorhergesehen. Darf ich Ihnen einen Vorschlag machen, Sergeant?« Bevor Attenborough darauf zu sprechen kam, lehnte er sich zurück. »Zu schade, dass Mrs Lindahl nicht dabei sein wird. Wir könnten ihre Expertise für die Vorbereitungen gut gebrauchen.«

»Zum zweiten Mal.« Agneta starrte an die Decke ihres Zimmers. »Zum zweiten Mal passiert mir das.«

»Was ist denn schon passiert?« Mikael streichelte die große Seemöwe, die sich auf seinem ausgestreckten Arm niedergelassen hatte.

Agneta mochte den Vogel nicht, er war schmutzig und glotzte gierig auf ihr Krankenhausfrühstück.

»Zum zweiten Mal bin ich hereingefallen.« Sie lauschte ihren regelmäßigen Atemzügen. »Allerdings gibt es im aktuellen Fall eine Abwechslung. Diesmal betrügt mich mein Mann nicht mit einer Jüngeren, diesmal hat sich mein Mann eine Ältere ausgesucht.« Sie machte eine ärgerliche Geste. »Schick den hässlichen Vogel weg, Mikael. Ich mag ihn nicht.«

»Aber er tut doch nichts. Er ist bloß ein geflügelter Bote.« Mikael fand das geistreich und lächelte. Gleichzeitig brach er ein Stück von Agnetas Toast ab und fütterte die Möwe damit.

»Schick ihn weg.«

»Wenn dir das lieber ist.« Er stand auf und trug die Möwe ans Fenster.

»Alles auf null.« Agneta sank ins Kissen. »Zum zweiten Mal muss ich von vorn beginnen.«

»Was ist mit unserem Kind?« Mikael war nur noch als dunkle Silhouette vor dem hellen Fensterrahmen zu erkennen. »Was wird aus unserem Baby?«

»Das hast du nicht zu entscheiden«, antwortete sie. »Du nicht.«

»Wie du meinst«, nickte er. »Dann brauchst du mich ja auch nicht mehr.« Er setzte sich auf den Rücken der Seemöwe, der Vogel breitete die Schwingen aus und erhob sich in den Himmel.

»Gute Reise«, murmelte Agneta und überlegte, wie lange eine Seemöwe wohl brauchte, um von den Scillys bis nach Stockholm zu fliegen. Einerlei, wie lange es dauerte, Mikael würde der Möwe keine Pause gönnen, bis sie in der schwedischen Hauptstadt angekommen wären. Alles auf Anfang, dachte sie. Als Agneta sich zur Seite drehte, hörte sie im Hintergrund die Tür aufgehen.

»Sie haben schon wieder nichts gegessen«, sagte die Schwester.

»Die Möwe hat meinen Toast geklaut.«

»Kommen Sie, ein bisschen Haferbrei.« Ohne Agnetas Zustimmung abzuwarten, stellte die Schwester die Rückenstütze hoch.

Agneta schaute in die professionellen Augen der Krankenschwester. Alles auf Anfang.

24 *Besuchszeit*

Mikael glaubte fest daran, dass Suzies Mann sich in die Tiefe gestürzt hatte. Im Leben war Johnny Pooth ein Jäger gewesen, zum Gejagten taugte er nicht. Mikael und Suzie hatten ihn in die Enge getrieben mit ihrem schmierigen Geheimnis, ihrer Lebensfreude, mit ihrer Lust und Heimlichkeit, die sie ihm wie Schlingen um den Hals geworfen hatten, bis er zusammengebrochen war. Johnny hatte dieses Leben als Verlierer nicht länger ertragen. Auf Tresco, wo er genauso wenig bleiben wollte wie Mikael, war ihm alles genommen worden, seine Manneskraft, seine Arbeit und seine Frau.

Wie ein Schiffbrüchiger hetzte Mikael über die Insel, wie ein Fährtensucher, ein Fallensteller. Indem er unbekannte Pfade einschlug, falsche Abzweigungen nahm, versuchte er sich zu überlisten, er wollte sich verlaufen und verloren gehen. Aber Mikael kannte hier alles viel zu gut, jeden dieser wunderschönen Flecken, an dem die Touristen »Oh!« und »Ah!« machten, weil sie es nicht fassen konnten, wie türkisblau das Meer, wie vollkommen der Himmel war. Mikael wich den Häusern der Reichen aus, das war schwierig, überall hatten sie hingebaut, diese vor Geld strotzenden Leute, eine Villa nach der anderen tauchte vor ihm auf, alle streng nach den Bauvorschriften der Inseln errichtet, außen im traditionellen Stil, im Inneren Luxus und Bequemlichkeit.

Obwohl Mikael wusste, dass er sein Elend selbst verschuldet hatte, verfluchte er das Elend, das die Reichen über die Welt brachten. Sie zerstörten Einfachheit und Abgeschiedenheit, indem sie Luxustempel in die Wüste setzten, indem sie verborgene Schönheiten in den entlegensten Winkeln des Planeten aufspürten und dort die Saat des Reichtums ausstreuten. Ihre Ernte war verheerend.

Während Mikael rannte, unausgesetzt seine Füße unter sich auftauchen und wieder verschwinden sah, während er über die Insel hastete, hatte er sein persönliches Paradies vor Augen, das einzig wahre Paradies, das sich ihm je aufgetan hatte: den Friedhof in Stockholm, in dessen Mauern er ein Häuschen bewohnt hatte. Dort gehörte er hin, in diesen Zwischenraum, von dem aus er einen unverstellten Blick auf die Vergänglichkeit gehabt hatte. Die Vergänglichkeit war Mikaels Schutzgöttin und seine Lebensretterin. Wenn er aus dem Fenster geschaut und den Blick über die zahllosen Gräber und Kreuze hatte schweifen lassen, war er glücklich gewesen. Nichts war von Dauer, erzählten diese Kreuze, alles musste vergehen – welch eine Befreiung lag in dem Gedanken!

Er war klebrig und feucht am ganzen Körper, die Verachtung gegen sich selbst drang aus jeder Pore. Zu Agneta konnte er nicht, wollte er nicht, es war sinnlos, sie um Entschuldigung zu bitten, selbst Agneta wäre nicht imstande, ihn von seiner Schuld zu befreien. Mit Suzie hatte er kurz gesprochen, über Trennung natürlich. Man würde mit dem Leben weitermachen, obwohl beide nicht den Mut hatten, zu hoffen, dass die Zeit irgendwann alles heilen würde. So viel Macht besaß nicht einmal die Zeit. In Suzies Haus hatten sie sich getroffen, jener kuscheligen Oase, die sie für Johnny gemütlich gemacht und die dann ihr Liebesnest wurde. Er hatte ihr kaum in die Augen sehen können, auch sonst hatte er seinen Blick nirgends auf ihrem Körper ruhen lassen wollen. Die Rundungen unter ihrer Bluse, die kleinen Hände, der Hals, der sich rötete, wenn sie fröhlich war, ihr springlebendiges Hinterteil, Mikael hatte das alles genossen. Darum durfte er nie wieder in dieses Haus zurückkehren, es war Sperrgebiet, verbotene Zone.

Er blieb stehen, denn er hatte jemanden bemerkt, den er kannte. Es war David Delorian, der Gatte von Janice. David lief den Strand entlang und schaute währenddessen zu den Klippen hoch. Mikael musste sich erst orientieren. Ohne es zu beabsichtigen, war er an die Nordseite der Insel gelaufen. Dort ragte der Dachfirst von Amaryllis House hinter dem Schilfgras hervor, dort erhoben sich die Klippen mit den Brombeersträuchern. Unten am Strand lief David und wich manchmal der Flut aus, wenn sie seinen Schuhen zu nahe kam. Plötzlich blieb er stehen, schaute in den Sand, schaute nach oben, mehrmals hin und her.

Mikael brauchte nicht zu überlegen, wo genau David stehen geblieben war. An diesem Punkt hatte man Johnnys Leichnam gefunden, es war der Ort, an dem Mikael Blumen niedergelegt hatte. David Delorian stand wie angewurzelt und schaute, als ob er sich nie wieder von diesem Strand entfernen wollte.

Agneta betrachtete die kräftige Silhouette vor dem Fenster. »Das muss jetzt aber mal aufhören«, sagte sie zu sich. »Ich sehe ja ständig Gespenster.«

»Oh, du bist wach?« Die Silhouette drehte sich um.

»Bist du es wirklich?« Sie hatte Mühe, ihren Blick zu fokussieren.

Der Mann im blauen Hemd hatte einen Pullover um die Schultern geschlungen, er war frisch rasiert und braun gebrannt. »Wer sollte es wohl sonst sein?«

Agneta tastete nach der Fernbedienung. »Ich deliriere nämlich manchmal, musst du wissen. Aber sag es bitte nicht dem Chefarzt, der will mich sonst noch länger hierbehalten.« Sie betätigte den Schalter. »Auferstanden von den Toten«, schmunzelte Agneta, während ihr Oberkörper, begleitet von einem leisen Schnurren, in die Senkrechte gehoben wurde.

»Was redest du denn? So leicht bringt dich nichts um.« Magnus holte den Metallstuhl aus der Ecke, platzierte ihn neben dem Bett und beugte sich zu Agneta.

Als er sie küssen wollte, drehte sie den Kopf weg. »Nicht. Ich habe noch nicht Zähne geputzt.«

Unbeirrt gab er ihr einen Schmatz. »Wir haben uns schlimme Sorgen gemacht, weißt du das? Zuerst verschwindest du aus dem Gerichtsgebäude, und als Nächstes heißt es, du seist ins Wasser gegangen.«

»Habt ihr ernsthaft geglaubt, ich würde mich umbringen?«

»Mein Gott, was weiß man schon?« Magnus richtete sich auf. »Immerhin passiert dir das jetzt zum zweiten Mal.«

»Genau das habe ich zu ihm auch gesagt«, antwortete sie.

»Zu wem?«

»Zu Mikael.«

»War er denn hier?«

»Nicht so wichtig. Jetzt hast du den weiten Weg nach Penzance also schon wieder auf dich genommen. Darya dürfte ziemlich sauer sein, wie intensiv du dich um deine Exfrau kümmerst.«

»Darya lässt dich grüßen.«

»Ist sie etwa hier?« Agneta schloss den obersten Knopf ihres Nachthemds.

»Ich bin mit der ganzen Familie aufs Festland gekommen, auf der Fähre. Ein schreckliches Geschaukel.«

»Wo sind deine Leute jetzt?« Mit beiden Händen strich Agneta ihr Haar zurück.

»Ich habe sie nach Marazion gebracht, nicht weit von hier. Dort gibt es eine Gezeiteninsel. Im Reiseführer heißt es …«

»Mount St. Michael«, nickte Agneta. »Ich kenne sie.«

»Die Kinder sollen sich das Schloss anschauen, da gibt es alte Kanonen und all so was. Ich treffe sie später zum Dinner.«

»Schön, dass du gekommen bist.«

Er nickte. »Es ist viel passiert in den letzten Tagen. Tut mir leid, dass du … Ich meine, dass die Dinge so für dich gelaufen sind.«

»Ich danke dir.« Sie fasste nach rechts, wo das Mineralwasser stand. »Hilfst du mir mal?«

Magnus schraubte die Flasche auf.

»Was wolltest du beim Prinzen?«, fragte Agneta, nachdem sie getrunken hatte.

»Beim Prinzen, wie bitte?« Scheinbar unbeeindruckt setzte er sich wieder.

»Ich habe dich gesehen.«

»Mir scheint, du delirierst immer noch.«

»Es geht mich nichts an, weshalb du auf Tresco bist, aber es wäre nett, wenn du mir wenigstens bestätigst, dass ich keine Vollidiotin bin. Ich täusche mich doch nicht, du machst hier nicht nur Ferien.«

Er bedachte sich mehrere Sekunden lang. »Du bist keine Vollidiotin. Dabei habe ich Urlaub dringend nötig«, seufzte er. »So langweilig Brüssel auch sein mag, es frisst einen förmlich auf.«

»Aber wenn du im Auftrag von Brüssel hier bist, weshalb triffst du dann den britischen Thonfolger? Er hat politisch nichts zu melden, und ich glaube kaum, dass ihr euch über seine Umweltschutzbemühungen unterhalten habt.«

»Dazu kann ich dir leider nichts sagen.«

»Ein geheimer Auftrag im Dienste der Europäischen Union?« Sie zwinkerte. »Super top secret, nehme ich an.«

»Mach dich ruhig lustig, ich darf es dir trotzdem nicht erzählen.« Magnus spielte mit dem Ärmel seines Pullovers.

»Als wir uns zum zweiten Mal auf Tresco begegnet sind, der Abend im Old Inn, erinnerst du dich? Du hast erzählt, der Hubschrauber sei neben einem Haus gelandet und du hättest keine Ahnung, wem das Haus gehörte. Die Polizei sei dort gewesen und ein bärtiger Mann. Und wenige Tage später spazierst du einfach in das Haus des Prinzen hinein?« Agneta trank noch einen langen durstigen Schluck. »Ich habe dich gesehen, Magnus. Ich bin dir quer über die Insel gefolgt. Was sollte dein Theater im Old Inn, dass du nur ein ahnungsloser Tourist gewesen bist?«

»Es war nur zum Teil Theater.« Magnus stand auf und lehnte sich an das Fensterbrett. »Okay, ich wusste, wo Amaryllis House liegt, ich wusste auch, wem es gehört, aber ich hatte keine Ahnung, dass der Prinz die Insel schon an diesem Tag anfliegen würde.«

Agneta betrachtete den Mann, mit dem sie viele Jahre zusammen gewesen war, bis sie begriffen hatte, dass er die Wahrheit gewohnheitsmäßig zu seinen Gunsten manipulierte. In diesem Moment tat ihr Magnus' junge Frau leid. »Weiß Darya eigentlich, was du auf Tresco so treibst?«

»Nur zum Teil«, gab er zu. »Und das macht meine Tage nicht gerade leichter.«

»Was soll die Geheimnistuerei? Du spielst den Inseltouristen, du joggst heimlich zu einem Treffen mit dem Prinzen, du schlüpfst durch seine Tür wie eine heimliche Geliebte. Ich verstehe das nicht.«

Er holte ein Taschentuch hervor und schnäuzte sich überraschend laut. »Ja, nicht wahr, diese Staatsgeschäfte sind schrecklich kompliziert.«

»Staatsgeschäfte?« Sie kniff die Augen zusammen. »Der Prinz ist ein Aushängeschild, ein Maskottchen der Monarchie. Mit der Realpolitik hat er nichts zu schaffen.«

»Mein Gott, wenn ich gewusst hätte, dass ich hier einem Verhör ausgesetzt sein würde, wäre ich lieber mit den Kids Eis essen gegangen. Ich kann dir nicht mehr sagen, Agneta. Ich war beim Prinzen, bitte lass es dabei. Ich habe auch diesen Mr Attenborough besucht. Damit ist meine Tätigkeit als *Geheimagent* der EU beendet.«

»Du warst bei Attenborough?«, fragte sie lebhaft. »Wann?«

»Gestern. Ein interessanter Mann.« Magnus schien erleichtert, dass ihr Gespräch eine andere Richtung nahm.

»Ich verdanke ihm mein Leben.«

»Davon habe ich gehört. Erstaunlich, dass er kein Wort darüber verloren hat.«

»Über mich?«

»O doch, von dir spricht er in den höchsten Tönen. Aber er hat nicht eine Andeutung über seine Beteiligung an deiner Rettung gemacht.«

»Mr Attenborough ist eben ein bescheidener Mann.«

»Würde man nicht glauben, so protzig, wie er wohnt.«

»Worüber habt ihr gesprochen?«

Magnus schaute auf die Uhr. »Ich fürchte, ich muss allmählich los.«

»Nach Marazion sind es nur ein paar Meilen.«

Ohne sich um ihren Einwand zu kümmern, trat Magnus wieder ans Bett. »Du hast unglaubliches Glück gehabt, weißt du das?«

»Ich hatte einen Schutzengel.« Sie sah zu ihm hoch. »Du willst wirklich schon gehen?«

»Ich muss.« Er zögerte. »Ich weiß übrigens nicht, ob wir uns noch einmal sehen.«

»Das verstehe ich nicht.«

»In ein paar Tagen fliegen wir nach Hause.«

Wie ein Kind, das keine Weihnachtsgeschenke bekommen soll, setzte Agneta sich aufrecht hin. »Du sagtest, ihr wollt volle drei Wochen bleiben.«

»Der Aufenthalt hat sich leider anders entwickelt als erwartet. Der Todesfall des alten Mannes, die polizeilichen Ermittlungen und jetzt auch noch dein Unfall – ich fürchte, die Reise stand unter keinem guten Stern.«

»Was hat mein Unfall mit deiner vorzeitigen Abreise zu tun?«

»Die Medienaufmerksamkeit. Das passt schlecht ins Konzept meiner harmlosen Urlaubsreise. Außerdem will Darya rasch von hier weg. Euer Inselparadies ist ihr nicht geheuer.«

»Dann werde ich ja ... bald ganz allein sein«, sagte Agneta, als ob es ihr erst jetzt klar werden würde.

Magnus nahm ihre Hand. »Das mit Mikael tut mir wirklich leid. Bist du sicher, dass sich das nicht wieder einrenken lässt?«

»Mikael wird auf den Inseln immer ein Fremder bleiben. Er gehört nicht hierher, ich hätte ihn gar nicht erst herlocken sollen.« Sie streichelte seinen behaarten Handrücken. »Ich habe ihn erpresst, weißt du? Ich habe Mikael einen Brief geschrieben, dass ich ihn nur dann heiraten würde, wenn er mit mir nach Tresco zieht.«

Magnus betrachtete die blonde Frau, die er einmal sehr geliebt hatte. »Manchmal kann es heilsam sein, jemanden zu seinem Glück zu zwingen, und manchmal ...«

»Geht es in die Hose.«

»Willst du meinen Rat hören?«

»Unbedingt.«

»Es ist hart für dich, weil es in deinem Leben zurzeit drunter und drüber geht. Trotzdem ist es vielleicht ein Glück. Nur weil Mikael Heimweh hatte, ist das noch lange kein Grund, mit eurer Nachbarin ins Bett zu steigen.«

Agneta lachte. »Das sagst ausgerechnet du?«

»Du hast recht, ich vor allen anderen Männern sollte meine Klappe halten.«

Sie redeten noch ein paar Minuten, schließlich ging er. Agneta staunte, wie einsam sie sich nach Magnus' Abschied fühlte.

25 *Beim Packen einer Tasche*

»Zoom das mal ran.«

Lisa stand vor Larrys Computer, gemeinsam beugten sie sich über die Luftaufnahme von Abbey Garden.

»Dieses Tor können wir absperren, ohne Schilder anbringen zu müssen. Problematisch wird es allerdings bei der blauen Brücke.«

Larry wechselte in den 3-D-Modus. »Dort stellen wir einfach einen Bauzaun auf.«

»Wäre das nicht rücksichtslos? Manche Touristen unternehmen eine Tagesreise, nur um Abbey Garden zu besuchen. Wir sollten an den Fährhäfen Hinweise anbringen, dass Abbey Garden in den kommenden Tagen gesperrt ist.« Sie legte den Finger auf die Nasenspitze. »Andererseits schafft das wieder unerwünschte Aufmerksamkeit.«

»Wer kümmert sich heutzutage noch um Schilder?« Larry hob den Blick. »Die Leute gucken auf ihre Smartphones, wenn sie wissen wollen, von wann bis wann der Park geöffnet ist.«

»Die meisten Besucher sind Senioren.«

»Du lebst wirklich schon zu lange auf den Inseln«, grinste er. »Selbst die Oldies haben ihre Handys inzwischen zum Lieblingsspielzeug erkoren.«

»Gut, wir stellen die Schließung also online. Mit welcher Begründung?«

»Ist doch egal. Wenn die Leute ohnehin nicht reindürfen, können wir hinschreiben, was wir wollen.«

»Du bist ein ganz schöner Schurke, mein Lieber.« Sie legte die Hand auf seine Schulter.

»Wusstest du das nicht?«

Lisa wusste es. Sie hatte die Nacht mit diesem Schurken verbracht. Abends beim Dinner hatte sie ihn eingeweiht, einweihen müssen, wenn sie das ganze Unternehmen nicht als Einfraubetrieb durchziehen wollte. Larry war über den Besuch des PM weniger überrascht gewesen als erwartet und auch keineswegs so enthusiastisch wie Lisa. Er schien ihre Bewunderung für Grenville nicht zu teilen.

»Der ganze Aufwand, nur damit ein einziger Mann inkognito auf die Scillys kommen kann?«

»Findest du es nicht großartig, dass er herkommt?«

»Wenn Grenville Geheimgespräche führen will, braucht er sein Gegenüber doch nur in Downing Street beim Hintereingang reinzuschleusen.«

Das war der Moment gewesen, an dem Larry Lisa ins Schlafzimmer gezogen hatte. Danach hatten sie nicht mehr über Peter Grenville gesprochen.

Larry schwenkte auf der Karte zum Haus von Attenborough. »Nehmen wir mal an, der Premierminister ist unerkannt auf der Insel eingetroffen. Attenborough erwartet ihn hier, und der Prinz braucht von Amaryllis House nur zu den beiden rüberzuflitzen. Bleibt die Frage, *wen* wollen sie in Abbey Garden eigentlich treffen? Hat dein Mr Henderson nichts dazu gesagt?«

»Er ist nicht *mein* Mr Henderson.«

»Er ist ein ungehobelter Secret-Service-Mann, der dir in deinen Job reinquatscht.«

»Mr Henderson scheint dich ziemlich aufzuregen.« Lisa setzte sich hinter ihren Schreibtisch.

»Der Mann geht mir komplett am Arsch vorbei. Ich mag nur nicht, wenn …«

Lisa zeigte nach draußen, wo zwei Männer die Wachstube betraten. Der eine war der Postbote, er übergab Officer Charly einen Brief und ließ sich den Empfang quittieren. Der andere war Mikael Laurius.

»Was will der denn hier?«, knurrte Larry. »Ich dachte, der macht in nächster Zeit einen Riesenbogen um jede Polizeidienststelle.«

Nachdem der Postbote sich verabschiedet hatte, hörte Charly Mikael kurz zu, stand auf und führte ihn zu Lisas Büro. Obwohl sie einander durch die Glaswand sehen konnten, klopfte Charly an.

»Was gibt's?«

»Ein Brief für dich.« Charly händigte Larry das Einschreiben aus. »Und hier ist …« Er wandte sich zu Mikael.

»Danke, Charly.« Lisa ging dem Schweden entgegen. »Was können wir für Sie tun, Mr Laurius?«

Während Larry den ungeöffneten Brief in seine Uniformtasche steckte, betrat Mikael das Büro. »Ich habe heute Morgen David Delorian getroffen.«

Die Antwort reichte nicht aus, um seinen Besuch zu rechtfertigen, die Polizisten schwiegen.

»Ich bin ihm am Strand begegnet, genau dort, wo Johnny gestorben ist.«

»Und was schließen Sie daraus, Michael?«

»Ich habe zunächst gar nichts daraus geschlossen, sondern David darauf angesprochen. Wie Sie wissen, ist er der Mann meiner Chefin.«

Lisa stellte fest, dass sich ihre Einstellung zu Michael verändert hatte. Seit Suzies Geständnis reihte sie diesen Mann in die Kategorie der *Cheater* ein, Männer, die ihre Frauen betrogen, ihnen das Leben schwer machten, Männer, die man meiden musste. Doch da Lisa die Polizeichefin war, wollte sie Michaels Aussage objektiv prüfen.

»Was hat Mr Delorian darauf gesagt?«

»Er sagte, dass Johnny sein bester Freund gewesen sei.«

»Was?!«, riefen Larry und Lisa wie aus einem Mund.

»Mir war das auch vollkommen neu«, nickte Mikael. »Die beiden haben offenbar viele Abende miteinander verbracht, während Suzie im Old Inn gewesen ist.«

»Und weshalb kommt Mr Delorian erst jetzt mit dieser Neuigkeit?«

»Weil scheinbar niemand ihn danach gefragt hat«, antwortete Mikael arglos.

Ein Blick Lisas zu Larry machte klar, dass sie sich die Schuld an dem Versäumnis gab. »Setzen Sie sich, Michael.« Sie schob ihm einen Stuhl hin. »Erzählen Sie ganz von vorn. Weshalb sind Sie an den Nordstrand gelaufen?«

Mikael nahm Platz. »Das ist schwierig zu beantworten.«

Weil sie als Unfallopfer eingeliefert worden war, hatte Agneta nur wenig in die Tasche mit dem Aufdruck *West Cornwall Hospital* zu packen. Es erschien ihr seltsam, den Neoprenanzug zu falten, auch die Gummihaube und die Stiefel nahm sie mit. Versonnen strich sie über das raue Material.

Die Vorstellung, allein in ihr Haus nach Tresco zurückzukehren, war Agneta unheimlich. *Allein* – das Wort hatte einen neuen Klang bekommen. Früher hatte sie die Nachmittage genossen, wenn Mikael zu seinen Streifzügen über die Insel aufgebrochen war. Sie hatte ein Buch gelesen, den Haushalt gemacht, Bestellungen für Abbey Garden geschrieben, E-Mails beantwortet. Heute wusste sie: Das waren die Nachmittage, an denen Mikael zu Suzie geschlichen war. Agneta hatte angenommen, er brauche eine *künstlerische Pause* oder wolle über ein Gedicht nachdenken. Sie hatte sich gefreut, weil er das Angebot der Insel allmählich annahm und heimisch zu werden schien. Das *Angebot der Insel* hatte nur ein paar Häuser weiter in Gestalt einer dicken Frau auf ihn gewartet. Lass die Häme, dachte Agneta. Ob Suzie oder irgendeine andere, Mikael hatte nach einem Fluchtweg gesucht, einem Weg, den Agneta ihm durch ihren selbstsüchtigen Brief verbaut hatte.

Sie ging ins Bad, um die Zahnbürste einzupacken. Sie hätte diesen schrecklichen Brief nie schreiben sollen, er war der Anfang allen Unglücks gewesen. Heute wusste sie das. Damals hatte sie Macht über Mikael besessen, weil er sie liebte. Sie hatte ihm ihren Lebensstil diktiert, ohne nach seinen Bedürfnissen zu fragen. Sie hatte sich nicht vorstellen können, dass ein Mensch lieber in einer Hütte auf einem Friedhof leben wollte als auf einer Sonneninsel.

Agneta legte die Zahnbürste wieder hin, es war nicht ihre eigene. Der Spiegel warf ihr einen fragenden Blick zu. Was sie in den letzten Tagen gedacht und fantasiert hatte, kam ihr plötzlich wie eine unerklärliche Selbstbeweihräucherung vor. Sie hatte sich selbst als die unschuldig Betrogene gesehen, und Mikael war der Sünder gewesen. Sie hatte ihm ein Paradies eröffnet und er hatte es ihr mit Betrug gedankt.

Agneta löschte das Licht. Im Dunkeln konnte der Spiegel sie nicht länger belästigen. Du *hast* diesen Brief geschrieben, dachte sie, du hast ihn geschrieben. *Quid pro quo,* die Worte hatte sie zweimal unterstrichen. Sie erinnerte sich noch an das kratzende Geräusch der Feder. Mikael war auf den Handel eingegangen, ein doppeldeutiges Wort, denn Mikael war auf der Insel tatsächlich *eingegangen.* Das Wortspiel hätte ihm gefallen, vielleicht wäre es in ein Gedicht eingeflossen. Nie wieder ein Gedicht von ihm lesen, dachte sie, sich nie mehr darüber ärgern, dass er von morgens bis nachmittags im Geräteschuppen saß und schrieb, jeden Tag, selbst zu Weihnachten, selbst an seinem Geburtstag. Dafür hatte sie ihn ja auch geliebt, weil Mikael eine Bestimmung besaß, weil er schreiben musste, es war sein Wesen, sein Kern. Sie hatte sich diesen Mann ausgesucht, weil er anders war als Magnus. Auch diesen Mann hatte sie verloren.

Im Türrahmen des lindgrün gestrichenen Badezimmers begann Agneta zu weinen. Das wurde aber auch Zeit, dachte sie, Schluss mit der starken Frau, die auf einem nackten Felsen im Atlantik überlebt hat, Schluss mit der vernünftigen Frau, die präzise analysieren konnte, weshalb es mit Mikael so und nicht anders hatte kommen müssen. Die Tränen taten gut und taten auch so weh. Was wusste sie denn schon, dachte sie schluchzend. Gar nichts wusste sie, nichts über Mikael, nichts über sich selbst. Sie war eine Frau, die einen Neoprenanzug einpackte und hinuntergehen würde, wo das Taxi wartete, das sie zur Fähre bringen sollte. Ihr gruselte vor der Überfahrt. Was sollte sie allein auf Tresco?

Und erst in dieser Sekunde, während sich Agneta ein letztes Mal umsah, ob sie nichts vergessen hatte, wurde ihr klar, dass die Insel erst durch Mikael schön geworden war. Das war der schlimmste aller Gedanken, doch einmal gedacht, ließ er sich nicht mehr zurücknehmen.

Lisa betätigte das Nebelhorn. »Ich wusste es!« Weithin schallte der Ton übers Meer. Larry steuerte, sie hielt sich an der Reling fest. »Habe ich nicht gesagt, dass die Delorians etwas über Johnny wissen? Habe ich es nicht gleich gesagt?«

»Sieht so aus«, antwortete er karg.

Die Sonne stand in Lisas Rücken, ihr Haar flatterte im Fahrtwind.

Als Lisa zum zweiten Mal versuchte, das Horn zu betätigen, fiel Larry ihr in den Arm.

»Was ist denn?«

Er drosselte die Geschwindigkeit. Das Boot, das sich durch das hohe Tempo aus dem Wasser gehoben hatte, sank zurück. Eine Welle überschwemmte den Bug.

»Hast du vergessen, wo Tresco liegt?« Lachend zeigte sie ins Blaue.

»Der Brief, der vorhin gekommen ist«, begann er.

»Was ist damit?« Ihr offenes Lachen.

Lisas Lachen sank ebenso in sich zusammen, wie das Boot in den Wellen versunken war. Sie kannte diesen Blick. Woher kannte Lisa diesen Männerblick? Weil man ihn nie mehr vergessen konnte, wenn man ihn einmal gesehen hatte. Dieser Blick fraß sich in die Netzhaut und ins Gedächtnis. Lisa wusste im selben Moment, dass es vorbei war, zu Ende, sie wusste nur noch nicht, warum. Wenn in Filmen große Gefühle gezeigt wurden, stellten sie die Situation nie richtig dar. Der Held oder die Heldin wollte es zuerst nicht fassen, mit einer schlimmen Neuigkeit konfrontiert zu werden. Bullshit, dachte Lisa, man wusste es sofort. Man ahnte es nicht nur, es war sonnenklar, man hätte kein einziges Wort darüber zu verlieren brauchen. Trotzdem spielte sie das Spiel der Ahnungslosen mit.

»Der Brief vorhin?«, fragte sie, wie Larry es erwartete. »Er kam per Einschreiben, nicht wahr?«

Der Constable zog das Schreiben aus der Tasche, er hatte es sorgfältig gefaltet. Lisa schwieg, so einfach wollte sie es ihm nicht machen, Larry auch noch das Reden abzunehmen. Er sollte es erklären, jetzt, hier auf dem Atlantik sollte er sagen, weshalb es vorbei sein musste und was der dumme Brief damit zu tun hatte. Sie konnte den Absender nicht lesen, das Wappen der Krone leuchtete ihr entgegen, der brüllende Löwe, das springende Einhorn, dazwischen der übrige Schnickschnack der Windsors, hübsch angeordnet über ihrem Wahlspruch *Dieu et mon Droit.* Es war nicht anzunehmen, dass die Krone dem Constable geschrieben hatte, aber ein offizielles Schreiben war es allemal. *By Appointment to Her Majesty The Queen* konnte sie noch entziffern. Große Worte, immer diese großen Worte, obwohl die Realität so einfach war.

Sie schämte sich für ihr übertriebenes Gefühl, bloß weil Larry einen Fetzen Papier hervorzog, hielt sich aber zugute, dass sie es ihm nicht zeigte. Äußerlich blieb sie die coole Inselpolizistin, schnittig, wind- und wettergegerbt, eine hübsche Frau, die mit beiden Beinen auf den schwankenden Planken des Bootes stand. Gemeinsam mit ihrem

Untergebenen war sie losgeschippert, um eine Zeugenaussage einzuholen. In diesem Augenblick musste sie wieder an die Worte ihres alten Chief-Lieutenant denken: *Fang nie etwas mit einem Untergebenen an.*

Lisa hatte diesen Endzeitblick von all den Männern geschenkt bekommen, auf die sie sich eingelassen hatte, allen dreien. Simon, ihr langjähriger Jugendfreund, hatte ihr mit diesem Blick verraten, dass er sich bedauerlicherweise in Minnie verguckt hatte und deshalb von heute an mit Minnie gehen würde. Laurel, der erfolglose Immobilienmakler in Blackpool, hatte ihr erklärt, dass er das Kind nicht wolle und ihr eine entsprechende Klinik empfohlen. Montgomery war der Meister dieses Blickes gewesen. Als er, der Don Juan der Inseln, von Lisas Seitensprung erfuhr, hatte er seinem Blick noch Kälte und Herablassung beigemengt. Und jetzt also Larry. Sein Briefchen flatterte im Wind. Wie lange waren sie beide zusammen gewesen? Nicht einmal zwei Wochen. In dem Fall sollte der Trennungsschmerz eigentlich nicht allzu heftig ausfallen.

»Was ist das?«, fragte sie, da er scheinbar den Mund nicht aufkriegte.

»Sie wollen mich in London haben.«

»Wer will dich?«

»Die *Met*.«

Es gehörte einige Kaltschnäuzigkeit dazu, vom MPS, dem Metropolitan Police Service, als *The Met* zu sprechen. Wenn man sich im Vereinigten Königreich entschieden hatte, der Polizei zu dienen, war das der Job der Jobs. Der MPS war die Polizeibehörde von Greater London und damit der Ordnungshüter des schillernden, singenden, klingenden Nabels der Welt. Wer zum MPS versetzt wurde, gehörte zu den Auserwählten. Gehalt, Anerkennung, Privilegien, alles war dort besser. Das Hauptquartier lag im New Scotland Yard in Westminster, sie waren die Elite.

»Wie kam denn das auf einmal?« Nur keine Enttäuschung zeigen, dachte Lisa. »Und so plötzlich?«

»Es war nicht plötzlich. Ich habe mich bisher bloß nicht darum gekümmert.« Er stellte den Motor endgültig ab, der im Leerlauf tuckerte.

»Nicht gekümmert?« Sie lachte angestrengt. »Erzähl mir nichts. Jeder Polizist in England würde seine Mutter verkaufen, um zum MPS geholt zu werden.«

»Bei mir war es der Vater«, antwortete er leise.

Das Schlagen der Wellen gegen den Rumpf, das leichte Schaukeln, die blitzende Sommersonne.

»Ich verstehe.« Lisa verstand es wirklich erst in diesem Moment. »Der Earl hat die Strippen gezogen. Daddy hat einem seiner noblen Freunde im Oberhaus gesteckt, dass sein Söhnchen auf einer Atlantikinsel versauern würde. Und der noble Lord hat darauf wiederum mit dem Commissioner of Police of the Metropolis telefoniert und ihm nahegelegt, den tüchtigen jungen Mann von der Teufelsinsel zu befreien und nach London zu beordern.« Warum klang sie so zynisch, weshalb ließ sie sich derart in die Karten schauen? Lisa zwang sich zu einem Lächeln und wusste, dass es bestenfalls ein Grinsen wurde. »War es nicht so?«

»So ungefähr. Bloß dass mein Dad den Commissioner seit Jahren persönlich kennt.«

»Weißt du, was ich nicht verstehe?« Lisa beschirmte die Augen, angeblich gegen die Sonne, in Wirklichkeit wollte sie ihn nicht ansehen müssen. »Ich dachte, du und der Earl, ihr liegt im Streit.«

»So ist es auch. Dad hat das nicht aus Gefälligkeit getan, sondern weil er sich schämt, dass sein Sohn ausgerechnet hierher strafversetzt wurde.«

»*Ausgerechnet hierher*?«, wiederholte sie und machte damit klar, dass Larry gerade ihre Inseln verunglimpft hatte.

»Du weißt schon, wie ich es meine.«

»Nein, das weiß ich nicht. Erklär es mir bitte.«

»Es ist nichts los hier. Es gibt keine herausfordernden Aufgaben, mit denen ich mich profilieren könnte.« Als er die Fassungslosigkeit in ihren Augen sah, hielt er den Brief empor. »Ich weiß noch nicht einmal, ob ich den Job annehme.«

»Sei nicht so ein verdammter Lügner. Natürlich nimmst du an. Niemand schlägt den MPS aus, wenn er seine fünf Sinne beisammenhat.«

»Aber was wird jetzt aus uns?«, fragte er kleinlaut. »Wir sind doch gerade erst …« Mit einem Mal hatte Larry nicht mehr den Abschiedsblick drauf, sondern den anderen, den rührenden Hundeblick, der sagte: Ich kann doch auch nichts dafür. »Das kommt jetzt ziemlich ungelegen, nicht wahr?«

»Das tut es immer.« Lisa fand ihre vorgetäuschte Abgeklärtheit selbst zum Kotzen. Warum schrie sie ihn nicht an, dass er so etwas nicht mit ihr machen könne, ausgerechnet jetzt, da sie sich zum ersten Mal seit Jahren wieder verliebt hatte. Er sollte auf den MPS pfeifen und bei ihr bleiben, sie würden zusammen eine Wohnung nehmen, besser noch ein Häuschen, Kinder kriegen und bis an ihr Lebensende glücklich auf den Scillys leben.

»Ich weiß wirklich noch nicht, wie ich mich entscheiden werde«, versuchte er die unschöne Stimmung aufzulösen.

»Aber ich.« Lisa drehte den Zündschlüssel, legte den Gang ein und setzte ihre Fahrt nach Tresco fort.

David Delorian erwartete die Polizisten im Beisein seiner Frau. Janice hatte ein jägergrünes Kostüm an und Pumps. Es war offensichtlich, dass sie sich für den Besuch zurechtgemacht hatte. Der Blumenkohlmann schien der Befragung gelassen entgegenzublicken. Er trug ausgebleichte Jeans und einen Pulli mit Norwegermuster, der an diesem schönen Tag unpassend erschien.

»Tee, Sergeant?« Janice deutete auf das blassrosa Service.

»Für mich gerne.«

Janice goss ein. »Tee, Constable Meat?«

»Ja, bitte.«

»Milch nehmen Sie bitte selbst.« Sie gab ihm die Tasse.

Er schwenkte den Löffel darin. »Ihr Haus ist wunderschön, Mrs Delorian.«

»Vielen Dank.«

»Wahrscheinlich eines der schönsten auf Tresco.«

Was sollte der elegante Smalltalk? Wollte Larry etwa

den Grafensohn hervorkehren? Lisa nahm sich vor, jede Gehässigkeit zu vermeiden. Kühl und objektiv sollte die Befragung ablaufen, nüchtern würde sie Schlüsse ziehen und zu vergessen versuchen, dass dies vielleicht die letzte Ermittlung war, zu der Larry sie begleiten würde.

»Ich war einigermaßen überrascht von Ihrem Anruf.« Mit aneinandergelegten Beinen ließ Janice sich auf das Rattansofa sinken.

»Wieso?«

»Weil Mr Henderson uns versichert hatte, bezüglich der Tragödie bei Amaryllis House würde es keine weiteren Untersuchungen geben.«

»Mr Henderson kann nur für seine eigene Dienststelle sprechen.« Gesittet rührte Lisa im Tee.

»Er meinte, er hätte das mit Ihnen abgesprochen.«

»Mr Henderson wird von seinen sonstigen Pflichten stark in Anspruch genommen. Deshalb hat er den Fall Johnny Pooth mir übertragen.«

Eine glatte Lüge, und Janice' Blick ließ darauf schließen, dass sie das auch durchschaute.

David dagegen blickte munter in die Runde. »Wollen wir uns den Tee ein wenig abkühlen?« Er zeigte auf die Whiskybatterie in Griffweite.

»Nicht für mich«, winkte Larry ab.

»Für mich einen kleinen.« Lisa gab David ihre Tasse und ignorierte Larrys überraschten Blick. Wenn sie sich schon über Mr Hendersons Befehl hinwegsetzte und die Untersuchung auf eigene Faust fortführte, wenn sie schon einer Zeit voll Liebeskummer entgegenblickte, konnte sie auch genauso gut Alkohol im Dienst trinken. David goss die Tassen randvoll.

»Sie waren mit Johnny Pooth befreundet?«

»Befreundet ist zu viel gesagt«, antwortete Janice an Davids Stelle. »Viele Leute von der Insel kommen in unser Haus, David ist als gastfreundlich bekannt.«

»Wohl bekomm's.« Er hob die Tasse.

Lisa trank. »Verzeihen Sie, David, aber haben Sie nicht neulich Mikael Laurius erzählt, dass Sie und Johnny befreundet gewesen wären?«

»Wieso sollte David so etwas behaupten?«, ging Janice zum zweiten Mal dazwischen.

»Mich würde die Meinung Ihres Mannes interessieren«, sagte Lisa eine Spur forscher.

Sie nahmen den Tee im Freien, eine Glaswand auf der Westseite verhinderte, dass der Seewind sie belästigte.

David genehmigte sich einen ordentlichen Schluck. »Ich mochte John, das stimmt. Der arme Junge hatte schließlich ein ähnliches Schicksal wie ich.«

Lisa spürte, wie rasch ihr der Whisky zu Kopf stieg. »Wie ist das gemeint?«

»Johnny hatte im Leben alles – genau wie ich.« David tätschelte Janice' Hand. »Die beste Frau von allen, ein schönes Haus, ein gutes Leben und Gesundheit. Wenn es nichts mehr gibt, worum ein Mann kämpfen muss, wird er manchmal wunderlich.«

»Du bist doch nicht wunderlich«, widersprach Janice indigniert.

»Lieb, dass du das sagst, aber ich fürchte, das bin ich.

Jeder weiß, dass ich die Leute gern zum Trinken animiere. Warum? Weil ich zu viel Zeit habe.« Als Janice erneut protestieren wollte, legte er den Arm um ihre Schulter. »Ist doch nicht schlimm, Darling, ich bin glücklich damit. Vielleicht bin ich so geworden, weil ich zu viel Glück hatte. Wie heißt es so schön? *Die schönsten Wünsche sind die unerfüllten.*« Er griff nach der Flasche und wollte Lisa nachgießen, sie hielt die Hand über ihre Tasse.

»Sie haben sich also mit Johnny Pooth gut verstanden?«

»Er war ein findiger Kerl«, nickte David. »Er wollte auf keinen Fall zum alten Eisen gehören und hatte ziemlich verrückte Ideen.«

»Hat er Ihnen davon erzählt?«

»Erzählt?« David lachte. »Ohne mich hätte Johnny seine Spinnereien gar nicht in die Tat umsetzen können.«

»David ... nicht«, sagte Janice. »Ich bitte dich.«

»Was ist schon dabei? Er ist ja tot.« Der Blumenkohlmann schaute aufs Meer. »John Pooth hat seinen Beruf geliebt. Er war mit Leib und Seele Verkäufer. Es lag ihm im Blut, den Leuten irgendetwas anzudrehen. Sobald wir hier zusammensaßen, hat er immer wieder davon angefangen. Wenn ich nur an die Celebrities rankommen könnte, sagte er, die reichen Leute, die hier absteigen. Was willst du denn von denen, habe ich gefragt. Mit ihnen reden und rauskriegen, was sie brauchen, lautete seine Antwort. Und das liefere ich dann.«

Larry legte seine Uniformmütze auf den Boden. »Was wollte er irgendwelchen Urlaubern, die er gar nicht kannte, verkaufen?«

Halt die Klappe und lass David reden, dachte Lisa. Hat man dir das auf der Polizeischule nicht beigebracht? Wie schrecklich, sie verurteilte Larry bereits, obwohl er ihr noch nichts Böses zugefügt hatte.

»Das dachte ich anfangs auch«, nickte David. »Aber er hörte nicht auf, davon zu schwärmen. Wir hatten während unserer Unterredungen ordentlich was weggeschluckt. Wenn man in so eine Whiskyseligkeit hineingerät, erscheint einem die verrückteste Idee plausibel.« David sah Janice an, die mit steinernem Gesicht danebensaß.

Auch Lisa wurde durch den Hochprozentigen in eine eigenartige Stimmung versetzt. War das Leben nicht zum Schießen? Immer wenn man glaubte, die Zukunft ein wenig deutlicher zu sehen, warf das Leben ein Hindernis in den Weg, und man lag wieder auf der Nase. »Wie ging die Sache weiter?«

»Irgendwann war ich so neugierig, ob Johnnys Plan wirklich funktionieren würde, dass ich ihm ein leichtsinniges Angebot gemacht habe. Durch meine Frau wusste ich, wenn interessante Gäste zu uns kommen und in welchem Haus sie absteigen. Wir haben hier schon Leute aus Hollywood gehabt, reiche Russen und komplizierte Japaner. Wir hatten Familienmitglieder der Royals, allerdings nur die aus der zweiten Reihe.«

Unvermittelt schlug David sich mit beiden Händen auf die Schenkel. »Es war ein verdammter Vertrauensbruch«, gab er zu. »Ein Vertrauensbruch dir gegenüber, Darling. Ich hätte dir auf einen Schlag das Geschäft vermasseln können. Das Wichtigste beim Job meiner Frau ist Vertrauen.

Die Reichen und Prominenten müssen sich darauf verlassen können, dass ihr Aufenthalt hier nicht bekannt wird. Deshalb kommen sie nach Tresco, weil wir die Paparazzi von den Inseln fernhalten. Und was habe ich Idiot getan? Ich plaudere dieses Geheimnis gegenüber einem Versicherungsvertreter aus, dem windigsten und aaligsten Berufsstand, den es überhaupt gibt. Bis heute tut mir das leid, Janice, das musst du mir glauben.«

»Ich glaube dir ja«, antwortete sie beiläufig, da ihr sein Geständnis sichtlich unangenehm war.

»Johnny hat mir versprochen, dass er mich nie verraten würde«, setzte David hinzu.

»Wie es aussieht, hat er sein Versprechen auch gehalten«, sagte Larry.

»Was hat Mr Pooth mit den Informationen angefangen, die Sie ihm gegeben haben?«

»Er hat zu … tja, zu ziemlich absonderlichen Mitteln gegriffen, um die Bekanntschaft unserer Feriengäste zu machen.«

»Absonderlich?«

»Wenn ich heute darüber rede, kommt mir das Ganze völlig crazy vor.« David seufzte. »Aber damals, als er loslegte, fand ich es vor allem komisch. Wir beide fanden das, und es blieb unser Geheimnis. Das machte die Sache noch interessanter.« David fuhr sich über sein Blumenkohlgesicht. »Johnny hat mir von dieser besonderen Übung erzählt, die er aus seiner Zeit als Versicherungshai noch draufhatte. Die geht so: Du musst einmal am Tag etwas Peinliches tun.«

»Peinlich?« Lisa hätte sich gern Tee nachgeschenkt, fürchtete aber, David würde ihr Whisky zugießen.

»Etwas, das dir unangenehm ist, wofür man sich eigentlich schämen müsste«, erläuterte er. »Zum Beispiel, sich vor einer unbekannten Frau hinzuknien und sie zu bitten, ihre Fingerspitzen küssen zu dürfen.«

Ein Lachen Larrys. »Was?«

»Bitte weiter«, sagte Lisa, während Janice kopfschüttelnd die Arme verschränkte.

»Johnny hat das wirklich gemacht«, nickte David. »Mit knackenden Gelenken ist er auf die Knie gesunken und hat eine nicht mal so betagte Urlauberin angesprochen. Und ich schwöre, sie hat sich von ihm die Finger küssen lassen.«

»Wahnsinn.« Larry lachte so herzlich, dass seine Zähne im braungebrannten Gesicht blitzten.

Spiel nicht den Biedermann, dachte Lisa. Wer hat mich denn damals am Strand ohne Vorwarnung zum Dinner eingeladen? Ach, hätte ich doch abgelehnt, dann wäre mir der Rattenschwanz an Gefühlen erspart geblieben. »Diese Art von Peinlichkeit war es aber bestimmt nicht, mit der er die reichen Feriengäste belästigt hat.«

»Stimmt, das war nur zum Aufwärmen.« David betrachtete die Whiskyflasche, griff aber nicht zu. »Er wollte die Celebrities kennenlernen, wusste aber natürlich, dass er nicht einfach klingeln und sie überfallen konnte. Deshalb hat sich John etwas Besonderes ausgedacht.«

Ein Schrei durchbrach die erwartungsvolle Stille. Eine große Seemöwe ließ sich auf den Rand der Glaswand nieder und wippte auf und ab.

»Ssschht! Gsschcht! Hau ab!« Janice sprang auf. »Verschwinde!«

»Lass sie doch«, sagte David.

»Die scheißt uns das ganze Glas voll.« Sie lief zum Rand der Terrasse, die Möwe sah ihr frech entgegen. Erst im allerletzten Moment spreizte sie die Flügel, erhob sich in die Luft, stieß einen höhnischen Schrei aus und segelte übers Meer davon.

27 *Der Schelm*

Lisa saß auf dem Klodeckel und führte Zwiesprache mit sich selbst.

»Johnny Pooth hat also ein Doppelleben geführt.«

»Schwer vorstellbar«, widersprach Lisa.

»Was soll das heißen?«, fragte Lisa.

»Hast du dir Johnny mal genauer angesehen? Das war doch keiner, der eine solche Charade abgezogen hätte.«

»Vielleicht war seine Tarnung ja Teil der Charade«, entgegnete sie und musste schon wieder weinen. Lisa wandte sich ab, ihr Spiegelbild sollte sie nicht weinen sehen. Dieses eine Mal war sie froh, weil ihr Hauswirt den Badezimmerspiegel so tief angebracht hatte, dass sie sich immer bücken musste, um ihre Kontaktlinsen einzusetzen. Vorhin hatte sie die Dinger herausgenommen, weil sie weinte und lachte über den Irrwitz und wieder weinte wegen der Ungerechtigkeit.

Die Pflicht der Stunde lautete, zu handeln, aber Lisa konnte nicht, noch nicht, sie war einfach nicht imstande, wieder in die Welt hinauszutreten und folgerichtige Schritte zu tun.

Ihre Sicht auf Johnny Pooth hatte sich geändert. In Lisas Augen war er kein frustrierter Rentner mehr, der sich auf den Inseln wurzellos gefühlt hatte und von seiner Frau betrogen worden war. Johnny hatte sich in einen Schalk verwandelt, einen Clown, der ausgezogen war, Streiche zu verüben. Davids Erzählung klang tatsächlich wie eine Schelmengeschichte.

Einmal hatte Johnny Pooth vor dem Haus eines italienischen Millionärs einen Fahrradunfall vorgetäuscht. Die Frau des Südländers war herausgeeilt und hatte ihm aufgeholfen. Als sie das Kunstblut an Johnnys Bein sah, wollte sie ihn zum Arzt bringen. Doch er bat sie, das nicht zu tun, weil er keine Krankenversicherung hätte. Darauf lud die Frau ihn ins Haus ein, wo er mit der Familie einen gemütlichen Nachmittag verbrachte und köstliche Linguini mit Artischockenherzen verspeiste.

Ein anderes Mal hatte Johnny Pooth ein Top-Model und deren lesbische Freundin beobachtet, die täglich zusammen mit ihrem Hündchen am Strand joggten. Johnny hatte keine Skrupel, den Hund zu entführen. Rechtzeitig bevor die verzweifelten Frauen die Polizei alarmierten, brachte er den »entlaufenen« Liebling zurück. Die Dankbarkeit der beiden war überwältigend, Johnny schlug den Finderlohn bescheiden aus, was zur Folge hatte, dass das Model ihm ihre wertvolle Lieblingshalskette schenkte.

Durch Vortäuschung einer Nierenkolik verschaffte sich Johnny Zugang zum Ferienhaus eines Parlamentsabgeordneten der Labour Party, der mit seiner Geliebten ein paar leidenschaftliche Tage auf der Insel verbrachte. Der Abgeordnete, den Johnny sofort erkannte, stellte sich als Mr Simps vor und wollte den alten Kerl rasch loswerden. Doch er hatte die Rechnung ohne seine Geliebte gemacht, die wie Johnny aus Gloucestershire stammte und mit dem Rentner bei einigen Gläsern Sherry so lange über ihre Heimat plauderte, bis die Köchin meldete, es sei angerichtet. Johnny blieb zum Dinner.

Während all der Geschichten, von denen es noch etliche gab, war Lisa der Verdacht gekommen, dass Johnny vielleicht darauf aus gewesen war, die Feriengäste auf die eine oder andere Weise zu kompromittieren, möglicherweise zu erpressen. Er hätte beispielsweise heimlich Fotos im Haus eines Prominenten schießen und später damit drohen können, sie zu veröffentlichen. Doch Lisas Verdacht hielt der Wirklichkeit, wie David sie beschrieb, nicht stand. Johnnys Sehnsucht war viel einfacher. Er wollte nichts weiter, als wahrgenommen werden. Er wollte sich herausheben aus dem Heer der unauffälligen Pensionisten, die durch ihre letzten Lebensjahre schlurften, nichts Neues kennenlernten, nichts anderes mehr unternahmen als das Einerlei, das ihre Tage seit Jahren bestimmte. Um den Zauber seiner geheimen Ausflüge jedoch nicht zu zerstören, durfte Johnny seine Erlebnisse mit keinem Menschen teilen außer David.

War es glaubhaft, dass Johnny nie geprahlt, seine Eulenspiegeliaden nie erzählt hatte? Sollte nicht einmal Suzie davon erfahren haben? Gerade sie nicht. Johnny musste verhindern, seine Frau *vorzustellen*, das hätte ihm das ganze Abenteuer vermiest. Oft wartete er daher, bis Suzie nachmittags zur Arbeit fuhr, und brach gleich nach ihr auf, im Gepäck nur eine Idee und ein Requisit, mit dem er sich Zugang zu den unüberwindlichen Festungen des Reichtums verschaffen wollte. Mal war es Kunstblut, mal eine Malerstaffelei oder ein Kätzchen, das er aussetzte, um es selbst von einem Baum zu retten. Später, nachdem John dann sein Abenteuer gehabt hatte, war er zufrieden nach

Hause zurückgekehrt, hatte sich umgezogen und war ins Old Inn gefahren, wo er in die Rolle des leicht verbitterten Rentners schlüpfte, der vom Leben nichts mehr zu erwarten hatte. Nie war er von den Touristen, die er im Grunde ja belästigt hatte, verpfiffen worden, nie hatte sich herumgesprochen, was Johnny auf Tresco trieb, weil die reichen Leute ein paar Tage später schon wieder abgereist waren. Johnnys Klugheit lag darin, dass er sich mit seinem Doppelleben nicht interessant machen wollte. Worauf es ihm ankam, war, sich zu beweisen, *dass er es noch draufhatte*. Johnny genoss den Prickel des Verbotenen und schwieg.

Am letzten Tag seines Lebens, als er sich auf den Weg nach Amaryllis House gemacht hatte, war ein Körbchen Brombeeren sein Requisit und seine Tarnung gewesen. Es waren Brombeeren aus einem Supermarkt in Exeter, die von einem Kleinhändler nach St. Mary's geschafft und zu einem überhöhten Preis verkauft worden waren. Johnny hatte Amaryllis House um die Mittagszeit erreicht und sich als angeblicher Brombeerpflücker von Strauch zu Strauch vorgearbeitet, bis er bei der Villa angekommen war. Gleich darauf musste das Unglück geschehen sein. Jemand in der Villa hatte ihn entdeckt und gestellt. Mehr wusste David nicht darüber, mehr hatte auch Lisa noch nicht herausgefunden.

Sie richtete sich auf dem Klodeckel auf. »Was wissen wir bisher sicher?«, fragte sie ihr Gegenüber.

»Wir wissen, dass David seinem Kumpel am Tag vor dessen Tod eine Nachricht zukommen ließ.« Die Frau im Spiegel zupfte Kleenextücher aus der Box.

»Was für eine Nachricht?«

»David hat Johnny gesteckt, dass jemand in Amaryllis House eintreffen würde, er wusste allerdings nicht, wer.«

»Wieso wusste David das nicht?« Lisa trocknete mit dem Kleenex ihre Augen.

»Weil der Besucher das Haus ohne die Hilfe von Janice betreten hat. Nicht einmal sie wusste angeblich, wer da ankommen würde.«

»Das ist aber ziemlich unwahrscheinlich.«

»Ich glaube ihr«, widersprach die Frau im Spiegel. »Natürlich besitzt der Prinz den Schlüssel zu seinem Haus, und es steht ihm frei, den Schlüssel auszuhändigen, wem er will.«

»Der Prinz weiß also, wer dort war«, nickte Lisa. »Leider können wir ausgerechnet ihn nicht befragen.«

»Mich wundert, dass Janice kein bisschen neugierig war, wer in Amaryllis Hous abgestiegen ist«, entgegnete der Spiegel.

»Sollten wir Janice noch mal verhören? Oder sollten wir uns über den Rat von Constable Meat hinwegsetzen und mit dem Prinzen sprechen?« Lisa betrachtete die verheulte Frau im Spiegel. Dieses ganze Elend, nur wegen eines Kerls, der lieber Karriere machte, statt bei ihr zu bleiben. Sie sollte sich wirklich schämen.

»Ich schäme mich ja auch.« Die Frau im Spiegel griff nach ihrem Haargummi und brachte so etwas wie eine Frisur zustande.

»Johnny ist nach Amaryllis House aufgebrochen, weil er den Prinzen kennenlernen wollte«, sagte Lisa.

»Stimmt. Laut David fehlte ihm der Thronfolger noch in seiner Sammlung. Johnny kletterte also auf die Klippen und tat, als ob er Brombeeren pflücken würde. Gleichzeitig befand sich ein Unbekannter in der Villa.«

»Oder eine Unbekannte.«

»Jemand, der Johnny entdeckt hat.«

»Jemand, der ihm seine Beerensuche nicht glaubte.«

»Jemand, der hinausgelaufen ist. Und dann?«

»Dann war Johnny wohl enttäuscht, weil leider nicht Seine Königliche Hoheit vor ihm stand. Trotzdem dürfte er etwas zu der Person gesagt haben.«

»Es wurde aber kein Smalltalk daraus.«

»Es wurde Mord daraus oder Totschlag. Warum, das müssen wir herausfinden.«

»Wir müssen endlich unseren Job machen«, nickte der Spiegel und war im nächsten Moment verschwunden, denn Lisa hatte sich vom Klodeckel erhoben.

»Wir müssen den Fall abschließen, bevor der Premierminister Fuß auf diese Inseln setzt.«

»Brauchen wir Constable Meat dafür?«, hörte Lisa den Spiegel fragen.

»Nein.« Sie zog die Uniformjacke an. »Wir brauchen Constable Meat überhaupt nicht mehr.« Entschlossenen Schrittes verließ Lisa ihr Apartment, und es war ihr völlig gleichgültig, dass die Dielen inbrünstig knarrten.

28 *Die blaue Brücke*

Sie trafen sich am Eingang zur blauen Brücke. Mikael stand vor dem Bauzaun, Agneta dahinter.

Wie ein Gefängnisinsasse legte er die Hände an das Gitter. »Was ist denn hier los?«

»Abbey Garden bleibt geschlossen.«

»Wieso?«

»Renovierungsarbeiten.«

»Wollt ihr das Gras grün anmalen?«

»Es ist so angeordnet worden.«

»Wer hat in Abbey Garden denn zu bestimmen außer dir?«

»Auch ich befolge Anweisungen.«

»Von wo?«

»Von oben.« Sie wies in Richtung des Hügels, wo sich das Haus des Inselkönigs hinter Platanen versteckte. »Genauer gesagt von Mr Attenborough.«

Agneta war froh über den Bauzaun, nicht weil er sie von Mikael trennte, sondern weil er ihnen Anlass für ein unverfängliches Gespräch bot. Sie redeten über den Zaun, weil sie über alles andere noch nicht reden konnten.

Mikael rüttelte daran. »Und wie komme ich jetzt rein?«

»Was willst du denn?« Sie trat einen Schritt zurück. »Deine Koffer sind gepackt.«

»Meine Koffer sind gepackt, weil du das so befohlen hast.«

»Ich habe dir nichts zu befehlen, Mikael.«

Sein düsteres, von strähnigem Haar eingerahmtes Gesicht wurde weich und heiter. »Das hast du von Anfang an getan, meine Liebe. Seit wir uns kennen, gibt es nicht eine einzige wichtige Entscheidung, die du nicht für mich getroffen hättest.«

Sie schaute in diese unverschämt blauen Augen und wusste, dass er recht hatte, dass ihre Beziehung im Grunde daran gescheitert war und nicht an der Insel oder weil es hier nicht schneite und gewiss nicht, weil Mikael auf Tresco nicht Ski fahren konnte. Sie war daran gescheitert, dass Agneta alle Entscheidungen für ihn traf.

»Ich bin nur ein Dichter«, fuhr er fort, da sie seinen Worten nicht widersprach. »Ich bin jemand, dessen Reisen nach innen führen. In der Außenwelt habe ich nicht viel zu melden. Für die Reisen durch die Wirklichkeit bist du zuständig und warst es von unserer ersten Begegnung an, als du das Grab deines Vaters besucht hast, weißt du noch?«

»Auf dem Friedhof?« Sie schüttelte den Kopf. »Das soll das erste Mal gewesen sein?«

»Ja, es war auf dem Friedhof. Ich hatte eine Arbeitspause eingelegt und bin spazieren gegangen. Und du bekamst ausgerechnet am Grab deines Vaters …«

»Ja, oh ja, erinnere mich bloß nicht daran.« Agneta schlug die Hände vors Gesicht. »Wie peinlich.«

»Es war nicht unbedingt eine romantische Begegnung«, schmunzelte er. »Du hast während des Friedhofsbesuchs deine Tage gekriegt.«

»Hör auf, hör schon auf.«

»Glücklicherweise lag mein Häuschen ganz in der Nähe.«

»Dein Klo war eine Zumutung, weißt du das?«

»Es war nicht unbedingt für einen Damenbesuch ausgestattet. Aber auf diese Weise konntest du gleich bei unserer ersten Begegnung meine Bude kritisieren.«

Unbewusst legte auch Agneta die Hände an das Drahtgitter. »An diesem Nachmittag dachte ich, was für unglaublich blaue Augen du hast, selbst für einen Schweden.«

»Und ich dachte, müde sieht sie aus, woher kommen nur die dunklen Ringe unter ihren Augen?«

Agneta zog ihre Hände wieder zurück. »So viel zu den Augen.«

»Du verstehst mich falsch. Ich fand die dunklen Ringe ungewöhnlich bei so einer hübschen Frau.«

»Das mit den Augenringen hat erst nach der Scheidung von Magnus angefangen.«

»Heute hast du keine mehr«, lächelte er.

»Oh doch, man sieht sie bloß nicht, weil hier jeder so braungebrannt ist.« Agneta bückte sich, hob den Metallfuß des Bauzaunes aus der Verankerung und schuf eine Öffnung. Er betrat die blaue Brücke.

»Was machen wir jetzt, Mikael?«

»Sag du es mir.«

»Diesmal nicht.« Agneta schloss den Zugang wieder. »Diesmal mag ich die Entscheidung nicht allein treffen.« Sie standen einander gegenüber. »Du bist ein sagenhaftes Arschloch, weißt du das?«

»Ich weiß, ja, ich weiß.«

»Ich möchte aber keine Ehe mit einem sagenhaften Arschloch führen.«

»Das sehe ich ein.«

»Unglücklicherweise erwarte ich von diesem Arschloch ein Kind.«

»Da liegt das Problem.« Plötzlich hievte sich Mikael auf das Brückengeländer und baumelte mit den Beinen wie ein kleiner Junge.

»Pass auf.«

»Was ist schon dabei, wenn ich ins Wasser falle?«

»Du würdest dir den Kopf aufschlagen, es ist nicht tief.«

»Entschuldige«, sagte er, erschrocken fast, weil er sich bisher nicht nach ihrem Befinden erkundigt hatte. »Wie geht es dir überhaupt?«

»Soweit ganz gut. Ich werde nur immer noch ziemlich rasch müde.«

»Und das Kind?«

»Mit dem Kind ist auch alles in Ordnung, sagt der Arzt.«

»Jetzt sehe ich erst –« Mikael streckte die Hand aus und berührte das Pflaster an Agnetas Stirn.

Sie wehrte seine Hand ab. »Was schlägst du also vor? Wie soll es weitergehen mit unserem Kind, das hier auf der Insel geboren werden wird.«

»Na bitte, da hast du schon wieder die Entscheidung für uns getroffen.«

»Ich hätte …? Aber ich habe doch nicht …« Verwirrt und ertappt befühlte Agneta ihre Stirn. »Zur Entbindung werde ich wohl wieder nach Penzance müssen.«

»Weshalb?«

»Weil ich so eine verdammt alte Mutterkuh bin, dass man es nicht riskieren sollte, die Entbindung unserem Inseldoktor zu überlassen. Der Arzt im Hospital hat mir recht uncharmant einige statistische Zahlen an den Kopf geworfen. Bei Geburten von über Vierzigjährigen gibt es eine sechsunddreißigprozentige Wahrscheinlichkeit, dass Komplikationen eintreten.«

»Wenn du schon von Statistiken sprichst ...« Er stockte.

»Ja, was denn?«

»Statistisch gesehen gibt es die besten Krankenhäuser der Welt in Skandinavien. Und die gesündesten Babys der Welt werden in Stockholm geboren.«

Sie forschte in seinem Gesicht. »Das hast du doch gerade erfunden.«

Ein spitzbubenhaftes Lächeln. »Willst du es dir nicht wenigstens überlegen?«

»Was denn?«

»Das Kind in Stockholm zur Welt zu bringen. Ob du auf Tresco in Mutterschutz gehst oder zu Hause, ist doch egal.«

Sie dachte, dass Mikael nicht in der Position war, Bedingungen zu stellen. Sie dachte, selbst wenn sie ihm den Seitensprung vergeben könnte, erpressen lassen durfte sie sich nicht von ihm. Sollte sie wirklich in Schweden entbinden, hätte er genau das erreicht, weswegen er zu Suzie ins Bett geschlüpft war. Zugleich dachte Agneta, dass Mikael vielleicht recht hatte.

Als ob er ihre Gedanken lesen könnte, sprang er vom Brückengeländer. »In Stockholm hättest du es hundertmal bequemer mit einem Neugeborenen, glaubst du nicht?«

»Wieso?«

»Stell dir doch mal vor, du und das Baby hier in unserem zugigen Haus auf Tresco, wo die Salzluft die Fenster zerfrisst und der Wind durch die Ritzen pfeift. Jedes Mal, wenn du mehr als Windeln einkaufen willst, musst du nach St. Mary's übersetzen. Wie willst du das machen, in einem Boot mit dem Baby auf dem Arm?«

»Du würdest mich selbstverständlich hinbringen.«

»Und wenn ich gar nicht da bin, weil ich Ferienhäuser putze?«

»Dann ist das Boot auch nicht da«, antwortete sie bewusst begriffsstutzig.

»Und du sitzt allein mit dem Baby zu Hause? Was würdest du machen, wenn das Kleine eine Kolik hat, hohes Fieber oder eine plötzliche Allergie?«

»Mal den Teufel nicht an die Wand.«

Er hatte recht, und obwohl sie selbst schon ähnliche Befürchtungen gehegt hatte, war die Vorstellung, mit dem Kind nachmittags am Strand zu sitzen oder das Kind im Körbchen nach Abbey Garden mitzunehmen, stärker gewesen. Agneta wusste, dass sie sich von der Romantik der Insel nicht blenden lassen durfte. Was wäre, wenn das Neugeborene eine Behinderung haben sollte oder wenn es eine Frühgeburt wäre? »Mal den Teufel nicht an die Wand«, wiederholte sie, aber es war mehr an sich selbst gerichtet.

»Willst du nicht wenigstens darüber nachdenken?«, fragte Mikael.

Vielleicht war es an der Zeit, ihn auch mal eine wichtige Entscheidung treffen zu lassen, es würde ihm guttun, ihnen beiden, dachte sie. »Und wann kehren wir nach der Geburt wieder nach Tresco zurück?« Agneta fuhr zusammen, hatte sie das wirklich laut gesagt? »Schließlich bezahlt hier das Cornwall Council meinen Lebensunterhalt«, setzte sie sicherheitshalber hinzu.

»In dem Fall würde das Cornwall Council auch deinen Mutterschaftsurlaub bezahlen.« Mikaels Miene hellte sich auf, weil Agneta sich immerhin auf das Thema eingelassen hatte.

»Ich bin nicht sicher, ob sie zahlen würden, wenn ich in Schweden entbinde.«

Er glaubte, dass er gewonnen hatte, dachte Agneta. So weit war es noch lange nicht, viele Details gab es noch zu klären. Aber die Details waren nicht das Entscheidende. Entscheidend war, dass sie sich tatsächlich vorstellen konnte, gemeinsam mit dem betrügerischen Mikael ein Kind großzuziehen. Das war für die betrogene Agneta eine ziemliche Überraschung. Während sie das überlegte und Mikaels hoffnungsvollen Blick zu ignorieren versuchte, tauchte im Hintergrund ein Mann auf. Abbey Garden war nach allen Seiten abgesperrt, es gab also nur eine Erklärung dafür, der Mann musste aus Mr Attenboroughs Haus kommen.

Wie beim ersten Mal, dachte Agneta. Als sie Mikael die frohe Nachricht überbracht hatte, dass sie schwanger sei, waren sie ebenfalls auf dieser Brücke gestanden. Auch damals war dieser Mann auf sie zugekommen, der Bärtige, der Brillenträger. Noch ein paar Schritte, und er hatte die blaue Brücke erreicht.

29 *Zwischen den Gezeiten*

Mr Henderson ging weiter. Er nickte den beiden am Brückengeländer zu, öffnete den Bauzaun und verließ Abbey Garden auf demselben Weg, den Mikael gekommen war. Kurz darauf erreichte Henderson die Bucht, wo das Polizeiboot vor Anker lag. Wie verabredet erwartete ihn Sergeant Woolley. Er bestieg das Boot, Lisa legte ab.

»Die Frage des Caterings ist geklärt.« Henderson nahm die Brille ab und rieb sich den Nasenhöcker. »Aber es war eine harte Nuss. Attenborough will keine fremden Leute im Haus haben und versichert, seine Angestellten würden mit der Bewirtung der Gäste allein fertig werden.«

»Dann müssen die Lebensmittel per Hubschrauber herangeschafft werden«, antwortete Lisa. »Die Liste dafür brauchen wir spätestens morgen.«

Sie stellte noch einige Fragen und beantwortete ihrerseits Hendersons Fragen. Zugleich fieberte Lisa innerlich. Das ärgerte sie, weil es ihr die Ruhe und Sicherheit raubte, die sie brauchte. Ein Blick zurück, Tresco verschwand bereits aus ihrem Blickfeld.

»Wann haben Sie Johnny Pooth kennengelernt, Mr Henderson?«

Mehrere Sekunden lang war nichts als das Motorengeräusch zu hören.

»Wie kommen Sie darauf, dass ich ihn gekannt habe?«

»Sie haben es mir selbst gesagt.«

»Unsinn.« Er stand hinter ihr an die Reling gelehnt.

»Erinnern Sie sich nicht?«

»Nein.«

»Wir waren auf der Terrasse von Janice Delorian. Sie sagten: *Ich kannte Johnny Pooth. Er ist ein versponnener Kauz gewesen.*« Lisa schob den Gashebel auf Anschlag. Das Polizeiboot nahm volle Fahrt auf. »Das waren Ihre Worte, Sir.«

»Ich erinnere mich nicht daran.«

Das Röhren des schweren Motors, Schläge, als ob das Boot auf Brettern dahinschlittern würde, der Wind.

»Ich weiß, dass Sie John einmal begegnet sind.«

»So, wirklich?« Er veränderte seine Position, man spürte es an der Trimmung des Bootes. »Sie könnten vielleicht recht haben. Wahrscheinlich bin ich Mr Pooth am ersten Abend begegnet, als wir im Old Inn gegessen haben. Ich glaube mich zu erinnern, dass ich neben ihm am Tresen stand.«

Lisa leitete die lange Rechtskurve ein, die in den Hafen von Hugh Town führte. »Sie können nicht neben ihm am Tresen gestanden haben, Sir.«

»Wieso nicht?«

»Weil Johnny an dem Abend nicht in den Pub gekommen ist.«

»Dann werde ich ihm wohl irgendwo anders begegnet sein.«

»Wann sollte das gewesen sein? Einen Tag nach Ihrer Ankunft war Johnny bereits tot. Außerdem, da Sie ihn abends nicht kennengelernt haben, hätten Sie gar nicht wissen können, dass es Johnny Pooth ist.«

St. Mary's war jetzt nur noch eine halbe Meile entfernt, man konnte an der Küste schon Details ausmachen, die flatternden Wimpel am Strandpavillon.

»Ich weiß nicht, worauf Sie hinauswollen, Sergeant.« Henderson tauchte neben Lisa auf.

Normalerweise drosselte sie das Tempo an der knallroten Boje, die jetzt auftauchte. Heute schoss Lisa mit Vollgas daran vorbei. »In der Nacht nach unserem Besuch im Old Inn sind Sie in Amaryllis House gewesen, Sir.«

»Das ist blanker Unsinn. Ich habe im New Inn übernachtet. Sie haben mich dort abgesetzt.«

»Sie haben dort eingecheckt, das stimmt.« Lisa schob das Haar aus der Stirn. »Aber das Zimmermädchen sagte, dass Sie morgens nicht auf Ihrem Zimmer waren.«

»Ich habe einen Spaziergang gemacht.«

»Sie waren in Amaryllis House. Sie hielten sich in der Villa des Prinzen auf, und zwar genau zu dem Zeitpunkt, als Johnny Pooth durch die Brombeerbüsche näher kam.«

»Wie soll ich in die Villa hineingelangt sein?«

»Sie hatten einen Schlüssel.«

»Von wem?«

»Sie hatten einen Schlüssel«, wiederholte Lisa. »Das kann ich beweisen.«

»Sollten Sie nicht allmählich das Tempo zurücknehmen?« Henderson tippte mit dem Finger auf den Geschwindigkeitsanzeiger. Das Boot machte fast dreißig Knoten.

Lisa hielt das Steuer mit beiden Händen. »Wie hat es sich abgespielt, Sir? Ist Johnny etwa um die Villa geschlichen? Hat er hineingespäht? Hat er sich unter einem Vorwand Zutritt verschafft? Johnny Pooth war nicht der frustrierte alte Mann, für den wir ihn bisher gehalten haben. In seinem Doppelleben führte er sich manchmal auf wie ein böser Clown.«

Die Küste kam rasch näher. Wenn Lisa nicht gleich etwas unternahm, würden sie auf den Strand prallen. »Hat Johnny Sie erschreckt, hat er Sie verärgert?«, rief sie gegen den Fahrtwind. »Dachten Sie, er sei ein Einbrecher? Sind Sie rausgelaufen und haben ihn mit der Waffe bedroht? Versuchte Johnny, vor Ihnen zu fliehen? Ist er dabei den Klippen zu nahe gekommen?«

Hart knallte das Boot gegen eine mächtige Welle.

»Haben Sie den Verstand verloren?«, schrie der Mann vom Secret Service.

»Es könnte immer noch ein Unglück gewesen sein, Mr Henderson«, rief sie. »Weshalb haben Sie es bis jetzt nicht zugegeben? Was ist auf den Klippen passiert?«

Der Bärtige packte Lisa bei den Schultern. »Willst du uns umbringen?« Er versuchte, sie vom Steuer wegzureißen.

»Wenn wir jetzt Flut hätten, wäre es längst zu spät, um beizudrehen«, schrie sie und spürte seine Hände an ihrem Hals. »Bei Ebbe hätte ich nicht so nahe ans Ufer heranfahren können.« Sie presste ihr Kinn auf die Brust. »Aber wir befinden uns genau zwischen den Gezeiten, Mr Henderson!«

Mit einem Ruck riss Lisa das Steuer herum, das Boot schoss aus dem Wasser, als ob es sich überschlagen würde. Lisa war auf das Manöver vorbereitet und wurde trotzdem zu Boden gerissen. Henderson ließ ihren Hals los, prallte gegen die Reling und stürzte in hohem Bogen ins Meer. Lisa drosselte den Motor und justierte das Lenkrad. Schwerfällig balancierte sich das Boot aus. Als sie aufblickte, bemerkte sie die neugierigen Urlauber am Strand. Sie starrten herüber und zeigten auf das Polizeiboot. Lisa bemerkte auch Monsieur Paul, der ans Ufer gelaufen kam. Die Farbpalette leuchtete in seiner Hand.

Sie fuhr eine Wende und steuerte längsseits auf Mr Henderson zu. Er hatte beim Sturz seine Brille verloren. So wie er da schwamm, in Anzug und Krawatte, sah er ziemlich verloren aus.

»Ich glaube immer noch, dass Johnnys Tod ein Unglück war«, sagte sie zu dem Mann im Wasser. »Aber eines war es mit Sicherheit nicht, der Selbstmord eines verbitterten Rentners.«

30 *Drei Männer*

Lisa war umringt von Farben. Agneta hatte die Polizistin an den höchsten Punkt ihres Zaubergartens mitgenommen. Sie standen in der Sonne, Agnetas Zeder spendete ein wenig Schatten. Lisa nahm den Uniformhut ab, damit der Wind ihn nicht davonwehte, der ewige Wind, der Tag und Nacht und das ganze Jahr über blies. Zu ihren Füßen unterschied sie Pinien, Palmen und einen Bambushain. »Was ist das Dunkle da drüben?«

»Ein Pfefferbaum. Daneben, die Sträucher mit den grünen Spitzen, das sind meine Zuckerbüsche.«

Sie standen und schauten und lauschten dem Wind.

»Henderson hat noch kein Geständnis abgelegt«, sagte Lisa nach einer Weile. »Es ist fraglich, ob er es tun wird. Ich bin froh, dass man ihn wenigstens von Tresco abgezogen hat.«

»Wie soll es jetzt weitergehen?«

»Das liegt nicht mehr in meiner Hand. Ich habe meinen Bericht an den Commissioner geschickt. Die Herren auf dem Festland werden nun entscheiden. Viel dürfte Henderson wohl nicht passieren. Keiner legt sich gern mit dem Secret Service an.«

Agneta trat in den Schatten der Zeder. »Wie sind Sie überhaupt auf Henderson gekommen?«

»Weil es die einzige mögliche Erklärung war. Ich konnte es nur nicht beweisen.« Lisas Blick ging aufs Meer. »Im Grunde kann ich das bis jetzt nicht.«

»Aber Sie sagten doch …«

»Ich habe einen Zeugen.« Sie drehte sich um. »Der nützt mir allerdings nicht viel.«

»Was für einen Zeugen?«

»Janice Delorian weiß nicht, wer sich zum Zeitpunkt von Johnnys Tod in Amaryllis House aufhielt. Also habe ich den einzigen Menschen befragt, der es wissen könnte. Den Besitzer der Villa.«

»Sie haben …?« Agneta trat zu ihr in die Sonne.

»Man darf diesen Mann nicht verhören, das weiß ich. Nicht in England, nicht in diesem Königreich.« Impulsiv nahm Lisa Agnetas Hand. »Niemand verdächtigt die Krone. Niemand darf die Krone je verhören. Und doch habe ich den Prinzen gefragt. So einfach war das.«

Zusammen setzten sie sich an den Fuß der Zeder.

»Haben Sie Suzie schon die Wahrheit gesagt?«, fragte Agneta. »Haben Sie ihr erzählt, wie sich das Ganze abgespielt hat?«

»Nur Henderson kann uns sagen, was genau passiert ist. Und er schweigt.«

»Offenbaren Sie es Suzie lieber nicht. Sie hat mit dem Tod ihres Mannes ihren Frieden gemacht. Johnny hat neben der Kirche ein hübsches Urnengrab bekommen. Es liegt im Schatten einer Zypresse, dort kann sie ihn besuchen.« Agneta umfasste ihre Knie. »Wozu soll es gut sein, wenn sie erfährt, dass er gewaltsam ums Leben kam?«

»Sie hegen keinen Groll gegen Suzie?«

»Nein. Oder vielleicht doch.« Sie sah die Polizistin an. »Es gibt Gefühle, die haben einfach keinen Sinn.«

»Aber man fühlt sie trotzdem.« Lisa hatte ihren Hut neben sich gelegt. Eine Bö riss ihn mit sich und wehte ihn weit über den Hügel.

»Ach, wie dumm.« Agneta wollte aufspringen.

»Lassen Sie nur. Das blöde Ding hat mir nie gefallen.« Nach einer Pause fragte Lisa: »Und Michael? Er wird also abreisen?«

»Ja.«

»Wann?«

»Im Juli.«

»So bald schon?«

»Was sollte er noch hier? Unser Baby kommt erst im Winter zur Welt. Viel Zeit also, um über alles nachzudenken.«

»Und Sie – und Michael?«

Agneta überlegte. »Wir gehen auf eine Weise auseinander, dass man vielleicht einmal wieder zusammenkommen kann.«

»Das wäre schön«, flüsterte Lisa in den Wind.

»Was haben Sie?«

»Ach nichts. Wie klein die Insel von hier oben wirkt. Man kommt sich ganz verloren vor. Wir werden übrigens bald einen neuen Constable auf den Scilly Islands bekommen.«

»Wer geht denn fort von hier?«

»Constable Meat wurde nach London abkommandiert.«

»Das ist ja toll für ihn.«

»Finden Sie? – Ja, wahrscheinlich ist es toll«, setzte Lisa rasch hinzu. »Man darf sich für ihn freuen.«

»Aber das tun Sie nicht.«

Lisa sah die Schwedin an. »Ich möchte es so formulieren: *Wir gehen auf eine Weise auseinander, dass man vielleicht einmal wieder zusammenkommen kann.*«

Unten bei der Klosterruine tauchten drei Männer auf. Nebeneinander schlenderten sie den schmalen Kiesweg entlang. Der Mann in der Mitte sprach mit ausladenden Gesten, die beiden anderen hörten zu. Der Mann zu seiner Rechten erwiderte etwas und strich zugleich sein graues Haar aus der Stirn. Man kannte diese Geste, man hatte sie schon oft im Fernsehen gesehen. Der Prinz blieb stehen. Der Mann in der Mitte sprach den dritten an, der etwas zurückgeblieben war. Magnus knöpfte sein Sakko auf, bevor er antwortete. Währenddessen hob er den Kopf, als ob er gerade die beiden Frauen auf dem Felsen entdeckt hätte. Die Männer schlenderten weiter und erreichten schließlich die schmale Pforte, die zum Haus von Mr Attenborough führte.

»Worum geht es eigentlich bei dieser Unterredung, wissen Sie das?«, fragte Agneta. »Weshalb muss alles so verdammt geheim ablaufen?«

»Mr Attenborough hat mir gegenüber angedeutet …« Lisa schüttelte den Kopf. »Ehrlich gestanden habe ich keinen Schimmer.«

»Vielleicht hat der Premierminister eingesehen, dass der Brexit eine Schnapsidee war. Vielleicht will er, dass Großbritannien heimlich wieder bei der EU unter die Decke schlüpft.« Sie lachte.

»Das wär was«, lachte auch Lisa.

»Ja, das wäre ein tolles Ding!«

Beide lachten aus vollem Hals. Lisa zog den Haargummi ab und überließ ihr Haar dem Wind. »Ich frage mich manchmal, warum umgeben sich die Männer so gern mit Bedeutung und Wichtigkeit?«

»Damit wir es nicht tun müssen«, schmunzelte Agneta. »Weil die Männer sich so wichtig nehmen, brauchen wir uns nicht darum zu kümmern. Hatten Sie schon Gelegenheit, mit dem Premierminister zu sprechen?«

»Gleich zu Beginn.« Ein Strahlen huschte über Lisas Gesicht. »Als er aus dem Helikopter gestiegen ist, hat er mir die Hand gegeben.«

»Sie mögen Mr Grenville?«

»Er ist immerhin unser Premierminister«, antwortete Lisa, als verstehe sich das von selbst. Gemeinsam machten sie sich an den Abstieg.

»Übernachten Sie auf der Insel, Lisa?«

»Das muss ich sogar, solange der PM hier ist.«

»Warum kommen Sie nicht später bei mir vorbei, wenn Ihr Dienst es erlaubt. Wir könnten ein Glas zusammen trinken.«

»Was ist mit Michael? Ist er …?«

»Mikael wohnt nicht mehr bei mir. Er ist ins New Inn gezogen.«

»Nur wir Mädels also?« Sie schmunzelte. »In dem Fall komme ich gern.«

An dieser Stelle des Weges wurde es sehr steil. Lisa trat einen Stein los. In einer Staubwolke kollerte er zu Tal.

»Vielleicht schaut Monsieur Paul später auch auf einen

Drink vorbei«, sagte Agneta. »Das tut er manchmal, wenn er die Küste unter meinem Haus gemalt hat.«

»Ich mag Monsieur Paul. Ich habe eins von seinen Bildern bei mir im Schlafzimmer hängen.«

»Er versteht es, den Zauber einzufangen«, nickte Agneta. »Den Zauber dieser Inseln.«

Sie liefen auf einen Hain mit chilenischen Fliederbüschen zu, die selbst im Juni noch blassrosa blühten.

NF 245/1/3.15

Mit Gin, Charme und Zitrone

Ihr Strandhäuschen an einer der schönsten Küsten Englands und zum Tagesausklang einen Gin Tonic – beides möchte Olivia Turner keinesfalls aufgeben. Auch nicht, als sie in eine Seniorenresidenz übersiedelt. Dort gerät die höchst vitale Achtzigjährige schon bald mit der herrschsüchtigen Leiterin der Residenz aneinander, die ihr die täglichen Ausflüge an den Strand verbieten will.
Doch Olivias Mitbewohner Victoria und Randolph entpuppen sich als Gleichgesinnte. Das muntere Trio findet rasch Mittel und Wege, sich unbemerkt aus dem Haus zu schleichen – und sie schmieden einen verrückten Plan: Sie wollen einen *Gin Club* gründen und Gin-Verkostungen organisieren …
Ein amüsanter Roman über eine junggebliebene und tatkräftige Seniorin, die längst nicht zum alten Eisen gehört, sondern ihre Träume lebt …

Catherine Miller, Miss Olivia und der Geschmack von Gin.
Roman. insel taschenbuch 4649. 300 Seiten.

NF 391/1/3.18

»Ich liebe die Romane von Penelope Fitzgerald!« ***Teju Cole***

Auf den Hausbooten in Battersea am Ufer der Themse hat sich eine bunte Truppe zusammengefunden. Gemeinsam genießt man das freie Leben auf dem Wasser, gemeinsam kämpft man gegen undichte Boote und chronischen Geldmangel: Willis versucht verzweifelt, sein marodes Schiff zu verkaufen, verschweigt den Käufern aber die löchrigen Planken, und während der kleinen Feier, die den Erfolg besiegeln soll, sinkt die Dreadnought innerhalb weniger Minuten. Nenna wohnt mit ihren beiden Töchtern auf dem Kahn Grace und hofft, dass ihr Ehemann zu ihr zurückkehrt, und Richard, der »Skipper«, ein ehemaliger Marineoffizier, hat zwar Geld genug, aber seine Frau sehnt sich nach einem Cottage auf dem Land. Einzig Maurice, ganz Lebenskünstler, scheint mit seinem Los zufrieden, bis in einer stürmischen Nacht auch seine Existenz durcheinandergewirbelt wird …
Humorvoll und mit leiser Melancholie erzählt Penelope Fitzgerald vom Leben am Wasser, von Liebe und Verlust und von Menschen auf der Suche nach dem kleinen Glück.

Penelope Fitzgerald, Ein Hausboot auf der Themse. Roman. Aus dem Englischen von Christa Krüger. Mit einem Vorwort von Alan Hollinghurst. insel taschenbuch 4457. 190 Seiten

NF 355/1/11.16

Willkommen in Wales! Willkommen im Heartbreak Hotel!

Buffy, Charmeur und Gentleman der alten Schule, erbt überraschend ein Bed & Breakfast in Wales. Kurzerhand verwandelt er die heruntergekommene Pension in einen »Club der gebrochenen Herzen« – einen Ort, der frisch Getrennten eine Auszeit unter Leidensgenossen verspricht, um mit neuem Elan das »Leben allein« anzugehen. In kürzester Zeit lockt Buffys Angebot die verschiedensten Gäste an. Dabei sind Missverständnisse, Verwechslungen und Überraschungen vorprogrammiert …
Ein charmanter Roman über Menschen, die – egal, ob jung oder alt – mit den Irrungen und Wirrungen des Herzens zu kämpfen haben und doch nur eines wollen: einfach nur glücklich sein …

»Eine romantische Komödie, die an Charme kaum zu überbieten ist.« *literaturmarkt.info*

Deborah Moggach, Club der gebrochenen Herzen. Roman. Aus dem Englischen von Adelheid Dormagen. it 4231. 384 Seiten

NF 185/1/9.13